小学館文庫

警視庁レッドリスト2

加藤実秋

小学館

CONTENTS

CASE 1 シークレット・ガーデン：男社会の女の園 5

CASE 2 マインドスイッチ：駆け出し巡査はストーカー!? 85

CASE 3 ロストシングス：因縁の遺失物センター 177

CASE 4 サバイバルゲーム：被疑者、阿久津慎 271

CASE 1

シークレット・ガーデン
：男社会の女の園

1

息を殺し、阿久津《あくつ》慎《しん》は向かいを見つめた。

体の前に両手でファイティングポーズを作った男が、じりじりと間合いを詰めて来る。男は無表情だが、全身から殺気を漂わせていた。

このままではやられる。そう判断し、慎は両手を伸ばして男の襟と袖の下を摑《つか》んだ。同時に右足を上げ、男の左足首を蹴り上げようとした。が、一瞬早く男は左足を後ろに引き、慎の右足首を外側から蹴った。続いて両手で慎の襟と袖を摑み、左横にひねる。バランスを崩し、慎は男に右手を摑まれたまま仰向《あおむ》けで倒れた。視界がぐるりと半回転し、背中と腰に衝撃が走る。

「一本!」

傍《かたわ》らで声が上がり、男は慎の右手を放した。だが衝撃の大きさで、慎は身動きできない。男がその場を離れ、入れ替わりでひたひたという足音が近づいて来た。

「室長。大丈夫ですか?」

そう問いかける声がして、視界に女の顔が現れた。三雲《みくも》みひろだ。近視と乱視のせいでピンボケ状態だが、ライトグレーのスカートスーツを着ているのがわかる。

「ええ。問題ありません」

　答えている間に冷静さを取り戻し、手足の感覚も戻った。慎はみひろが差し出した手をジェスチャーで断り、代わりに「メガネを」と告げて体を起こした。

「秒殺《びょうさつ》でしたね。でも、落ち込むことないですよ。明らかに勝ち目ゼロな相手に、攻めの姿勢を見せたのは立派です」

　メガネを差し出し、みひろが言う。その視線は慎が身につけている柔道着に向けられている。

　励ましのつもりだろうが、なぜ上から目線なのか。呆《あき》れたが無視し、慎はメガネをかけて髪の乱れを整えた。ピントが合った視界に、畳敷きの広い道場と、その奥で立ち話をしている柔道着姿の数人の男が映る。男の一人は、ほんの少し前に慎を倒した若者だ。

「稲葉《いなば》巡査部長はシロですね」

　自分を倒した男を見て、慎は告げた。大柄でがっちりとして、髪は五分刈り。その耳は、遠目に見てもわかるほど変形している。いわゆる「餃子耳《ギョーザみみ》」だ。みひろも稲葉に目を向け、潜めた声で問いかけた。

「でも聞き取り調査に非協力的だったし、同僚や後輩も『毎晩飲み歩いてる』『しょっちゅう飲み屋に呼び出される』と言う人が多かったですよね」

「性格及び嗜好《しこう》の範囲内です。飲酒行動が職務に支障を来《きた》したという事実は確認できませんでしたし、アルコール依存症の患者は、あんなに見事な燕返《つばめがえし》を決められません」

「燕返？　ああ、今の技《わざ》ですか……そんな判断ができるほど、室長は柔道に詳しいんですか？　秒殺を、『相手が強すぎた』でチャラにしようとしてる気が」

独り言めかしたみひろの突っ込みを、慎は「内通の記録を」と命じて遮った。「はい」と応《こた》え、みひろは肩にかけた黒革のバッグを下ろした。小柄で童顔。厚めの前髪を眉の上で切り揃《そろ》えたショートボブのヘアスタイルも相まって、二十七歳という年齢よりずっと若く、というより幼く見える。

稲葉進《すすむ》巡査部長は、二十八歳。柔道四段で、高校時代にはインターハイで準優勝している。警視庁入庁後は機動隊に所属しながら柔道、剣道などの武道に秀でた職員が選抜される武道専科《ぶどうせんか》の試験に合格。一年間の訓練を受けた後、助教《じょきょう》の職階を任じられ、武術指導者として先日ここ、渋谷東《しぶやひがし》署に配属された。現在は署員に稽古を付ける傍ら、署が主催する子ども向けの柔道教室で指導している。

しばらくバッグの中を引っかき回した後、みひろは「どうぞ」と一枚の書類を差し出した。受け取った慎が目を通したのは、警視庁職員のための悩みや苦情の窓口「職場改善ホットライン」に寄せられた内部通報、略して内通《ないつう》の電話の内容を書き起こしたものだ。内通者は男性で、氏名や所属部署などは明かさなかったが「渋谷東署の稲葉進巡査部長はアルコール依存症だ。本人は隠しているが、稽古に支障を来している」と話したという。

「ここに『キンジュウ』『まわす』『もっていかれる』とありますね。どれも柔道の世界の隠語で、キンジュウは『近代柔道《きんだいじゅうどう》』という柔道の専門誌の誌名。まわすは、稽古でのいわゆるしごき行為、もっていかれるは、ケガをしたり試合で負けることを指します」

言いながら、慎は書き起こしの文面を指した。みひろも脇から覗《のぞ》き、ふんふんと頷《うなず》く。

「よく知ってますね」

「僕も警察学校の術科では、柔道を選択しましたから。あとは同期に柔道経験者がいて、『柔道あるある』的な話を聞かされたんです」

「ふうん。じゃあ、内通したのも柔道経験者？」

「と言うより、武道専科の関係者でしょう。稲葉進巡査部長はこの春、助教に任ぜられたんですよね」

閃《ひらめ》くものがあり、慎はみひろに書類を返して歩きだした。稽古を重ねて柔らかくなった青い畳を踏んで道場を横切り、稲葉のもとに向かう。

「突然のお願いにもかかわらず、稽古を付けていただきありがとうございました。完璧な燕返でしたね」

一礼して語りかけると、稲葉は振り返って「恐縮です」と礼を返した。周りの男たちも一礼する。彼らにもさっき聞き取り調査を行ったが全員巡査部長で、階級は警部の慎より二つ下だ。

身長は自分とほぼ同じながら、体の横幅と厚みは倍近くありそうな稲葉と向かい合い、慎は問うた。

「一つ伺いたいのですが、稲葉さんの武術専科の同期に助教に任命されなかった職員はいませんか？　あるいは、武術専科をドロップアウトした職員」

「助教に任命されなかったやつはいないけど、ドロップアウトしたやつなら一人います」

怪訝《けげん》、というより迷惑そうに太く黒々とした眉根を寄せ、稲葉は答えた。慎は「そうですか」と頷き、こう続けた。

「もう結構です。後日、追加でお話を聞かせていただくかもしれませんので、その時はよろしく」

「はあ」

「では、失礼」

口の端を上げて会釈し、慎は身を翻《ひるがえ》した。道場の出入口に向かうと、みひろが追いかけて来た。

「わかりました。内通者は助教になりたくてなれなかった職員で、稲葉さんを逆恨みしたんですね？」

「ええ。本庁に戻ったら、制度調査係から内通電話の音声を取り寄せて下さい。それを稲葉巡査部長に聴いてもらい、ドロップアウトした職員のものと一致したら、その職員を聴取するよう監察係に報告します」

そう命じながら、慎は開け放たれたドアから道場を出た。そこで立ち止まって踵《きびす》を返し、場内に一礼してから前に向き直る。慌てて、みひろも倣った。二人でドアの脇に置かれた下駄箱からスリッパを出して履いていると、みひろはほっとしたように言った。

「じゃあ、稲葉さんは無実で懲戒処分《ちょうかいしょぶん》はなし。これで調査終了ですね」

「そうなりますね。ただし、あの性格及び嗜好が内通の原因になった可能性が高いので、所属長を通じて注意します」

「室長の読み通りでしたね。警察官に柔道経験者は大勢いますけど、一度技をかけられただけじゃ上手《うま》い下手《へた》ぐらいしかわかりませんよ。室長には、何でもお見通しなんですねえ」

バッグの持ち手を肩にかけ、みひろは感心したように慎を見上げた。慎は薄く微笑《ほほえ》み、右手の中指でメガネのブリッジを押し上げた。

「室長には、ではなく室長、つまり僕だから何でもお見通しなんです」

みひろは目と口をぽかんと開けた後、「そっすね」とうんざりした顔で横を向いた。意に介さず、慎は「車で待っていて下さい。着替えてすぐに行きます」と告げて廊下を歩きだした。

2

みひろが警察車両のセダンの中で待っていると、間もなくダークスーツに着替えた慎がやって来た。慎の運転で渋谷東署を出て、霞《かすみ》が関《せき》の警視庁本部庁舎に戻った。地下二階の駐車場にセダンを停《と》め、本部庁舎を出る。広い敷地を歩いて端にある別館に入った。

古く小さな別館にはエレベーターはなく、みひろたちは階段を上がっている。慎は休むことなく脚を動かしているが、そのペースはいつもより遅く、さっきから片手でスーツのジャケットの腰をさすっていた。

「問題ありません」とか言ってたけど、しっかり倒されたダメージを受けてるじゃない。やっぱり三十七歳のおじさんだわ。前を行く慎を眺め、みひろは呆れた。

四階まで上がり、廊下を進んだ。くすんでキズや汚れの目立つ白いビニールタイル張りの廊下はがらんとして、他に人気《ひとけ》はない。突き当たりの手前まで行き、二人は傍らの部屋に入った。出入口のドアには「職場環境改善推進室《しょくばかんきょうかいぜんすいしんしつ》」のプレートが掲げられている。

「お帰り〜。お邪魔してますよ」

室内を進む二人を、明るく呑気《のんき》な声が出迎えた。部屋の中央に向かい合わせで置かれた事務机の手前の一卓に着いた男が、笑顔を向けてくる。歳《とし》は五十代半ば。小柄小太りな体を、濃紺のスーツにネクタイという警察の冬の制服で包んでいる。左胸に付けた階級章は、警部のものだ。

「豆田《まめだ》係長。お疲れ様です」

挨拶を返し、みひろは豆田益男《ますお》が着いている自分の机に向かう。だがビジネスフォンとノートパソコンが載った机の上に白い粒と粉が散らばっているのに気づき、「ちょっと。なんですか、これ」と声を上げた。

「ごめんごめん。待ってる間に、お腹《なか》が空《す》いちゃってさ。それにほら、ここは寒いから。外は春爛漫《はるらんまん》だって言うのにねえ」

頭髪とは反対に黒くふさふさした眉根を寄せて捲《まく》し立て、豆田はスチール製の椅子から立ち上がった。その手には醤油煎餅《しょうゆせんべい》が入った袋と、緑茶の入ったマグカップ。マグカップはみひろのもので、出入口脇の棚の上に置かれているのを勝手に使ったのだろう。

「窓際部署ですから。その窓際は、あの有様《ありさま》ですけど」

みひろは返し、手のひらで机上の煎餅の粒と粉を払って部屋の奥を見た。

狭い部屋の壁際には大小の書類棚とデジタル複合機が並びオフィス然《ぜん》としているが、奥の窓の前には大量の段ボール箱が積み上げられ、古いホワイトボードやロッカー、なにかのイベントの看板や着ぐるみの頭部なども置かれている。陽《ひ》は全く入らず、天井の蛍光灯を点《とも》していても薄暗く、漂う空気は冷え冷えとして、夏は湿っぽく冬は埃《ほこり》っぽい。

「また、そういうことを言う。職場環境改善推進室は窓際部署じゃありません。職務が職務だから目立つ場所にオフィスを構えられないだけで、少数精鋭。室員それぞれが前部署での経験と知識を活《い》かし、監察係では賄《まかな》いきれない職務を」

「それって要は、日陰者《ひかげもの》の下請けってことでしょ」

「だから……三雲さんも、お腹が空いてるでしょ？　もうお昼だもんね。よかったらこれ。差し入れに持って来たんだけど、待ってる間に食べちゃった。でも半分残ってるから」

そう捲し立てながら、豆田は煎餅の袋を差し出した。みひろは脱力しつつ「どうも」と袋を受け取り、バッグを机に下ろした。

警務《けいむ》部《ぶ》人事《じんじ》第一課《だいいっか》雇用開発係《こようかいはつがかり》 職場環境改善推進室。それがこの部署の正式名称だ。室長は、元警務部人事第一課監察係係長の阿久津慎警部。唯一の部下は、元警務部人事第一課制度調査係職場改善ホットラインの相談員の三雲みひろ巡査長。二人は約一年前、設立されて間もないこの部署に配属された。どちらも前部署でのトラブル絡みの異動だった。

警察職員の違法・触法行為を取り締まるのが人事第一課監察係、通称・ヒトイチだが、そこではフォローしきれない事案を調査し、監察業務の対象とすべきかの報告を行うのが職場環境改善推進室の職務だ。予備監察、いわば下調べのため、調査対象の職員にみひろたちの目的を知られるのは御法度で、「職場環境の聞き取り調査」と称して接している。豆田はみひろの元上司で、監察係とのパイプ係兼お目付役だ。

この約一年、みひろたちは本庁、所轄署の様々な部署の職員を調査してきた。それぞれの職員には「非違事案《ひいじあん》」、つまり不祥事の疑いがかけられており、それが事実の場合は免職、停職、減給、戒告などの懲戒処分がなされる。また免職にならなかった場合も、「罰俸転勤《ばっぽうてんきん》」という警察流の左遷が行われ、さらに「赤文字《あかもじ》リスト」に名前を刻まれる。その有無は明言されず、警察職員からも伝説扱いされている赤文字リストだが、しっかり実在し、一度リスト入りした職員はどんなに努力し、功績を挙げても昇進できず、同じ部署で同じ階級のまま定年を迎えることになる。

みひろと慎は、この赤文字リストを巡る陰謀に気づいた。それは慎が監察係を追われるきっかけとなった事件とも繋《つな》がっており、二人で力を合わせて陰謀の正体を暴いた。しかし警察組織はこれを外部に漏らさず巧みに処理し、結果的にみひろと慎にはいつもの日常が戻り、同じ職務を担《にな》っている。

「それで、ご用件は？　稲葉進巡査部長の件は後ほど報告書を作成して提出します」

向かいから、極めて冷静な慎の声がした。みひろと豆田がやり合っている間に自分の席に着き、ノートパソコンを開いている。

「はいはい。失礼しました」

豆田は言い、みひろの机に置いてあったファイルを取った。

「戻って来た早々恐縮ですが、監察係から次の調査事案が届いています」

そう告げて、豆田はファイルを差し出した。受け取った慎はすぐに中の書類を出して読み始める。それを見ながら、みひろは問うた。

「今度はどんな事案ですか？」

「これまでとは別の意味で、厄介《やっかい》だよ」

豆田は答え、身を縮めるようにして眉根を寄せた。別の意味がどういう意味かみひろが問おうとした時、慎は立ち上がり、こちらを見た。

「三雲さん。出動です」

3

みひろと慎は駐車場に戻ってセダンに乗り、本庁を出発した。内堀《うちぼり》通りの桜並木にはまだ少し花が残っていて、眺めたり写真を撮ったりする人で賑《にぎ》わっている。晴天で気温も高く、豆田が言った通り春爛漫だ。

「十日ほど前、職場改善ホットラインに『いじめが発生している』と内通電話があったんですね。内通者は氏名や所属部署は名乗らなかったものの女性で、『いじめが発生しているのは、吉祥寺《きちじょうじ》署会計課用度係《ようどがかり》』と告げた。用度係って、事務職？ 警察の職員って、警察官だけじゃないんですよね」

助手席で資料に目を通し、みひろは言った。前を向いてハンドルを握り、慎は頷いた。

「ええ。警察行政《ぎょうせい》職員と一般非常勤職員がいます。二〇二〇年四月一日現在、警視庁の警察行政職員は約三千名。職務は受付や会計、設備や備品の管理、遺失物《いしつぶつ》・拾得《しゅうとく》物《ぶつ》の対応などの事務と、通訳、土木、建築、電気、鑑識技術、自動車整備や自動車運転免許試験官などの技術の二種類。採用後はひと月ほどですが警察学校に通い、転勤や当番、すなわち宿直《しゅくちょく》もあります」

「そう言えば、私が中途採用された時にも白衣の人から適性と心理判定のテストを受けました。あの人も警察行政職員ですね」

「中途採用ではなく、経験者採用……はい。心理カウンセラーでしょう。我が国の警察は警察行政職員と警察官が両輪となり、国民の安全と安心を守っています。警察行政職員は裏方ではありますが、非常に重要な職責《しょくせき》を担っているのです」

「よくわかりました……中途でも経験でも、似たようなもんじゃない。しかも後半なぜか演説口調だし」

「三雲さん。頭に浮かんだことを知らないうちに口に出すクセ、そろそろ治しましょうか」

前を向いたまま無表情、しかし冷ややかに慎が告げる。みひろは、「すみませ〜ん。了解です」と作り笑顔で恐縮しつつ、心の中で「無理。ていうか、これでガス抜きしないと室長とはやっていけない」と断言した。慎が続ける。

「警察行政職員にも警察官の階級構成に相当する昇任制度があり、主事《しゅじ》からスタートして主任、副主査《しゅさ》、係長職、副参事《さんじ》、参事とキャリアアップが可能です……三雲さんは昇任試験は受けないんですか？　この春巡査長になりましたが、巡査部長、警部補とまだまだ上はありますよ」

「あ、キャリアアップとか興味ないんで」

みひろは即答した。ちなみに巡査から巡査長への昇任試験はなく、警察官として一定期間勤務し、とくに問題がなければ自動的に任命される。

慎は無言だったが、「向上心がない」等説教されるのではと焦りが湧き、みひろは話を変えた。

「警察官と両輪なら、警察行政職員も非違事案が認められれば懲戒処分になるんですね」

「もちろん。警察職員であることには変わりありませんから。懲戒処分の指針に基づいて懲戒権が行使され、刑法、道路交通法、国家公務員法など関連刑罰法令に抵触《ていしょく》する場合は別途手続きが進められます」

こちらも即答。運転を続けるその横顔は職務への熱意に溢《あふ》れているが、同時に規律を遵守することに酔っているようにも見える。

「レッドリスト計画」の一件では、あんな目に遭ったのに。みひろは呆れつつも、慎の鉄の意志に感心した。

4

吉祥寺署は、吉祥寺の街の賑やかさから少し離れた五日市《いつかいち》街道沿いにあった。五階建ての古く大きなビルで、約三百名が勤務している。一階の駐車場にセダンを停め、みひろは慎と署内に入った。

受付で慎が名乗ると、一階の奥の署長室に通された。署長と会計課長に挨拶を済ませたところに用度係長の前田《まえだ》が来たので、彼の案内で二階に向かった。

「いや、驚きました。職場環境改善推進室の話は聞いていましたし、うちもいつかは聞き取り調査をされるんだろうなと思っていましたが」

職員が行き交う廊下を進みながら前田は言い、ハンカチを鼻の下に当てた。歳は三十三歳で、職名は副主査。痩せ型で顔も細いが、目は厚ぼったい一重まぶただ。

「事前に通達する場合もありますが、抜き打ちの方がリアルな調査結果が得られるので。これも、よりよい職場の環境づくりのためです」

隣を歩く慎が、無表情に応える。前田は慌てた様子で「もちろん。おっしゃる通りです」と返し、ハンカチをスーツのジャケットのポケットに戻した。前田と目が合ったので、慎の隣を歩くみひろは極力柔らかな笑顔で頷いて見せた。

本庁人事第一課監察係からの出頭要請《しゅっとうようせい》は、対象となった職員が不祥事を起こしたことを意味する。その場合、該当職員だけではなく上司や人事担当の警務課長、場合によっては署長も管理監督責任を問われる。ゆえに同じ人事第一課というだけで、みひろたちの訪問を恐れたり、取り乱したりする職員も多い。

前田は廊下の途中で足を止め、「昼休みが終わったところなので、みんな在席しています」と告げて傍らのドアを開けた。前田、慎に続いて室内に入り、みひろは目を見張った。

壁際に棚とデジタル複合機が置かれ、中央にスチール製の事務机が向かい合って並んでいるのは普通だ。しかしその机に着いている四人の用度係は、全員女性。職員の男女比が九対一の警視庁では、とても珍しい。しかし慎は、平然と前田の後から室内を進んだ。みひろも肩にかけたバッグの持ち手を摑み、係員たちに会釈しながら机の列の後ろを進む。係員たちはノートパソコンを弄《いじ》ったり、書類を読んだりしながら会釈を返してきた。

「ちょっといいかな」

奥の窓際に置かれた自分の机の前に立ち、前田は向かいに語りかけた。係員たちが顔を上げて振り向く。

「こちらがさっき話した、本庁の職場環境改善推進室の阿久津警部と三雲巡査長です。

今日からしばらくうちを調査するそうなので、協力をお願いします」

身振り手振りを交え、前田は説明した。上げられた口角と必要以上に丁寧な口調に、女の中に男が一人という立場の苦労が現れている。

「はい」と返しながら、係員たちがこちらを見た。全員白いワイシャツと濃紺のベスト、膝丈のスカートという制服姿だ。その視線の大半が慎、自分、再び慎と動き、彼の白く整った顔に固定されたのをみひろは感じた。


それから、二階の会議室を借りて聞き取り調査を始めた。最初に部屋に入って来たのは、小柄でややぽっちゃりしたショートカットの女性。

「よろしくお願いします」

ぺこりと頭を下げ、女性はみひろと慎が着いた長机の向かいに座った。舌足らずで、やや籠《こ》もり気味の高い声が印象的だ。

「笹尾百香《ささおももか》さん。四年前に警視庁に入庁し、卒業配置で吉祥寺署へ。警務係を経て現職。二十七歳で主任ですか。優秀ですね」

身上調査票が収められたファイルに目を向け、慎は言った。主任は係長に次ぐポストで、警察組織の中では初級幹部に位置づけられる。口調が大袈裟《おおげさ》なのは、同じ二十七歳ながら「キャリアアップとか興味ない」と発言したみひろへの当てつけか。みひろが横目で慎を睨《にら》むと、笹尾は言った。

「去年合格したばかりで、何もできていなくて。でも嬉《うれ》しいです。ありがとうございます」

さらに高くなった声といい、重ねた両手を片頬に添える「お願いポーズ」といい、アニメのキャラクターチックだが、本当に嬉しそうだし優秀なのだろう。

みひろも身上調査票のファイルを手にしているが、笹尾は合格率三十パーセントと言われる主任の昇任試験に一発で合格し、パソコン操作や文書管理などの資格も有している。身上調査票には他にも賞罰歴や借金の有無、飲酒喫煙の傾向、SNSの利用状況なども記されているが、全て問題なし。ちなみに独身で、交際相手も「無」となっている。

でも、肩書き＝職務への熱意じゃないし。心の中で異議を唱え、みひろも口を開いた。

「主な職務は、消耗品の管理ですか？」

「ええ。文房具や雑貨はもちろん、制服や様式文書、移動式の標識なども管理しています。週に一度各部署から必要物品の依頼書が上がって来るので、倉庫にあるものは届けて、ないものは業者に発注します。取引業者は本庁の用度課が入札で決めますが、打ち合わせや検品は私たちがやります。他にも、高額な物品を購入する時の稟議書《りんぎしょ》を作成したり」

笹尾は淀《よど》みなくはきはきと返し、慎はそれを机上のノートパソコンに入力した。ふんふんと頷き、みひろはさらに訊《たず》ねた。

「じゃあ、拳銃や手錠も？　責任重大ですね」

「警察手帳もそうです。気は遣いますけど、その分やり甲斐《がい》も感じます。拳銃はともかく、手錠と警察手帳なしじゃ、警察官は仕事になりませんから」

最後のワンフレーズを大真面目に言った笹尾がちょっとおかしく、みひろが「確かに」と笑うと笹尾も表情を緩めた。すべすべとした白い頬に浮かんだえくぼが、愛らしい。

場が和《なご》んだと判断したのか、慎は手を止めて本題を切り出した。

「吉祥寺署会計課用度係は、全員が警察行政職員。それは珍しくありませんが、前田係長を除く全員が女性というのは珍しいですね。我々は職務で様々な部署を廻《まわ》っていますが、初めてのケースです。前田係長の気苦労はおいておくとして、笹尾さんはいかがですか？」

前田係長の気苦労云々《うんぬん》が面白かったのか笹尾はくすりと笑い、真顔に戻って答えた。

「私、中学から大学まで女子校だったので、女ばっかりの環境には慣れているんです」

「そうですか。でも笹尾さん以外は全員主事、つまり部下ですよね。それは学校にはないシチュエーションでしょう？　気を遣うし、トラブルも起きやすいと思います。もし何かあれば、些細《ささい》なことでもいいので話して下さい」

みひろも本題を切り出す。他の女性係員三名のうち一名は笹尾の同期だが、残りの二名は年上だ。内通者は笹尾で、いじめに遭っているのかもしれない。慎も同じことを考えていたらしく、「秘密は厳守しつつ、速やかに対処します」と補足した。しかし笹尾の答えは、「いえ。何もないです」だった。その口調に迷いはなく、丸い目はまっすぐにみひろを見ている。そして、

「主任として用度係に配属された時に、『何かあったらその場で言い合いませんか？』って提案したんです。みんな賛成してくれて、実行しています。職場では言いにくいことは、食事会や飲み会をやって話したり。すごくいい雰囲気で職務に取り組めていて、よく『部活みたいだね』って話すんです。キャプテンが私で、部長は川浪《かわなみ》さん」

と続け、にっこり笑った。

ウソは言っていない気がする。「何かあったらその場で〜」を命令ではなく提案という形で部下に告げたのは巧《うま》いし、部活のたとえにも、リアリティが感じられた。川浪とは、前田を含め、用度係最年長の係員だ。

みひろは「わかりました」と返し、慎は勢いよくノートパソコンのキーボードを叩《たた》

きだした。

その後いくつか質問して、笹尾への聞き取り調査を終えた。入れ替わりで会議室に入って来たのは川浪樹里《じゅり》、三十七歳だ。

「失礼します」

川浪は背筋を伸ばして一礼し、慎が「どうぞ」と勧めるのを待って椅子に座った。痩せて背が高く、長い髪を後ろで一つに束ねている。

「入庁後三つの所轄署で会計職務に携わり、吉祥寺署の前は本庁の用度課に在籍。川浪さんは事務職のオーソリティーですね。実に頼もしい」

ファイルを手に、慎は語りかけた。なるほど、オーソリティーか。ベテランだと年齢を感じさせるし、巧い表現だな。感心し、みひろも向かいを見た。

「いえ、そんな」

川浪は返し、俯《うつむ》いて細く長い首を横に振った。面長で、くっきりした鼻の下の筋が目立つが、目は大きく切れ長。マスクをしたらすごい美人に見えそうだ。

「こちらへは、ご自身の希望で異動されていますね。本庁でキャリアを積む道もあったと思いますが、なぜ？」

慎はさらに問い、川浪は答えた。

「父が入院したからです。私の実家は小金井《こがねい》市で小さな電機部品工場を経営していて、今は母が切り盛りしていますが、『手伝って欲しい』と言われました。吉祥寺なら家の仕事をしながら通えるし、希望を聞いてもらって助かりました」

「そうでしたか。大変ですね」

口だけで微笑み、慎は返した。ファイルを置いてノートパソコンのキーボードを叩き始めたが、いま川浪が話したことは身上調査票にも記されている。笹尾同様、川浪の身上調査票も問題なし。警察職員のための共済組合から二十万円ほど借り入れているが、父親の手術用の一時的なものらしい。独身で、交際相手が「無」なのも笹尾と同じだ。しかし川浪は真面目で丁寧に職務をこなしているもののとくに優秀という訳ではなく、警察学校での成績も平凡だった。

アラフォー独身のいわゆる「お局《つぼね》」で、せっかく本庁に抜擢《ばってき》されたのに家の事情で所轄署に逆戻りし、上司は二人とも年下。それが原因でいじめに走ったとも考えられる。加えて、川浪の口調と仕草は硬く、一度もみひろたちと目を合わせようとしない。

どう斬り込んで行こうか。頭を巡らせつつ、みひろがキーボードの上でリズミカルに動く慎の白く長い指を眺めていると、

「あの。職場環境の調査って、悩みも聞いてもらえるんですか？」

と向かいで声がした。顔を前に戻したみひろの目と、川浪の目が合う。慎が手を止め、みひろは大きく頷いた。

「もちろんです」

川浪は「よかった」と呟《つぶや》くように言い、息をついた。制服の肩に入っていた力が抜け、体が少し小さくなったように感じられる。と、川浪は再び顔を上げてみひろを見た。

「私はいま、いじめに遭っています。職場改善ホットラインにも電話しました」

5

川浪の訴えを確認し、すぐに用度係の係員を会議室に集めた。前田も「同席したい」と言ったが、「後で報告します」と話して遠慮してもらった。

「さて」

慎は言い、机上に両肘をついて両手を組んで向かいを見た。長机の中央に笹尾、両隣に笹尾と同期の森亜美《もりあみ》と二十九歳の谷口明日香《たにぐちあすか》、椅子を一つ空けて川浪が座っている。

「よりよい職場の環境づくりのための聞き取り調査を行う過程で、看過《かんか》できない情報を得ました。情報が事実か否か確認するために、みなさんに集まっていただきました」

「情報って何ですか？」

不安と理不尽な思いが入り交じったような様子で、笹尾が問うた。その横顔を、ロングヘアで前髪を額に斜めに下ろした森が怪訝そうに見て、谷口は結婚指輪をはめた手でセミロングのワンレングスヘアを掻《か》き上げ、胡散臭《うさんくさ》げに慎とみひろを見た。川浪は緊張した様子で俯いている。

「吉祥寺署会計課用度係でいじめが行われており、自分が被害者だというものです」

「えっ⁉」

「何それ」

笹尾と森が声を上げ、谷口は表情を変えずに、

「被害者って誰ですか？　私はまだ聞き取り調査を受けていませんけど」

と訊ねた。「私もまだです」と森が告げ、笹尾は、

「私は受けたけど、そんなこと言ってない」

と申告する。たちまち、三人の視線が川浪に向いた。川浪は身を縮め、みひろは口を開いた。

「先ほど川浪さんから、いじめ被害の申し出がありました。私と阿久津は個別の事実確認を提案しましたが、川浪さんは『四人とも集めて下さい。いずれ話し合うことになるし、阿久津さんたちに立ち会って欲しい』とおっしゃったので、全員に来ていた

だいたんです」

「いじめなんて、そんな。昨夜だって、みんなで食事に行ったばっかりなのに」

森が不服そうに言い、谷口も頷く。すると、笹尾が慎に訊ねた。

「川浪さんは、私たちからどんないじめを受けていると話したんですか？」

「川浪さんがオフィスやトイレに入ると、急に話をやめて目配せし合って笑う。グループLINEを既読スルーされる。さらに、署内各部署から依頼された必要物品の数の変更や、業者との打ち合わせの予定を一人だけ教えてもらえない」

冷静かつ淡々と、慎は答えた。「なにそれ。ひどい」と森が独り言めかして抗議し、谷口は眉をひそめて頷いた。笹尾も言う。

「話をやめたのは、川浪さんが嫌がるからです。いま私たちの間で、ゾンビが出て来る海外ドラマがブームなんですけど、川浪さんに『ホラーやスプラッターは大嫌い』って言われたから。既読スルーは頻繁《ひんぱん》にやり取りしてるとついって感じで、みんな経験あると思います。変更や予定を知らされてないっていうのだって、川浪さんが家のことで大変だってわかってるからです……最近、遅刻や早退が多いでしょう？　正直、怖くて仕事を任せられないっていうか、アテにできません。だから必要な作業は私たちでやって、敢《あ》えて変更や予定を知らせなくてもいいようにしていたんですよ」

前半は慎に返し、後半は川浪に語りかける。口調はきつめだが、眼差《まなざ》しは落ち着いている。顔を上げ、川浪も笹尾を見た。

「なるほど。川浪さん、言いたいことがあればどうぞ」

慎が促す。その手は笹尾が話しだした時から、猛スピードでノートパソコンのキーボードを叩いている。気持ちを鎮めるように両手でハンカチを握り、川浪は口を開いた。

「遅刻や早退が多いのは本当で申し訳ないし、みんな怒っているだろうなとは思っていました……でも、本当にそれだけ？　他に何かあるんじゃない？」

こちらも前半は慎に告げ、後半は笹尾、森と谷口にも問いかける。三人は顔を見合わせ、笹尾が困惑したように何か返しかけた時、「強《し》いて言うなら、眉毛とか？」と、森が首を傾《かし》げた。「うん」と谷口が答え、笹尾も納得したように頷く。

「眉毛？」

手を止め、慎が問う。みひろも訳がわからず川浪を見たが、きょとんとしている。

「川浪さんってどんなに遅刻して来ても、眉毛だけはきっちり、すごく綺麗《きれい》に描いてるじゃないですか」

笹尾の言葉を受け、慎を含めたみんなが改めて川浪を見た。確かにその眉は、太さと長さ、アイブロウの色や濃さのバランスが絶妙。しかも、左右対称に描かれている。

「確かに」と呟いてしまったみひろだが、一方で「取りあえず塗った」という感じのマスカラとファンデーション、ピンクベージュのグロスとのギャップに違和感を覚えた。慎は無言無表情で、それを批判と感じたのか、笹尾はこちらを見て早口で続けた。

「もちろん、どうでもいいし、すごく下らないことだってわかっています。でもいつもだし、みんな苦労して川浪さんのフォローをしてるから、『本当に申し訳ないって思ってる？』とか、『眉毛を描いてるヒマがあるなら仕事してよ』みたいな話になって。最近では、遅刻されることより『今日も眉毛が完璧』って方にイラッと来るようになっちゃって」

だんだん情けなくなってきたのか、口調がトーンダウンしていく。そして話を終えると、笹尾は眉根を寄せて立ち上がり、川浪に「すみません」と頭を下げた。と、川浪も慌てて席を立ち、「ううん。私こそ、みんなの気遣いを誤解してた。ごめんなさい」と頭を下げた。それから「でも」と続け、手のひらで自分の眉毛を押さえ、恥ずかしそうに言った。

「この眉毛、描いてるんじゃないの。アートメイク。何年か前にやったのよ」

「ああ！」

と笹尾、森、谷口、ついでにみひろも声を上げ、一斉に首を大きく縦に振った。

「アートメイク？」

隣で慎が怪訝そうに呟いたが無視し、みひろは向かいの四人に見入った。すると、

「納得」

「そうだったんですか」

「じゃあ、いつも綺麗で当然ですね。誤解してたのは、私たちの方じゃないですか。本当にすみません」

　と森、谷口、笹尾が立ち上がって川浪に歩み寄った。川浪は眉毛を押さえたまま「ううん」「違う。遅刻する方が悪いの」と恥ずかしそうに応えている。森が「でも本当に綺麗。ちょっと見せて下さいよ」と川浪の眉毛を覗き込んだところでみんなが噴き出し、いつの間にか会議室には和やかな空気が流れていた。

　ほっとして、みひろは隣を振り返った。慎は片手を顎に当てて首を傾げたまま、向かいの四人を見ていた。

6

　四人が話し合うのを見届け、森と谷口にも形だけの聞き取り調査を行い、みひろと慎は午後三時過ぎに吉祥寺署を出た。前田への報告は笹尾が、「私がしておきます」と申し出てくれた。

　みひろと慎が駐車場に停めたセダンの前に着くと、見送りで付いて来た川浪が言った。

「変なことになっちゃって、申し訳ありません。でも、阿久津さんたちに立ち会っていただいたお陰で、冷静に話し合えました。ありがとうございます」

「よりよい職場の環境づくりが我々の目的ですから、お気になさらず。もう大丈夫ですか？　他に気がかりなことがあれば、この際どうぞ」

メガネにかかった前髪を払い、慎が問う。きょとんとしてからはにかんだような笑みを浮かべ、川浪は首を横に振った。

「大丈夫です。本当にすみませんでした。職場改善ホットラインにかけた電話も、取り消します」

「でしたら、こちらで手続きしておきます。ご実家のこととか、また何かあったら連絡して下さい」

みひろも言うと、川浪は「わかりました」と頷いた。少しぎこちないが、口調と眼差しは落ち着いている。大丈夫そうだなと判断し、みひろは話を変えた。

「ところで、お勧めのパン屋さんがあれば教えてもらえませんか？　吉祥寺は有名どころがたくさんありますけど、穴場的なお店をぜひ」

前のめりで熱っぽく問いかけたみひろに、川浪が身を引く。しかし、慎は何も言わない。確認し合った訳ではないが、敢えて昼食抜きで吉祥寺まで来て、空きっ腹を抱えて聞き取り調査に励んだのは、彼も同じ目的があったからだろう。

年齢、経歴、趣味嗜好、果ては職務や警察組織に対する考え方まで、慎とはおよそ共通点はないみひろだが、無類のパン好きという点は同じだ。ゆえに都内各所の警察署を訪ねた際には、その土地の名店でパンを買って食べるのがお約束兼お楽しみになっている。

川浪は「穴場ですか。う〜ん」としばらく考え、顔を上げた。

「キッシュって、パンに入りますか？」

「微妙なところですね。キッシュはフランスの家庭料理で、その語源は、ドイツ語でケーキを意味する『クーヘン』だと言われています。ですからこの説に基づくならケーキ、つまりスイーツにカテゴライズされ」

待ってましたとばかりに語りだした慎をみひろは「入ります」と遮り、さらに「心当たりがありますか？」と問うた。川浪は「ええ」と頷いた。

「洋服と雑貨のセレクトショップなんですけどカフェもあって、そこのキッシュがおいしいんです。定番のシャケとホウレンソウの他に、季節のキッシュもあります。今なら、菜の花とベーコンかな。タルトがサクサクしてて、ボリュームもたっぷり。場所は南口の丸井《まるい》の近くで、前に用度係のみんなで行きました」

「私たちも行きます！　もうヨダレが出て来ました」

さらに身を乗り出したみひろに川浪は笑い、店の名前と、他のお勧めの店をいくつか教えてくれた。その全てを慎がスマホにメモするのを確認し、みひろは言った。

「ありがとうございます。さっき笹尾さんが、度々食事会や飲み会をやってるって話してましたけど、本当なんですね。羨ましいです。私も参加したいぐらい」

「ぜひいらして下さい。みんな喜びます」

笑顔のまま返した川浪だったが、言葉の前に少し間が空いた気がする。さすがに図々《ずうずう》しかったかな。みひろが心の中で反省すると、隣で慎が言った。

「お引き留めして、すみませんでした。これで失礼します」

一礼し、慎はセダンの運転席に乗り込んだ。みひろも挨拶して、助手席に乗る。川浪はセダンが駐車場を出て五日市街道を走りだすまで、頭を下げて見送ってくれた。

「アートメイクとは？」

川浪が見えなくなり、渋滞にはまってセダンが停まるなり慎は言った。訊《き》かれると思っていたので「ああ」と頷き、みひろは答えた。

「細い針で皮膚に色素を注入していく美容法です。要は顔の入れ墨、タトゥーですね。昔はエステサロンでもやっていましたけど問題になって、今は医師以外は施術できないはずです」

「顔の入れ墨……それは女性にとって、非常に価値または希少性の高いものなんですか？」

「価値や希少性はわかりませんけど、興味は引くと思いますよ。眉毛はメイクの要で、みんな試行錯誤《しこうさくご》してるし」

「川浪さんがアートメイクの話をしたとたん、空気が一転したでしょう。あの流れが僕にはさっぱり。そもそも遅刻して来たのに眉毛を描いていた、がいじめの原因になるということ自体、理解不能です。遅刻をした男がヒゲを剃《そ》っていても、誰も咎《とが》めませんから」

「ヒゲを剃るのは身だしなみで、眉を描くのはおしゃれってことなんじゃないですか。メイクでいうと、ファンデーションと口紅までは身だしなみだけど、アイメイクは、自分を飾ったり可愛《かわい》く見せようとするものだから引っかかるというか。でもアートメイク、しかも何年か前にやったのなら仕方ないよね、みたいな。こういう説明なら、理解できます？」

　頭を巡らせ、できるだけわかりやすく伝えたつもりだったが、慎は前を向いたまま、あっさり、

「まったく。今の話は感情論的な推測であって、説明ではありませんし」

　と返した。

「ですよね～」

運転席に顔を向け、みひろは微笑んで見せた。腹は立つが、それ以上に空腹の限界だ。事故でもあったのか渋滞は続き、セダンはのろのろとしか進まない。

バッグからペットボトルのミネラルウォーターを出して飲み、お腹と気持ちを落ち着かせてから、みひろは改めて口を開いた。

「女は些細《ささい》な理由で怒ったり恨んだりする分、些細なきっかけで気が治まるってことです。理屈じゃなく、その場の空気や気持ちにはまれば、腑《ふ》に落ちるんです。私が前に働いてた通販会社のカスタマーセンターも女ばっかりで、あの手のもめ事はしょっちゅうでしたよ。とくに川浪さんのところは、警察っていう男社会の中にある女の園でしょ。良くも悪くも、関係が濃くなるんじゃないですか」

「男社会の中にある女の園ですか。比喩《ひゆ》としては的確ですね」

「どうも。豆田係長が言ってた、『これまでとは別の意味で、厄介』ってこういうことだったんですね。で、結論として、今回の案件はどうなるんですか？　川浪さんは職場改善ホットラインへの電話を取り消すって言ってたし、笹尾さんたちも謝ったし、さすがに懲戒処分と赤文字リスト入りはなしでしょう？」

不安を覚えつつ問いかけると、慎は首を縦に振った。

「ええ。念のため、しばらく前田係長に見守ってもらいますが」

「そうですね。川浪さんの家のことが心配だし、笹尾さんはちょっとはりきりすぎてる感じでしたから。『何かあったらその場で言い合いませんか？』なんて提案しておいて、しょうもない誤解と思い込みでトラブってるし。矛盾してるなと思ってたんですよ」

ほっとして、みひろは膝の上のバッグを抱え直し、前を向いた。

「上司としては、三雲さんにあのはりきりを見習ってもらいたいところですが」

「そう言われると思ってました……ところでこの車。吉祥寺駅南口に向かってるんですよね。キッシュのお店に行くんでしょう？」

車窓から通りの先を窺《うかが》いながら問うと、慎は、

「愚問です」

と言い放ち、前髪を掻き上げた。

7

下げていた頭を上げた時、川浪は安堵《あんど》と解放感で軽い興奮状態だった。みひろたちのセダンが見えなくなったのを確認し、吉祥寺署の駐車場を出て歩道を歩きだした。

五日市街道沿いのコンビニに入り、カゴを手に奥のスイーツコーナーに向かった。

大袈裟で回りくどいやり方だったけど、みんなにわかってもらえたわよね。これで

もうあれもお終《しま》いになって、全部元通りになるはず。そう確信すると胸が弾み、川浪は棚からプリンやシュークリーム、ロールケーキなどを取ってカゴに入れた。レジに行き、スマホで後払い決済をしてスイーツの入ったレジ袋を提げ、元来た道を戻った。

署の建物に入り、階段で二階に上がって廊下を進み、用度係の部屋のドアを開けた。

「遅くなりました」

会釈して室内を進んだ。それぞれの机で仕事をしていた仲間たちが、「お帰りなさい」「お疲れ様です」と応える。川浪は通路を歩き、奥の前田の机に向かった。ビジネスフォンで誰かと話していた前田は通話を終え、受話器を置くところだった。

「先ほど、阿久津さんと三雲さんが帰庁されたのでお見送りして来ました」

そう報告すると、前田は顔を上げて川浪を見た。

「そうですか。笹尾さんから聞きましたが、気がつかなくてすみませんでした。お家《うち》が落ち着くまで、僕もフォローしますから。一緒にがんばりましょう」

優しく穏やかに言い、前田は微笑んだ。川浪は「いい人なんだけど、頼りにならないのよね」と心の中で呟きながら、「はい。ご心配をおかけしました」と返して一礼した。そして顔を上げ、

「差し入れです。係長は、このプリンがお好きでしたよね？」

と問いかけ、レジ袋からカップ入りのプリンとスプーンを出して机に置いた。

「いいんですか？　すみません」

　前田は顔を緩め、手を伸ばしてプリンとスプーンを取った。振り向き、川浪は並んだ机に歩み寄った。

「みんなの分も買って来たの。好きなのを食べて」

　レジ袋を持ち上げて声をかけると、仲間たちは仕事の手を止めて集まって来た。三人とも喜びと感謝の言葉を口にしながら、レジ袋の中を覗き手を伸ばす。それを眺め、川浪は改めて安堵を覚え、言った。

「いろいろごめんね。じきに父親は退院できるはずだから、遅刻と早退もしなくてよくなると思う。これまでのことは水に流して、やり直させてね」

　後ろの前田を気にしながらの言葉のチョイスだが、言いたいことは伝わったはずだ。川浪はそう思い、手を止めてこちらを見ている仲間たちを見返した。

「もちろん。さっき三人で、『いい機会をもらえたね』って話していたんです。私たちこそ、改めてよろしくお願いします」

　レジ袋から出したシュークリームを手に、笹尾が応える。笑顔で、声も明るい。嬉しくなり川浪が返事をしようとした矢先、笹尾はこう続けた。

「今夜、みんなでご飯を食べませんか？　仲直りの印っていうか、再出発の記念に」

「えっ。でも」

「川浪さん。行きましょうよ」

「実はもう、お店を予約しちゃいました。奮発して、吉祥寺南町《みなみちょう》の焼き肉屋の個室」

森と谷口も言う。どちらも選んだスイーツを手に、笹尾と同じ顔で笑っている。たちまち川浪の胸はしぼみ、焦りが押し寄せてきた。

「今私は、これまでのことは水に流してって」

「だから、その記念に。どっちにしろ今夜はみんなで食事する予定だったし、家の用事でダメとかないですよね？」

笑顔を崩さず、口調だけ圧の感じられるものに変えて笹尾はさらに問うた。追い詰められている。そう悟り、川浪の焦りはさらに増し、怖くもなった。それでも必死に頭を巡らせ、後ろを振り返って言った。

「じゃあ、係長も一緒に。たまにはいいじゃないですか」

「僕？　喜んで、と言いたいところだけど、息子の誕生日なんですよ。すみません。また今度」

スプーンでプリンを口に運びながら、前田は申し訳なさそうに答えた。その姿を呆《ぼう》然《ぜん》と見返す川浪の耳に、「残念ですね」「また誘います」という仲間たちの声が届く。

「今夜六時からってことで。川浪さん、楽しみですね」

笹尾が言い、森と谷口が笑う。その声を聞きながら、川浪は胸の焦りと怖さが絶望に変わるのを感じた。

8

三日後。みひろは午後五時の終業チャイムと同時に、「失礼します」と告げて職場環境改善推進室を出た。明朝が締め切りの報告書はまだ書き上がっておらず、「お疲れ様でした」と返す慎の声は呆れ気味だったが、気にしない。みひろはバッグを抱えて小走りに廊下を進み、階段を降りて本部庁舎別館を出た。建物の間を抜け警察総合庁舎前の門から警視庁の敷地を出て、内堀通りを歩きだす。

「三雲さん」

声をかけられ、振り向くと川浪がいた。春物の白いニットにモスグリーンのロングスカート、ベージュのジャケットという格好で肩にバッグをかけ、手には紙袋を提げている。

「こんにちは。どうされたんですか？」

驚きながら挨拶すると、川浪は笑って答えた。

「家の用事で早退して、日比谷《ひびや》に来たんです。ついでに、三雲さんたちにこれをと思って。うちの近所のパン屋さんのなんですけど、よろしければどうぞ」

そう言って、川浪は紙袋を差し出した。受け取って中を見ると、サンドイッチやメロンパンなどが入っていた。その中に、三角形にカットしたカステラに羊羹《ようかん》が挟まれているものを見つけ、みひろは声を上げた。

「シベリア！　なかなか売ってないんですよね。室長の好物なので、喜びます。きっと、『シベリアだ！　シベリアという名前の由来には諸説あり』とか、またウザい蘊蓄《うんちく》を語りだしますよ」

慎の声色を作って続けると川浪は肩を揺らして笑い、さらに言った。

「地元の井戸水を使って作っているそうで、シンプルだけど飽きない味でおいしいですよ」

「ありがとうございます。わざわざすみません」

「気にしないで下さい。パン好きだと伺ったし、先日は本当にお世話になったので」

「その後、笹尾さんたちとはいかがですか？」

紙袋を提げ、みひろは訊ねた。昨日、慎経由で前田の「聞き取り調査の当日の夜も四人で食事に行き、その後も問題なく職務についている」という報告を聞いたばかりだが、気になっていた。笑顔のまま、川浪は答えた。

「楽しくやっています。今夜もこれから、四人で食事会なんですよ。場所はこの間お勧めしたパンがおいしいビストロ。『三雲さんたちに勧めたの』って話してたら、行きたくなっちゃって」

「ああ。そういうこと、ありますよね」

相づちを打ちつつ、「早退したのに食事会に行くんだ」と違和感を覚えたが、それだけ仲がいいということか。そう納得し、再度礼を言って別れようとみひろが口を開きかけると、先に川浪が言った。

「聞き取り調査でいじめ被害を伝えた時、実はちょっとヤケになっていました。同じ警視庁の職員でも、警察行政職員って警察官より下に見られているでしょう」

「えっ。そうなんですか？」

驚き、訊ねたみひろに川浪は完璧な形状の眉を寄せて頷いた。今日は長い髪を肩に下ろしている。

「もちろん、みんながそうじゃないですよ。でも、うちの署でも消耗品の在庫が切れていたり、希望した品を購入してもらえなかったりすると、『俺たちあっての行政職員だろ』みたいな態度を取る人がいます。間違ってはいませんけど」

「間違ってますよ。ひどいですね」

そう返しながら、みひろは笹尾が大真面目に「手錠と警察手帳なしじゃ、警察官は仕事になりませんから」と話していたのを思い出した。「ええ」と頷き、川浪は続けた。

「だから職場改善ホットラインに電話しても期待してなかったし、本庁から人事第一課の人が来るって知らされた時も、『聞き取り調査なんて、形だけのクセに』って思ってたんです。でもすごく悩んでいたので、『どうにでもなれ』って気持ちで伝えちゃいました」

「伝えていただいて、よかったです。職場環境改善推進室は、部署や職分に関係なくトラブルがあれば対処しますよ。私も二年前まで民間企業にいて、事務職の経験もあります」

「そうだったんですか。道理で、いい意味で警察官ぽくないなと思ってました」

「ありがとうございます」

笑顔で返しながら、みひろは腕時計をチラ見した。と、向かいの川浪がきょろきょろしたり髪を弄ったり、わかりやすく落ち着きがなくなった。

ひょっとして、私を引き留めたい？　何か話したいことがあるのかも。そう閃き、一方で今日これからの予定も思い浮かび、みひろは頭を巡らせた。

「川浪さん。私はこの後ちょっとした集まりに行くんですけど、一緒にどうですか？」

「でも、食事会に行かないと。それにご迷惑でしょう？」

「全然。誰でも参加ＯＫの、気軽な集まりなんです。ちょっとだけいて、そのあと食事会に行ったらどうでしょう」

身振り手振りも交え、できるだけ軽いノリで誘う。川浪は明らかにほっとした様子だが、「どうしよう」と首を傾げて迷っている。もう一押ししようとみひろが口を開きかけた刹那、川浪は言った。

「三雲さん。ジャンケンしませんか？　私が勝ったら、三雲さんと一緒に行きます」

「構いませんけど……でも、ジャンケンで決めるなら逆じゃないですか？　私が勝ったら一緒に来てもらうのが」

面食らい、みひろは突っ込んだが川浪は、

「いいんです。私が勝ったら一緒に行きます」

と繰り返し、左手で右腕のジャケットとニットの袖口を押し上げた。続けて右手を開いたり閉じたりの準備運動を始め、表情は真剣。意図がわからず戸惑いはしたが、断る理由もないので、みひろも紙袋を左手に持ち替えた。

「いきますよ。最初はグー」

声を張って告げ、川浪は拳をつくった右手を上下させた。夕暮れの官庁街でジャンケンを始めた、アラフォーとアラサー女性。行き交う人たちの訝《いぶか》しげな視線を感じる。

「ジャンケンポン！」

二人で声を合わせて言い、お互いの右手を差し出した。川浪はチョキで、みひろはグーだ。と、川浪は右手を下ろし、がっくりとうなだれた。

「ダメか。やっぱり私、ジャンケンが弱いんですね」

「そんな。もう一度やりますか？」

「いえ。いいです」と返し、川浪は顔を上げた。そして、

「変なことをお願いして、すみません。お誘いいただいて、嬉しかったです。失礼します」

と早口で告げて一礼し、その場から歩き去った。

9

NEWSの「Happy Birthday」を歌い終え、みひろはマイクを下ろして両手の親指と人差し指でハートマークをつくって見せた。向かいのソファから、

「みひろちゃん、ナイス！」

「女ジャニーズ。一人NEWS」

と声がかかり、拍手も起きた。みひろは「ありがと〜」と返し、マイクを構え直した。

「摩耶《まや》ママ。お誕生日おめでとう。いくつになったかは——出禁《できん》になりたくないから、訊かないでおく」

最後のワンフレーズはおどけて言うと、ソファに座った客の中年男たちと従業員の女の子たちが笑った。その真ん中に鎮座する摩耶ママは、ノーリアクション。平時の三割増しで濃いメイクが施された顔で、煙草《タバコ》をふかしている。その前のローテーブルには、酒とつまみの他に大きなバースディケーキとプレゼントの箱、花束などが並んでいた。

みひろがマイクをスタンドに戻すと、次の曲のイントロが流れだした。Superflyの「愛をこめて花束を」。白いドレス姿の従業員のエミリが、「私で～す！」と挙手して立ち上がり、みひろはステージを降りて傍らのカウンターに向かった。

勝手に端の扉を開けてカウンターの中に入り、壁際の冷蔵ショーケースからビールの中瓶を取り出した。続けて冷蔵ショーケースの隣の棚からグラスを取り、カウンターの中から出てスツールに腰掛けた。人工大理石のカウンターテーブルの上には、胡蝶蘭《こちょうらん》の鉢植えとお湯割り用の電気ポット、タワー状に積まれた灰皿などが雑然と置かれている。そこから飲料メーカーの名前入りの栓抜きを取って瓶の栓を開け、ビールをグラスに注《つ》いで一気に半分飲んだ。ぷは～と息をつき、くつろいでいると摩耶ママがやって来た。

「ここはあんたの実家か。しかも、誕生日プレゼントがパン。飲食店に食べ物持参って、ケンカ売ってんの？」

煙草を片手に表情を動かさずに言い、カウンターの中に入ってみひろの向かいに立つ。今夜のパーティの主役とあって、黒地に金銀の模様が入った着物を着て、髪は夜会巻きだ。ゴージャスだが、貫禄《かんろく》たっぷりの体形といい鋭い眼光といい、「極妻《ごくつま》感」がすごい。

みひろがここ、「スナック流詩哀《ルシア》」の常連になって二年が過ぎた。自宅である警視庁の独身寮に近く、ランチ営業をやっていたので入ってみたらおいしくて、通うようになった。店内は五人座るといっぱいのカウンターと、深紅のベルベット張りのソファのボックス席が一つで、その向かいにカラオケ用の小さなステージと歌詞字幕の映像用の液晶ディスプレイがある。「ザ・スナック」という内装だが従業員の女の子たちと、ほとんどが近隣の商店主だという常連客のおじさんたちはいい人ばかり。無愛想で口の悪い摩耶ママもなんだかんだで面倒見がよく、今ではみひろにとって、なくてはならない場所だ。

グラスにビールを注ぎ足し、みひろは返した。

「パンはもらい物のお裾分け。プレゼントは、別にちゃんとあげたでしょ」

「それはありがたくもらっとくけど。ところで、職場で何かあったの？　あんた、誰かの誕生日祝いの度に今の曲歌うけど、歌もダンスもキレがイマイチだったわよ」

めざといんだから。摩耶ママこそ、実家の母親か。うんざりしながらも「まあね」

と返し、みひろはグラスを口に運んだ。

午後六時前にここに着いてパーティに参加し、約一時間が経過したが、川浪のことが気になって仕方がない。態度が不自然だったし、みひろに話したいことがあったのは確かだ。しかしいじめ被害の事案は、「非違事案には該当せず」という旨の報告書を提出し、監察係に受理されている。

「だからって、区役所を辞めようなんて考えるんじゃないわよ。あんたみたいな面倒臭いOL、今どき民間企業じゃリストラまっしぐらだから。『寿退職以外では辞めない』ぐらいの根性で公務員しがみつかないと。ところで、元エリートのイケメン上司とはどうなってんの？　何度も連れて来いって言ってんのに、無視するし」

摩耶ママは問いかけ、自分もグラスを取って勝手にみひろのビールを注いだ。再びうんざりし、みひろは、「どうもこうも何もないし。この店は私の癒やしの場だから、仕事を持ち込みたくないの」と訴えたが、摩耶ママは喉を鳴らしてビールを飲み、聞いていない。

この店に通い始めて間もなく、「どんな仕事をしてるの？」と訊かれた。本当のことを話すといろいろ厄介なので「公務員」と答えたところ、いつの間にか区役所勤めということにされていた。

摩耶ママがソファに戻り、一人でビールを飲んでいたらますます川浪が気になりだした。少し酔いが回ると居ても立ってもいられなくなり、みひろはスーツのジャケットのポケットからスマホを出した。慎の番号を呼び出し、電話する。コール音がしばらく続き、少し鼻にかかった声が応えた。

「阿久津です」

「三雲です。すみません、ちょっといいですか？」

「はい。何でしょう」

そう慎が答え、みひろは声のトーンを落とし、背中も丸めて話しだした。さっきの川浪とのやり取りと、自分の考えを伝える。みひろが話し終えると、慎は言った。

「確かに気になりますね」

「でしょう？　川浪さんが立ち去った後、警察総合庁舎前の門の警備をしてる警察官に確認しました。川浪さんは、私が出て来る一時間近く前から、門の前をうろうろしていたそうです。吉祥寺署の事案は、まだ何かあるんですよ」

「何かあるか否かはともかく、確認の必要はありますね。明日にでも、前田係長に」

すらすらと慎は話をまとめようとしたが、みひろは「いえ」と遮りこう続けた。

「明日じゃダメな気がしませんか？　川浪さんは今、笹尾さんたちと食事をしているはずです」

「その質問には答えかねます。なぜなら再三《さいさん》申し上げているように、僕は予想や憶測ではものを言わない主義なんです」

　きっぱりと、自信と信念、加えて自己愛も滲《にじ》む口調で慎は返した。片手でスマホを構え、もう片方の手でメガネのブリッジを押し上げる姿が目に浮かぶ。イラッとしたのを堪《こら》え、みひろは前のめりで訴えた。

「知ってます。再三どころか、再四も再五も申し上げられてますから。でも、様子を見るだけでも。お店がどこかもわかっていますし」

「三雲さん。飲酒していますね。声が少しうわずっていますし、後ろから北島三郎《きたじまさぶろう》の『まつり』が聞こえます。音程とピッチから察するに、カラオケでしょう」

　冷静かつ的確に返され、みひろはさらに苛立《いらだ》ってもどかしさも覚えた。後ろのステージでは確かに常連客の一人の吉武《よしたけ》が、調子外れな「まつり」を気持ちよさそうに歌っている。

　心を決め、スマホを構え直した。

「わかりました。私一人で行きます。室長には、迷惑をかけませんから」

　そう一気に告げ、スマホを下ろして通話終了ボタンをタップした。

スマホのスピーカーからツーツーという話中音《わちゅうおん》が流れだし、慎は電話を切ってため息をついた。

10

就業時間外の三雲みひろからの電話は、ロクなことにならないな。そう思い、スマホをジャケットのポケットにしまった。頭はクリアで気持ちも静かだが、知らず眉をひそめてしまう。

通路を歩き、客席に戻った。ここは、虎ノ門《とらのもん》にある老舗ホテルのメインバーだ。柔らかく控えめなライトに照らされた店内は広々として、壁際には全長二十メートル近いカウンターがあり、向かいには黒革張りのソファと木製のローテーブルが十分な間隔を取って並んでいる。そこで談笑している客の大半は、身なりのいい年配者だ。慎はカウンターのスツールの後ろを進んだ。中ほどの一脚に座った男の脇で足を止める。

「申し訳ありません。急用ができました」

手にしていたバーボンのグラスをカウンターに置き、男が振り返った。

「仕事か？　電話の相手は、三雲さんだろ」

　そう問いかけ、男は笑った。日焼けした肌と、白い歯のコントラストが印象的だ。精悍《せいかん》な顔立ちで体格もよく、一目で高級品とわかるスーツをノーネクタイで着ている。

「お察しの通りです」

　慎が正直に答えると、男は少し贅肉《ぜいにく》がついた顎を上げて笑った。カウンターの向こうでは黒い蝶《ちょう》ネクタイを締めた若いバーテンダーが、肘を張り小指をぴんと立ててマドラーを持ち、水割りのグラスを攪拌《かくはん》している。

「相変わらずの名コンビだな。俺がよろしく言っていたと、彼女に伝えてくれ……そうだ。今夜呼び出した本題を、まだ話していなかったな」

　男は言い、隣のスツールに置いたバッグを開け、本を一冊取り出して慎に渡した。表紙にはダークスーツ姿の男女のシルエットと警視庁本部庁舎の写真が配され、赤い文字で『警視庁レッドリスト』とタイトルが記されていた。著者名は「沢渡暁生《さわたりあきお》」。男のペンネームで、本名は阿久津懸《けん》。慎の父親だ。

「去年の騒動を小説にしたんですか？『何でもメシの種にできるのが、物書きの強み』とは言っていましたが、本当に書くとは」

　本の表紙に視線を落としたまま、慎は返した。表紙には「ノンフィクション⁉　元経産省《けいさんしょう》官僚のベストセラー作家が、警視庁の陰謀に迫る」と派手な文字で書かれた帯が巻かれている。

沢渡は元経産省のキャリア官僚で、作家や大学教授をする傍ら、警視庁の施策の推進委員を務めていた。その一つがレッドリスト計画で、慎とみひろが計画を打ち砕いた結果、沢渡は他の施策の推進委員からも外され、警視庁との関係を絶たれた。

「そりゃ、書くと言ったら書くさ。発売されたばかりだが売れまくってて、映画化の話も来てる。お前、自分の役をどの役者にやらせる？」

明るく軽いノリで問われ、慎は呆れて顔を上げた。

「お父さん。あなたって人は……とはいえ、元気そうで安心しました。お母さんや天《てん》兄さんにも、よろしく伝えて下さい」

そう告げて、慎は自分が座っていたスツールからバッグを取った。沢渡は「ああ」と返して前に向き直り、グラスを摑んでさらに言った。

「慎。『盾《たて》の家』に気をつけろよ」

「何かありましたか？」

動きを止め、慎は沢渡の横顔を見た。

盾の家はいわゆる新興宗教団体で、慎が監察係から職場環境改善推進室に左遷されるきっかけを作った元部下がこの団体に潜伏していた。

「ない。だからこそ、気をつけろ。用心するに越したことはない」

グラスを口に運び、沢渡は返した。いつの間にかその横顔から、笑みは消えている。

「わかりました。ご忠告ありがとうございます」

バッグと本を両手に持ち、慎は頭を下げた。一方胸の中では、「こっちが本当の本題だな」と確信する。

身を翻し、慎はバーの出入口に向かって歩きだした。

まずは、川浪樹里の事案。そして三雲の行動を監督しなくては。心の中で呟き、足を速める。集中が高まると緊張は解け、盾の家のことも思考から排除された。

11

みひろは電車、慎はタクシーで吉祥寺に向かい、駅前で落ち合った。二人で繁華街を抜け、通りを進んだ。時刻は間もなく午後九時だ。

目指すビストロは、井《い》の頭《かしら》公園にほど近い吉祥寺通り沿いのビルに入っていた。三日前、川浪は「カジュアルなチェーン店だけど、スタッフにパン専門の職人さんがいてバゲットが絶品」と話していた。

エレベーターで三階に上がり、ガラスのドアを開けてみひろ、慎の順に店に入った。

そう広くはないが天井が高く開放的な雰囲気で、モザイクタイルが敷かれた床の上に木製のテーブルとオレンジ色の布張りの椅子が並んでいる。身を乗り出し、みひろが店内に視線を巡らせていると、後ろで「いらっしゃいませ。何名様ですか？」と店員らしき女性の声がした。構わず視線を巡らせ続けるみひろに、女性店員が戸惑っているのがわかる。と、慎が取りなすように答えた。

「二名です。予約していませんが、大丈夫ですか？」

「はい。こちらにどうぞ」

女性店員は返し、みひろの脇を抜けて店の奥に進もうとした。ほぼ同時に、みひろは店内に川浪の白いニットを見つけた。

「いえ。あっちでお願いします」

告げるやいなや、みひろは案内されたのとは反対方向に歩きだした。女性店員に「すみません」と言い、慎が後を付いて来る。ワンテンポ遅れて、女性店員も歩きだした。

突き当たりの吉祥寺通りに面した一角は壁が天井までのガラス張りになっていて、その前に四人がけのテーブルが並んでいた。半個室というのか、各テーブルはクリスタルボールを金具でつなげた暖簾《のれん》で仕切られている。店内は混み合っていたが、川浪たちの隣のテーブルは空いていた。川浪は窓際の奥の席に腰掛け、隣に笹尾、向かいに谷口と森が座っている。

素早く隣のテーブルに歩み寄り、奥の席に着いたみひろに、女性店員は困惑して告げた。

「申し訳ありません。そちらは予約席で」

「すぐに出ます。三十、いえ、二十分だけ」

隣を気遣いながら、みひろはコックコート風の白いブラウスに黒いパンツ姿の女性店員に返した。また「すみません」と言って慎がテーブルの向かいに座ると、女性店員は諦めたようにメニューを差し出した。隣を見たままそれを受け取り、みひろは告げた。

「パンと水」

女性店員は絶句し、慎が言い直す。

「アラカルトの今日のお勧めを一皿ずつと、ガスなしのミネラルウォーターを。バゲットは多めでお願いします」

「かしこまりました」と一礼して女性店員が下がり、慎は顔を前に向けた。

「三雲さん。見た目より酔っていますね」

「いいえ。それより、隣。やっぱりいましたね。楽しそうに見えるけどなあ」

抑えた声で、みひろは返した。開いたメニューで顔を隠し、暖簾の隙間から隣を窺っている。慎もメニューを開き、同じようにして隣を覗いた。

暖簾の向こうは通路になっていて、隣のテーブルまで少し距離がある。川浪たちはみんな笑顔で、顔を突き合わせるようにして会話している。食事を終えたところらしく、テーブルには空になったデザートの皿とコーヒーカップが載っていた。耳を澄ませると「シースルーバング」と聞き取れたので、ヘアスタイルの話をしているようだ。

向かいで慎が、「シースルーバンク？」と怪訝そうに呟くのが聞こえた。

絶対後で説明させられるな。取りあえず、「バンク」じゃなく「バング」だから。

そう心の中で突っ込みつつ隣を覗《うかが》っていると、淡いグレーのワンピースを着た笹尾が身を引いて言った。

「あ〜、お腹いっぱい。明日も早いし、そろそろ帰りましょうか」

「だね。恒例のあれ、やりましょう。今夜は税込みで、一万五千三百二十円です」

黒白のボーダーカットソー姿の森が、テーブルから伝票ホルダーを取って読み上げる。とたんに、場の空気が変わった。花柄のブラウスを着た谷口と笹尾が真顔になり、肩を回したり、手を開いたり閉じたりし始める。一方川浪は、目を伏せて顔を強《こわ》ばらせた。

「あれ」って？　何が始まるの？　みひろは緊張と興味を覚え、身を乗り出して四人に見入った。暖簾がかすかに揺れ、慎も身を乗り出したのがわかる。ミネラルウォーターとバゲットを運んで来た女性店員が、訝しげにこちらを見るのを感じた。

「じゃあ、いきますよ。いいですか？」

笹尾が他の三人を見回して訊ねた。森と谷口は前のめりになって頷いたが、川浪は目を伏せたままだ。川浪の様子が気になりつつ、みひろもクリスタルボールが顔に当たるほど前のめりになる。

「はい。最初はグー」

笹尾は声を張って言い、テーブルの上の空間に右拳を突き出して上下に振った。谷口はそれに倣い、森は何かのおまじないなのか、中指と人差し指を軽く立てた状態で右手を上下させる。川浪も動きはぎこちないものの顔を上げ、右拳を振った。

「なんだ。ジャンケンか」

そう呟いてから、みひろは夕方会った時、川浪が自分にジャンケンを求めて来たのを思い出した。その間に笹尾は「ジャンケンポン！」と続け、パーを出した。森と谷口もパー。川浪だけがグーを出している。

「やったー！」

「セーフ」

「川浪さん、すみません。よろしくお願いします」

森が喜び、谷口は安堵し、笹尾は申し訳がなさそうに伝票ホルダーをテーブルの川浪の前に置いた。川浪は無言。呆然と伝票ホルダーを見ている。

「大丈夫ですか？」

笹尾が心配そうに隣を覗き、森と谷口も向かいに視線を向ける。川浪ははっとして顔を上げ、伝票のホルダーを取った。

「うん。ルールはルールだもんね。でも、よければもう一勝負《ひとしょうぶ》お願いできない？ さすがにそろそろ苦しいのよ」

笑顔でそう問うた川浪だが、声は上ずっている。頷き、笹尾は即答した。

「もちろん、いいですよ。もう一度やりましょう」

「楽しいし、一度と言わず何度でもやりますよ」

「私も。全然ＯＫです」

森と谷口も返したが、「いいですよ」「やりますよ」と微妙に上から目線。みひろは違和感を覚えたが、川浪はほっとしている。

「では、気を取り直して……最初はグー！」

さっきよりも大きな声で言い、笹尾が右拳を上下に振った。谷口が倣い、森も今度は二人と同じようにした。そこに川浪も加わる。みひろたちとは反対側の隣のテーブルに着いたカップルが、怪訝そうに四人を振り向いた。

「ジャンケンポン！」

笹尾は続け、チョキを出した。森はパーで、谷口はチョキ、そして川浪はパーだ。

「うわ。やば〜い！」

森が大袈裟にのけぞり、川浪はさらにほっとした様子だ。

「はいはい。それじゃ、二人で決勝戦……最初はグー」

間髪を入れずに笹尾が告げ、森と川浪は右手を上下させた。森は今度は手のひらを開いて右手を上げ、グーを作って下ろすポーズだ。

「ジャンケンポン！」

笹尾がテンポよく続け、森は作ったグーをそのまま突き出した。一方、川浪はチョキ。

「よかった～！」

心底安堵したように言い、森は隣の谷口にしなだれかかった。それを見て谷口と笹尾が笑い、川浪は無言。諦めたような顔で、バッグから黒革の長財布を出す。

ジャンケンに負けた人が、食事を奢《おご》るってルールなのか。ランチならともかくディナー、しかも一万五千円はキツいな。「恒例の」ってことは、しょっちゅうやってるの？　しかも川浪さんは、「さすがにそろそろ苦しい」って――。ふいに、頭の中の回路が繋がった気がした。「やっぱり私、ジャンケンが弱いんですね」と言ってうなだれていた川浪の姿も思い出す。みひろは身を引き、メニューを下ろした。その耳に、

「ゆゆしき事態ですね」

という慎の声が届く。振り向いて、みひろも言った。

「ですよね」

「ええ」と頷き、慎もメニューを下ろして前髪の乱れを整えた。

「三雲さんの推測は、正しかった。到底看過できません。彼女たちの行為は」

慎は語りだしたが、みひろはテーブルに手を伸ばしてボトルを取り、ミネラルウォーターをグラスに注いだ。ボトルを置いてグラスを摑み、中身を飲み干す。慎の視線を感じながらグラスをテーブルに戻し、両手で頰をぱんぱんと叩く。酔い覚ましの意味もあるが、気合い入れだ。

席を立ち、みひろは通路に出た。「三雲さん？」と呼びかける慎の後ろを抜け、隣の半個室に入った。

「こんばんは。お邪魔します」

そう挨拶すると川浪と笹尾が視線を上げ、森と谷口も振り向いた。

「三雲さん。どうして」

長財布を手にしたまま目を見開き、川浪が言った。と、それを遮るように笹尾が微笑みかけてきた。

「こんばんは。偶然ですね。あ、阿久津さんもいる」

笹尾の視線が、みひろの背後に動く。

「ひょっとしてデートですか？」

「え～っ。いいな～」

　森と谷口も騒ぐ。テーブルには中身が残ったワイングラスも置かれているので、四人も少し酔っているのだろう。みひろは笑顔を作り、返した。

「先日はありがとうございました。楽しそうですね。とくにジャンケン。私、大好きなんですよ。よければ、仲間に入れてもらえませんか？」

「もう終わったから。全部冗談だし、ふざけてただけなんですよ」

　眉根を寄せ、笹尾は早口で返したが、みひろは構わずに続けた。

「もちろんわかってます。でも腕がうずいて。川浪さんの代わりってことで、三度目の勝負をしませんか？」

　明るく、しかし有無を言わせない口調で問いかけ、テーブルの脇に立った。笑顔のまま、笹尾が黙る。

「冗談だってわかってもらっているなら、構いません。やりましょう」

　代わりにそう答えたのは、森だ。パールピンクのアイシャドウとマスカラで飾られた丸い目でみひろを見上げ、微笑む。森が「ね？」と振ると、笹尾と谷口もぎこちなくだが頷いた。その姿を、川浪が戸惑ったように見る。

　みひろも頷き、ライトグレーのジャケットに包まれた右腕の肘の内側をつまみ、軽く引き上げた。向かいから川浪、後ろから慎の視線を感じたので、「任せて下さい」

の合図のつもりで、左手を軽く挙げて見せた。

笹尾、森、谷口も右腕を上げたのを確認し、みひろは言った。

「いいですね？　……最初はグー」

言いながら突き出した右拳を上下させ、同時にテーブルの三人の右手の動きを見る。笹尾と谷口はグーを作って右手を振ったが、森はさっきの勝負の時と同じようにパーを作って右手を上げ、下げるときにグーにした。

「ジャンケンポン！」

勢いよく続け、みひろは右手を開いてパーを出した。森はグー。笹尾と谷口も同じだ。

「やった！　川浪さん、リベンジしましたよ。これで、さっきの勝負はチャラですね」

みひろは首を突き出し、はしゃいだ声で報告した。「ええ」と頷いた川浪だが、その目は泳いでいる。笹尾、森、谷口は素早く視線を交わし、笹尾が言った。

「『大好き』って言うだけあって、強いですね。でも、三人とも秒殺じゃ悔しいので、再挑戦させて下さい」

高い声をさらに高くして媚《こ》びるような笑みも浮かべているが、眼差しに余裕はない。予想通りの反応なので、みひろは即答した。

「もちろん。じゃあ、早速……最初はグー」

　早口で告げ再度右拳を振ると、テーブルの三人も右手を動かした。笹尾と谷口はグーだが、森は今度は軽く指を曲げてはいるがチョキを作っている。

「ジャンケンポン！」

　声を張り、みひろはパーを出した。笹尾、谷口、森もパーだ。おあいこになり、ほっとした様子の三人に、みひろは告げた。

「気が合いますね、と言いたいところですが、わざとです。私もみなさんがパーを出すとわかっていました。さっきも、みなさんがグーだとわかっていたのでパーで勝ちました」

「えっ⁉」

　川浪が驚き、笹尾は笑った。

「そうなんですか？　なんか、魔法か超能力みたいですね」

「ホントホント」

「三雲さん、すごい」

　森と谷口も目を見開いて同意する。

　あくまでシラを切るつもりね。そう確信し、みひろが強い怒りを覚えていると、慎が進み出て来た。

「違います。三雲はいま、『私も』と言いました。つまり、みなさんも他の二人がどの手を出すかわかった上で、グー及びパーを選択したということです。当然川浪さんとの勝負でも、同じ手法を用いたのでしょう」

テーブルの三人を順に見て、そう告げる。たちまち三人は驚きと不満の声を上げ、川浪は呆然となる。慎が満足げにメガネのブリッジを押し上げようとしたので、みひろは「私が言おうと思ったのに」と心の中で憤慨し、横目で睨んだ。意図が伝わったらしく、慎は咳払《せきばら》いとともに「失敬」と言い、元いた場所に戻った。

「私たちが事前に申し合わせて、同じ手を出してるって言うんですか？　そんなことしてません。言いがかりだわ」

笹尾が言い、みひろに尖《とが》った目を向けた。頷き、森も言う。

「それにもし申し合わせていたとしても、勝てるとは限らないでしょう。だって、三雲さんや川浪さんがどの手を出すかは、わからないんだから。ですよね、川浪さん？」

「うん。確かに」

突然話を振られてうろたえ、川浪が納得しそうになったので、みひろは話を続けた。

「ええ。ですから、こちらが出す手を当てるのではなく、笹尾さんたちが勝てる手をこちらが出すように仕向けているんです。また『魔法か超能力』って言われそうですけど、違います。カギは森さんで、『最初はグー』のかけ声の時、こちらに見えるようにチョキやパーのポーズを作りましたよね。それで川浪さんは、無意識に見せられた手に勝てる手、つまりグーとチョキを出してしまった」

「あっ！」

川浪は声を上げ、手を口に当てた。もう片方の手は長財布を握ったままだ。森が何か言おうとしたので、みひろは先にこう補足した。

「ちなみにこれは『プライミング効果』といって、あらかじめ受けた刺激や情報に行動が無意識に影響される現象です。子どもの頃、十回クイズってやりませんでした？『みりんって十回言って』と相手に言わせてから、『首の長い動物と言えば？』と訊いて正解のキリンじゃなく、『みりん』と答えさせる。あれもプライミング効果の応用です」

職場改善ホットラインの係員時代に勉強したので、みひろの頭の中には各種ハラスメントや心理学、詐欺の手法などの知識が一通り入っている。そのきっぱりした口調に、森は急におろおろとし始めた。

「プラなんとかか、わかりません。『最初はグー』の時にポーズを作っちゃうのは、クセなんです。いけませんか？」

「いいえ。問題はクセを悪用し、仲間と結託《けったく》して誰かを騙《だま》して陥《おとしい》れることです……食事会で誰が奢るかジャンケンで決めるのも、勝負に負けるのも、今夜が初めてじゃないでしょう。警察共済組合からの借入金二十万円も、お父さんの入院じゃなく、食事代の支払いが原因なんじゃないですか？」

前半は森を見据えて厳しく、後半は川浪に向かってできるだけ優しく語りかけた。無言で、しかし首を大きく縦に振り、川浪は俯いた。すぐにその肩が震えだし、白く細い指が関節の色が変わるほど強く、長財布を握りしめる。

「今日の夕方も、この話をしたくて来たんですよね。気づけなくて、ごめんなさい」

そう続けてみひろが頭を下げると、川浪は俯いたまま激しく首を横に振った。森と谷口も俯き、気まずそうに押し黙っている。笹尾が上目遣いにみひろを見て言った。

「でも、『ジャンケンで負けた人の奢りにしない？』って言いだしたのは、川浪さんなんですよ。それなのにジャンケンが弱くて、『悔しいからもう一回』って何度もやりたがったんです。だから私たちも、『付き合うならメリットがないとね』って話になって」

独特の声から滲むものが、媚びから不満に変わる。怒りがこみ上げ、みひろは両手でテーブルをばしん、と叩いて返した。

「話をすり替えるな！　問題はジャンケンじゃなく、結託して誰かを騙して陥れたこと。ほんのちょっと前に、そう言ったでしょ！」

びくりと肩を揺らして「すみません」と言い、笹尾は俯いて泣きだした。森と谷口も俯いたまま動かない。反対に川浪は顔を上げ、目の端にハンカチを当てて涙を拭いた。

みひろが両手をテーブルについたまま鼻息も荒く四人を見ていると、慎の声がした。

「熱弁は結構ですが、そろそろ。重大な事実誤認があります」

「えっ？」

みひろが振り向くのと同時に、再び慎が進み出て来た。四人を見渡し、こう告げた。

「川浪さんの告発の理由と真相は、よくわかりました。ジャンケンの勝敗に関しては、話の流れにもよりますが、詐欺罪に当たる可能性があります。しかしそれ以前に、みなさん四人は認許《にんきょ》しがたい過ちを犯しました」

「四人？　三人じゃなく？」

そう訊ねたみひろに、慎は前を向いたまま「はい」と答えた。

「笹尾さん、森さん、谷口さん、そして川浪さん。みなさんは、食事代金の支払者を決定する目的でジャンケンを行いましたね。これは『偶然の勝敗により財物・財産上の利益の得喪《とくそう》を争うこと』にあたり、賭博《とばく》行為とみなされます。賭博は刑法第百八十五条に抵触し、五十万円以下の罰金または科料《かりょう》に処せられます」

「ああ……でも賭博っていうか、この程度の賭けなら、みんながやってることだし」

フォローのつもりで言い、テーブルを見回した。しかし四人とも顔は上げたが横を向き、みひろと目を合わせようとしない。

賭博の罪に問われると承知の上で、奢りジャンケンをしてたの？　だから「冗談」

って強調したんだ。みひろが驚き呆れると、慎はさらに言った。

「おっしゃる通り、刑法第百八十五条の但書《ただしがき》には『一時の娯楽に供する物を賭けたにとどまるときはこの限りでない』とあります。しかし先ほどの三雲さんの発言通り、この四人の奢りジャンケンは度々行われ、常習化していた可能性が極めて高い。加えて賭博行為は警察職員に対する懲戒処分の指針に於《お》ける『その他規律に違反するもの』の『賭博をすること』にも該当し、減給又は戒告に処されます。ゆえに僕は、『認許しがたい過ち』と言ったんです。四人とも、処分は追って通達しますが覚悟して下さい」

最後のワンフレーズは、眼差しと口調を厳しくして告げる。その迫力に四人はこちらを向いて「はい」と返し、慎は「では」と告げて身を翻した。みひろは戸惑いながら慎の後を追い、半個室を出て自分たちのテーブルに戻った。

「『ゆゆしき事態』は賭博のことだったんですね。でも今回は事情が事情だし、例外的に」

暖簾越しに隣を覗いながら、空いた椅子に置いたバッグを摑んでいる慎に語りかけた。隣の四人、とくに川浪がすがるような目でこちらを見ているのがわかる。

「規律違反に、事情も例外もありません。発見したら処罰する。それが正義であり、我々の職務です」

滑舌よく告げ、慎はバッグと伝票のホルダーを手に出入口に歩きだした。みひろはますます戸惑い、返す言葉を探しつつその後に続いた。と、慎は足を止めて振り向き、

「それから、警察官に『みんながやってること』は禁句です。二度と口にしないで下さい」

と強い口調で付け加え、また歩きだした。

12

甘食《あましょく》、プリンパン、チョコチップメロンパン——ああ、揚げパンもあるんだ。心の中でそう呟いたとたん、

「揚げパン、おいしいですよ。この店なら、行ったことがあります。カバのイラストがトレードマークで、看板や包装紙、インテリアにも使われています」

と後ろで慎の声がした。

ぎょっとして、みひろは机上のノートパソコンの液晶ディスプレイを閉じようとした。が、慎は素早く身を乗り出し、みひろの肩越しに液晶ディスプレイを覗いた。そ

こに表示されているのは、グルメサイトのとあるパン店の情報ページ。慎の言うとおり、店の看板や店内の時計、貼り紙などには可愛い茶色のカバのキャラクターが使われている。パンも一つ一つ丁寧に作られているのがわかり、とてもおいしそうだ。

みひろは「すみません」と言って身を引き、慎の横顔に問うた。

「私、また頭に浮かんだことを知らないうちに声に出してました?」

「いいえ。でも、口が開けっぱなしになっていました。ヨダレも少々」

体を起こし、手にしたマグカップを口に運びながら慎は答えた。コーヒーメーカーのコーヒーを淹《い》れ直したらしく、職場環境改善推進室には芳香が漂っている。恥ずかしいのと同時にちょっと腹も立ち、みひろは横目で慎を睨みながら口の端を拭った。

自分の席に戻り、マグカップを机に置いて慎は続けた。

「川浪樹里が気になりますか。その店の所在地は、足立《あだち》区でしょう」

「ええまあ。どうしてるかな、って」

頷き、みひろは答えた。考えを見通され、恥ずかしさと腹立ちに気まずさも加わる。

吉祥寺のビストロでジャンケンをしてから、間もなくひと月。あの後、職場環境改善推進室の調査報告を受け、監察係は笹尾と森、谷口、川浪に本庁への出頭要請を通知した。四人はこれに応じ、取調室で聴取を行った結果、賭けで動いた金額が二十万円程度と少額なこと、また笹尾、森、谷口はジャンケンでの不正行為を認め、出頭前に川浪に謝罪していたことなどから、逮捕起訴は行わないと決定された。しかし懲戒処分は免れず、減給十分の一を四ヵ月間と申し渡された。懲戒処分を受けた職員のほとんどがそうであるように、笹尾、森、谷口は即日依願退職したが、川浪はしなかった。そして十日ほど前、川浪には足立区の綾瀬《あやせ》中央署会計課への異動が言い渡された。

「武蔵野《むさしの》市から足立区って、ほぼ東京を横断じゃないですか。絵に描いたような左遷、罰俸転勤という名のいじめですよね。しかも、赤文字リスト入り。川浪さんはいかさまジャンケンの被害者なんですよ。少しは考慮してくれてもいいのに」

そう訴え、みひろは机上にダークグレーのスーツのジャケットに包まれた肘をついた。ノートパソコンのキーボードを叩き始めながら、慎が応える。

「被害者であるのと同時に、賭博行為の発案者でもあります。処分は相応ですし、考慮もされています。賭博行為の逮捕起訴は、現行犯逮捕以外は難しいというのが現実ですが、逆に言えば、現行犯なら逮捕できるということです。そして先日の奢りジャンケンは、警察官である我々の目の前で行われました」

「ってことは、あの晩、川浪さんたちを置いて帰ったのが室長の考慮？」

「そう受け取っていただいて結構です」

液晶ディスプレイに目を向けたまま表情を動かさずに、慎が返す。

あの晩「規律違反に、事情も例外もありません」って言ったクセに。矛盾してない？　突っ込みは浮かぶが、川浪たちにどんな処分が下されるかあの場で推測し、行動に移したと考えると、さすがは元エリートだ。つい感服して、みひろは慎の白く整った顔に見入った。気配を察知したのか慎が視線を上げ、二人の目が合う。胸がどきんと鳴って恥ずかしくなり、みひろは慌てて机上のマグカップを摑んで立ち上がった。

「監察係の聴取によると、いかさまジャンケンの首謀者は森だったんですね。いま思えば聞き取り調査をした時、川浪さんへのいじめの否定とか、眉毛の件の説明とか、会話の主導権を握っていたのは森でした。笹尾は『キャプテンが私で、部長は川浪さん』なんて言ってましたけど、その上にラスボスがいたってことか。いかさまのテクニックといい、森には人の心を操る才能があったのかもしれませんね。怖い怖い。ひょっとして、森も中学・高校と女子校？」

眉根を寄せて捲し立てながら、使い込まれた白いコーヒーメーカーからガラス製のサーバーを取り、マグカップにコーヒーを注いだ。時刻は午後二時前。晴天で外は初夏のような気温だが、この部屋は相変わらず湿気《しけ》っていて薄ら寒い。後ろで慎が言った。

「最後のワンフレーズは差別、僕が言えばセクハラと受け取られますよ。とはいえ、『男社会の中にある女の園』という環境が、今回の案件と関係している可能性は高そうです。性別は関係なく、多数派の中の少数派という意味で。小さなグループは共通の敵がいると、結束が強まりますから」

「確かに。それが上司なら害もなかったんでしょうけど、前田係長はいい人ですからね。そこに遅刻早退の連続で不満を持たれてた川浪さんが奢りジャンケンを言いだして、みんな『これだ』って感じで悪ノリしちゃったのかも。だとすると、川浪さんも迂闊《うかつ》っていうか、ちょっと脇が甘いかな」

最後は首を傾げ、みひろはコーヒーメーカーの脇のカゴからポーションタイプのミルクとスプーンを取り、席に戻った。向かいで慎が頷く。

「ですから、処分は相応なのです」

「はあ。でも、なんで川浪さんだけ退職しなかったんでしょうね。借金があるとはいえ、しんどいだろうな」

「話が元に戻りましたね……そんなに気になるなら、様子を見に行ったらいかがですか」

「いいんですか？」

驚き、みひろは一度持ち上げたマグカップを机に戻した。キーボードを叩く音が止《や》み、慎はメガネにかかった前髪を払ってこちらを見た。

「致し方ありません。ここ数日、ただでさえ遅い三雲さんのペーパーワークが著《いちじる》しく滞っていますから。ただし、帰りにさっきの店でパンを買って来ること。これは命令、いえ、あなたの使命です」

決め台詞《ぜりふ》のようにそう告げ、慎は中指でメガネのブリッジを押し上げた。

13

綾瀬中央署は、地下鉄千代田線北綾瀬《きたあやせ》駅の近くの環七《かんなな》通り沿いにあった。六階建ての立派だが古い建物で、会計課は二階のはずだが、受付で川浪の名前を出して教えられたのは別の場所だった。

みひろが辿《たど》り着いたのは、敷地の裏手に建つ倉庫。鉄筋で大きいものの、署の建物よりさらに古い。開け放たれた鉄の扉から中を覗くと、ずらりと並んだスチール製の棚と、そこに置かれた段ボール箱を天井の蛍光灯が照らしていた。

「すみません。川浪さん、いらっしゃいますか」

身を乗り出し、みひろは問いかけた。「はい」と聞き覚えのある声がして、奥の棚の陰から川浪が顔を出した。

「こんにちは。突然すみません」

「えっ、三雲さん？　どうしたんですか」

驚いた様子で、川浪が棚と棚の間の通路を近づいて来た。吉祥寺署のものと同じ制服姿だが顔にマスクをつけ、ワイシャツの袖をまくって軍手をはめている。

「いえあの、お元気かなと思って」

「わざわざ来て下さったんですか？　こんな格好ですみません」

そう言いながら川浪はマスクを引き下げ、軍手を外した。どちらも黒く汚れ、制服にもあちこち埃が付いていた。首を横に振り、みひろは返した。

「とんでもない。今日はこちらで作業されているんですか？」

「『今日は』っていうか、毎日ここ。倉庫の片付けが、私の新しい仕事です。ほら、席もあそこに」

川浪は振り返って通路の奥を指し、みひろも目を向けた。突き当たりの壁の前に、事務机と椅子が一つあり、電気スタンドとノートパソコンが載っていた。倉庫に窓はいくつかあるが薄暗く、足元も冷えるのか事務机の下には小型のハロゲンヒーターが置かれている。環境は職場環境改善推進室と似ているが、川浪は一人きりだ。そう思うと腹立たしさと切なさ、同時に罪悪感も覚え、みひろは言った。

「でも、川浪さんは会計課の一員なのに。あんまりじゃないですか？　阿久津に報告して、何とかしてもらいます」

「とんでもない。みんなと一緒に退職することも考えたけど借金があるし、警察で働き続けるのがベストだと自分で決めたんです。覚悟はしていたし、気楽でいいですよ。

ここなら、吉祥寺署で起きたようなことは絶対起きない、っていうか起こしようがないし」

そう答えた川浪の笑顔は明るく、吹っ切れたような雰囲気もある。しかしみひろには川浪のほぼすっぴんの顔と、そこだけ完璧に飾られた眉毛のギャップが痛々しく思えた。

罪悪感がさらに増し、「あの晩、私一人でビストロに行っていれば」と後悔も湧く。しかし間違ったことはしていないという気持ちは揺るがず、謝罪の言葉を口にする気にはならない。自分にジレンマを覚え、みひろはさらに言った。

「だけど通勤に片道二時間近くかかるし、お家のこともあるから大変でしょう。せめて勤務地を――」

「そういうの、いいから」

真顔でタメロ、さらに声も頑《かたく》なものに変え、川浪がみひろを遮る。はっとしてみひろが黙ると、川浪は「あ、ごめんなさい」と再び笑顔になり、こう続けた。

「お気遣いありがとうございます。でも、本当に大丈夫です。もちろん、ここに来た時には『これが左遷か』『罰俸転勤って本当にあるんだな』って落ち込みましたけど、捨てる神あれば拾う神ありっていうのかな。新しい目的が見つかったんです。そのお陰で、吉祥寺署にいた時より仕事へのモチベーションが上がったぐらい。だから本当に、気にしないで下さい」

川浪は本当にやる気に溢れ、活き活きとして、ウソや強がりを言っているようには見えなかった。安堵したものの違和感も覚えたが、みひろは「そうですか」と返した。

十分ほど話して、みひろは川浪と別れて綾瀬中央署を出た。

「捨てる神あれば拾う神あり」か。恋人でもできたのかな。違和感は最後まで消えなかったが、あそこまできっぱり言われ、「阿久津さんにもよろしく」と笑顔で見送りまでされてしまっては、帰るしかない。

職場環境改善推進室の職務についてから大勢の人の懲戒処分、赤文字リスト入りに関わって来たけど、「その後」を訪ねられたのは初めて。罰俸転勤になった他の人も、あんな風に気持ちを切り替えて職務に取り組んでくれているといいな。そう考えると、元気が出て来た。

「では、使命を果たしますか」

声に出して呟いたとたん、頭にグルメサイトで見たパンの写真が浮かんだ。甘食、プリンパン、チョコチップメロンパン、揚げパン。またヨダレが出そうだ。

みひろは肩にかけたバッグを揺すり上げ、足取りも軽やかにパン店のある住宅街に通じる角を曲がった。

14

同じ頃。職場環境改善推進室のドアがノックされ、慎はノートパソコンのキーボードを叩く手を止めた。

「どうぞ」

振り向いて告げるとドアが開き、制服姿の若い男性が部屋に入って来た。慎の机に歩み寄り、抱えている小型の段ボール箱から封筒を一通取って差し出す。

「これ、届いていました」

「ありがとう。お疲れ様です」

封筒を受け取り、慎は男性に笑みを向けた。男性も「いやあ、四階までエレベーターなしはキツいっすねえ」と言って笑い、片手で額の汗を拭った。

この男性は、警視庁総務部文書課文書係の係員だ。本庁に届いた郵便物は本部庁舎地下一階の文書集配室で仕分けされ、各部署に配られる。

男性が部屋を出て行き、慎は封筒を眺めた。飾り気のない茶封筒で、表にはワープロの文字の宛名ラベルが貼られているが、裏に差出人の住所・氏名は記されていない。不審感が湧いたが、本庁宛ての郵便物や宅配便は全てX線検査等のセキュリティチェックを受けている。慎は机の引き出しからハサミを取り出し、封筒の上端を切り取った。ハサミをしまい、封筒の中身を出す。

プリントした写真が数枚と、マスクが一枚。送り状などはない。写真には慎が写っており、自宅である警視庁の寮を出る姿、どこかの通りでみひろと警察車両のセダンに乗り込む姿、そして一ヵ月前、ホテルのバーで沢渡暁生とスツールに座っている姿もあった。全て隠し撮りで、どの写真も慎の顔には刃物のようなもので×印が刻まれていた。その線の大きさと荒々しさに、刻んだ者の怒りと憎悪を感じる。だが、慎は動じなかった。

監察係時代には、時々この手の脅迫または警告目的の写真や文書が届いたが、異動後は初めてだな。相手は懲戒処分になった職員の誰かか。そう思い、念のため素手ではなくペンの先を使って写真を机上に広げ、マスクを引き寄せた。

マスクは不織布《ふしょくふ》製で、横向きにプリーツが三本寄せられたありふれたものだ。しかし複数のフィルターが重ねられているのか厚みがあり、耳にかけるゴムを含め真っ黒だ。ふいに、慎の頭に一つの記憶が蘇《よみがえ》った。

去年の夏。元部下の足取りを追い、新興宗教団体・盾の家の施設に張り込みをした際に見た、同団体のメンバー。その全員が、同団体の象徴である黒いフード付きのつなぎを着て、いま目の前にあるものと同じマスクを付けていた。

写真とマスクを送ったのは、盾の家のメンバーだ。そう確信するのと同時に、ホテルのバーで沢渡暁生に言われた言葉も思い出す。

これを送った意図は、「去年の一件を忘れていないぞ」という警告、あるいは、何かが始まる合図か。

動悸《どうき》がするのを感じながら、慎は机上のマスクと写真を見つめた。

CASE 2

マインドスイッチ

：駆け出し巡査はストーカー!?

1

「――東中野《ひがしなかの》署に所属する二十代の男性巡査長が特殊詐欺通報システムを悪用し、管内在住の高齢女性から約三百万円を詐取したものである。発覚の端緒《たんしょ》は当庁への匿名での通報であり、監察係が調査を実施し疎明《そめい》に至った。男性巡査長は詐欺罪で起訴されるとともに免職の懲戒処分が決定し、同日依願退職した」

書類の文面を声に出して読み、柳原喜一《やなぎはらよしかず》は顔を上げた。向かいに並んだ長机に着いた部下たちも、書類から顔を上げる。

「いいだろう。初めてにしては、よく書けている」

柳原の言葉に、出入口のドア近くの席に着いた本橋公佳《もとはしきみか》巡査部長が「ありがとうございます」と応《こた》えた。整った若い顔が目に見えて輝き、安堵《あんど》したのがわかる。他の部下数名が「よかったね」というように目配せし、張り詰めていた場の空気が緩んだ。

「問題は文末だ。記者から今回の事案についての所見を訊《き》かれた場合の返答が、『大変遺憾であり、職員に対する一層の指導、職務倫理に関する研修等の充実に努めたい。これらを通じて職員の規律と士気を高め、積極的に攻めの姿勢で、都民の期待と信頼に応える警視庁を確立して参りたい』とある」

再び文面を読み上げ、柳原は本橋を見た。真顔に戻った本橋は「はい」と返し、場の空気が再び張り詰める。柳原は続けた。

「『積極的』はともかく、『攻めの姿勢』。この文言を記者がどう捉えるか。先月発生した、品川《しながわ》中央署のパワハラ事件と結びつけ、追及される可能性は考えなかったのか？」

「申し訳ありません。浅慮でした。すぐに削除します」

本橋は立ち上がり、硬い仕草で頭を下げた。それを見返し、柳原はさらに言った。

「人事第一課長は、余計な発言はしない。少しでも口を滑らせれば、記者たちに一斉に追及される。職員の不祥事を極力穏便に済ませ、大事《おおごと》にしないのも我々監察係の職務だ」

「はい」

本橋、そして長机に着いた二十名ほどの部下全員が神妙な顔で頷《うなず》いた。

その朝。警視庁本部庁舎十一階にある警務部人事第一課監察係の会議室では、会議が行われていた。議題は三日後に行われる、東中野署の非違事案《ひいじあん》の発表会見。監察の実務を取り仕切るのは首席監察官である柳原だが、集まった記者たちに相対するのは人事第一課長だ。いわゆるキャリア組で、「監察の顔」とも言える人事第一課長が記者から無用な追及を受けたり、失言をしたりなどは断じてあってはならない。

柳原が理事官から首席監察官に昇任して、間もなくひと月。前任者の持井亮司《もちいりょうじ》は表向きは元部下に対する監督不行き届き、実際は「レッドリスト計画」を巡る騒動の責任を問われ退職した。要は不祥事絡みの訳あり昇任で、柳原はそのイメージを払拭すべく奮起《ふんき》している。非違事案の発表会見で人事第一課長が読み上げるペーパーを自ら読み上げてみせたのも、その一環だ。

会議が終わりに近づいた頃、ノックの音がしてドアが開いた。「失礼します」と言って入って来たのは、二人の男。前を行くのは書類の束とタブレット端末を抱えた三十代半ばの小太りの男で、後に続くのは二十代後半の痩せてメガネをかけた男。どちらも柳原たちと同じ、冬の制服姿だ。

「総務部情報管理課開発企画係の富田《とみた》係長です」

柳原の隣に座った理事官が、小太りの男を指して告げた。富田は、柳原が着いた長机の脇で立ち止まって一礼した。制服の左胸の階級章は警部だ。

「お忙しいところ失礼します。この度、人事第一課のファイルサーバーを新しいものに移行することになりましたので、お知らせに参りました」

眉根を寄せてぺこぺこと頭を下げながら告げ、「詳しくはこちらに」と抱えていた書類の束から一枚を取って差し出した。

「ああ。そう言えば、そんな話を聞いたな」

書類を受け取り柳原が返すと、富田はさらに数回会釈し、タブレット端末を机の端に置いてメガネをかけた男に書類の束を渡した。メガネをかけた男は、柳原の部下たちに書類を配っていく。こちらの男の紹介はないが、恐らく警察庁の情報通信局から出向して来た技官で、移行作業の実務の責任者だろう。

「作業はひと月後ですし、週末に二十四時間で終了する予定です。ただし、移行中はシステムにログインできなくなるので、データの閲覧や入力は行えません。ファイルの破損など不測の事態に備え、機密情報などは各自バックアップを取って下さい」

首を振って柳原と部下たちを交互に見ながら、富田は説明した。部下たちの一人が、挙手して問うた。

「不正アクセスなどに対するセキュリティは大丈夫ですか？」

「もちろん万全を期します。しかし移行中はシステム自体が不安定になるので、極力パソコンの使用を控えて下さい」

身振り手振りを含めて富田が答えると、部下は「わかりました」と手を下ろした。富田はほっとした様子で、「他に質問などがあれば、書類の連絡先にどうぞ」と早口で告げ、メガネの男を連れて会議室を出て行った。部下たちに会議の終了を告げようとした矢先、柳原は机の端のタブレット端末に気づいた。

落ち着きのない男だな。柳原が呆《あき》れていると、再びノックの音がした。富田が忘れ

物を取りに来たのかと、柳原はタブレット端末に手を伸ばした。が、ドアが開く音に続いて耳に届いた、

「失礼します」

という声は、富田のものではなかった。はっとして、柳原は顔を前に向けた。会議室に入って来たのは、阿久津慎だった。部下たちもはっとして、動きを止める。

慎は壁際の通路を進み、まっすぐ柳原に歩み寄って来た。

「おはようございます。突然申し訳ありません。少しお時間をいただけますか？」

一礼してからそう告げ、メガネの奥の目で柳原を見下ろした。背が高く痩せた体を、ダークスーツに包んでいる。柳原の隣の理事官が身を乗り出し、尖《とが》った声で返した。

「おい、いきなりなんだ。会議中だぞ」

「重ねて申し訳ありません。しかし本日は第二火曜日ですので、首席監察官はこのあと方面本部監察官との定例調査報告会に出席されるはずです。移動と休息の時間を考慮しても、十分ほど猶予があるかと」

淀《よど》みなく返し、慎はメガネにかかった前髪を片手で搔《か》き上げた。室内の全員から視線を向けられ、不穏な空気も漂っているが動じる様子はない。

勝手知ったるということか。柳原は心の中で呟《つぶや》き、理事官はうろたえたように黙った。

監察係時代、慎は柳原の直属の部下だった。極めて優秀な監察官だったが、何を考えているのかわからない。するとレッドリスト計画を巡る騒動が起き、結果的に柳原は首席監察官のポストを得た。一方、誰もが監察係に戻ると考えていた慎は職場環境改善推進室に留《とど》まり、職務をこなしている。柳原はそこが不気味で警戒の念を覚えた。

「わかった。十分だけ話を聞こう」

心を決め、柳原は返した。「ありがとうございます」と慎が再び頭を下げ、柳原は会議の終了を告げた。部下たちが立ち上がり、会議室を出て行く。何か言いたげな理事官に、柳原は「大丈夫だ」の意味で頷いて見せた。理事官はドアに向かったが、入れ替わりで本橋が近づいて来た。緊張と興奮が入り交じったような表情で、大きな目はまっすぐ慎を見ている。と、慎が後ろを振り返った。

「本橋さん、聞きましたよ。警部補の昇任試験の筆記試験に合格したそうですね。おめでとうございます」

口調は優しく微笑《ほほえ》んでもいるが、眼差《まなざ》しは強い。不意を突かれ、本橋は足を止めて「ありがとうございます」と返した。

「残るは口述と術科試験。あなたは優秀ですが、合格率約五パーセントの狭き門です。気を緩めず、覚悟して臨んで下さい」

笑みはキープしながら眼差しをさらに強め、慎は告げた。それに気圧《けお》されたように、本橋は「はい。失礼します」と小さめの声で返し、会釈して身を翻した。目に見えてしゅんとしている小さな背中を柳原が見送っていると、慎は言った。

「柳原さんにも、お祝いを申し上げなくては……首席監察官ご着任と、警視正へのご昇任。おめでとうございます」

後半は口調を改まったものに変え、背筋を伸ばして深々と一礼した。柳原は苦笑し、室内に慎と二人きりになったのを確認し、こう返した。

「威嚇《いかく》、あるいは嫌みのつもりか？　レッドリスト計画の騒動の後、お前が俺を訪ねて来るのは初めてだ。やり方はいくらでもあるのに、わざわざ監察係の主要メンバーが顔を揃《そろ》える会議に乗り込んで来た。目的は何だ？」

慎は下げていた頭をゆっくりと上げ、柳原を見た。口の端をわずかに上げ、返す。

「さすがのご高察ですね。しかし、お祝いに関しては他意はありません」

「いいから、用があるなら早く言え。もう二分経《た》ったぞ」

「盾の家の捜査状況を教えて下さい」

声を低く硬いものに変え、慎は告げた。思わず「盾の家？」と訊き、柳原は答えた。

「俺が知る訳ないだろう。公安部の極秘事案だぞ」

「ですから、探っていただきたいのです。昨年潜入していた新海弘務《しんかいひろむ》巡査部長はレッドリスト計画の騒動後に盾の家を脱出し、退職しました。盾の家は公安部に対する反発心と警戒を強めているため、現在は潜入捜査ではなく盾の家内部にエス、つまり捜査協力者を得て情報を聞き出しているはずです。そのエスと僕が会う段取りを付けて下さい」

「ふざけるな！」

とっさに声を荒らげてしまい、柳原はドアに目をやった。息をつき、机上の書類を片付けて気持ちを鎮める。その間、慎は表情を動かさずに柳原を見ていた。

「よく、そんなことが言えるな。身の程をわきまえろ。そもそも、誰のせいで盾の家の反発心と警戒が強まったと思ってるんだ？」

畳みかけるようにして突きつけると、慎は黙った。その隙に、柳原はさらに言った。

「エスと会ってどうするつもりだ？　盾の家の連中が最も恨んでいるのは、公安ではなく――」

「もう一つ、柳原さんにお祝いを申し上げなくてはならないことがありました。ご結婚おめでとうございます」

再び笑みを作り、慎は話を変えた。呆気《あっけ》に取られつつ柳原が返事をしようとした矢先、慎は続けた。

「挙式は七月だそうですね。奥様の旧姓・君島由香里《きみじまゆかり》さんは、既に退職されたとも聞いています。当然ご存じかと思いますが、レッドリスト計画の騒動の際、由香里さんは大変ご活躍だったんですよ。僕もお世話になりましたし——そうそう。奥様は元上司の新海弘務巡査部長とも、浅からぬ縁があったとか」

慎を見上げ口を半分開いたまま、柳原は動けなくなった。慎の言葉の意味と思惑を悟り、気持ちも凍り付く。脳裏には、警視庁警備部警備第一課の職員だった由香里がしでかした行為、それを柳原が「自分の妻として監視し、レッドリスト計画と騒動に関し一切発言させない」と警視庁上層部に決死の覚悟で訴え、かろうじて認許《にんきょ》されたことの記憶が蘇《よみがえ》る。ショックと怒り、それでも棄《す》てられなかった由香里への執着も胸に蘇り、柳原は取り乱しそうになる。

落ち着け。全部済んだことだ。阿久津がどうあがこうが、レッドリスト計画もあの騒動も封印されている。顔を背け、自分で自分に言い聞かせる。と、その言葉が聞こえたかのように慎は言った。

「無論、あの騒動をほじくり返すほど僕も愚《おろ》かではありません。しかし、新海はどうでしょう。妻と離婚し、再就職先も見つからずに苦労しているそうです。自業自得と言えばそれまでですが、失う者がない人間は恐ろしいですよ。由香里さんとの関係を示すメールや写真を所持しているでしょうし、マスコミも一般市民も警察官のスキャンダルは大好きですから。ましてや由香里さんが、身内を取り締まる立場である監察係のトップの妻に納まっていると知れば——」

「わかった。もういい」

せめてもの抵抗のつもりで、柳原は片手を上げて慎を遮った。慎は口をつぐみ、柳原はその白く整った顔を見ながら言った。

「盾の家のエスと会えればいいんだな？」

すると慎は、

「はい。よろしくお願いします」

と答え、右手の中指でメガネのブリッジを押し上げた。

ああ。俺はこの目が苦手だったんだ。自信とプライド、自己愛に溢《あふ》れながら冷ややかで一分の隙もない。そしてこの目が最も輝き、活《い》き活《い》きとするのは、標的となった人間の急所を捉えたと確信した瞬間だ。そう考えながら、柳原は体の力が抜けていくのを感じた。

2

「お帰りなさい。待ってたんですよ。どこに行ってたんですか？」

職場環境改善推進室のドアを開けた慎に、みひろが訊《たず》ねてきた。脇には豆田益男が立っている。慎は自分の席に歩み寄り、椅子を引いて答えた。

「遅くなりました。ちょっとしたヤボ用です。何かありましたか？」

「豆田係長が来たので、この前川浪樹里さんに会いに行った話をしたんですよ。そうしたら、意外な事実が」

「意外な事実？」

椅子に座り、ノートパソコンを開きながら問う。すると、豆田が身を乗り出した。

「ええ。残念ながら、警視庁では今年これまでに十三名の職員が懲戒処分になっています。免職は一名のみで、他の十二名は停職、減給、戒告のいずれかなんですが、この十二名のうち、川浪樹里を含む三名が依願退職せず、勤務を続けています」

「それは珍しいですね。川浪以外の二名も、罰俸転勤《ばっぽうてんきん》になっているはずですが」

「はい。ちなみに去年のこの時期には十一名が懲戒処分になっていますが、免職以外の処分者も全員退職しています」

「そうですか。なぜでしょうね」

無表情に疑問を呈しながらも、慎の頭はその理由を考え始める。

去年の騒動を知っているのは、関係者と本庁の上層部だけだ。加えてレッドリスト計画以降、リスト入りした職員に対して再教育や再活用などの働きかけはなされていない。だが今はまだ五月の半ばであり、三名程度なら偶然の範囲内か。

「他の二人にも、警察で働き続ける理由があるんでしょうね。川浪さんと同じように、前向きな理由だといいな。川浪さんは『捨てる神あれば拾う神あり』『新しい目的が見つかった』って話してましたから」

しみじみした口調で言い、みひろが話をまとめた。「そうだねえ。だといいねえ」と同調して頷いた豆田の腋《わき》の下にファイルが挟まれているのに気づき、慎は問うた。

「時に豆田係長。なぜご足労いただいたんでしょうか？」

「すみません、つい無駄話を。監察係からの調査事案をお届けに参りました。どうぞ」

そう返し、豆田は頭を下げて恭《うやうや》しくファイルを差し出した。慎はファイルを受け取り、中の書類を出して目を通した。思考は切り替わり、川浪たちのことは頭から消える。

書類を読み終え、慎は顔を上げて向かいに告げた。

「三雲さん。出動です」

「は～い」

間の抜けた声で応え、みひろはノートパソコンを閉じて身支度を始めた。それを見守りながら豆田が、「返事は『はい』。間《あいだ》を延ばさない」と慎の頭に浮かんだのと同じ小言を言った。

3

身支度を整えたみひろは豆田に見送られ、慎の運転するセダンで本庁を出発した。目指すは、町田《まちだ》市の町田北署だ。

首都高速道路から東名高速道路に乗って、東名川崎《かわさき》インターチェンジで下りた。県道に入り、神奈川《かながわ》県横浜《よこはま》市と川崎市の市域の境にあたるエリアを進んだ。のどかな新興住宅地という趣《おもむき》で、その中に大学のキャンパスや総合病院が点在している。都県境を越えて東京都に戻り、町田北署の管内に入ってすぐに通りは渋滞し始めた。晴天で日射《ひざ》しは強く、歩道を行き交う人は上着を脱いだり、日傘を差したりしている。

「調査対象者は交通課所属。所轄署の交通課って、運転免許証の書き換えをする部署ですよね」

助手席に座り、資料のファイルを読みながらみひろは問うた。隣でハンドルを握る慎が、「ええ」と頷く。

「運転免許事務の他には、車庫証明及び道路使用許可等の事務。交通安全対策、交通安全教育と信号機・標識の設置、見直しも行っています。加えて、交通指導取締と交通事件事故の捜査も重要な職務で、刑事が配属されています。調査対象者の水野鷹也《みずのたかや》巡査は刑事ではありませんが、交通捜査係の係員です」

「こういう郊外の街って、都心より道が広くて車と人は少ないから運転しやすそうですけど、雨や雪なんかの影響を受けやすいとか、他の交通機関の利便性が悪いから無理してマイカーを利用するとかで、意外と事故が多いんですよね」

「その通り。交通事故は人身《じんしん》事故と物損《ぶっそん》事故に分類され、人の体や生命に関わるものは全て人身事故とみなされます。一方物損事故は、電柱やガードレールなどが破損しただけのものを指します。事故発生後は通報を受けた交通課の警察官が臨場し、物損事故と判断すれば物損事故報告書の作成のみで処理します。人身事故と判断した場合は実況見分が行われ、実況見分調書を作成し、被害者・加害者双方から供述調書を取って検察庁に送致します」

前を向いて運転を続けながら、慎は淀みなくそう説明した。感心し、みひろは「お見事」と拍手したが、慎に冷たく「警察官としての常識で、称賛は不適当です」と返された。

「他にも物損事故は運転免許の違反点の加点はなく、刑事及び行政処分の対象にはならない。対して人身事故は行政・刑事・民事の三つの処分が科せられる等々がありますが、今回の事案には無関係なので割愛します」

さらにそう続け、慎は運転席の窓を開けて前方を窺《うかが》った。渋滞は続き、車はのろのろとしか進まない。通りの左右には、さっきの県道と似たような風景が広がっている。朝のラッシュアワーは終わっている時間なので訝《いぶか》しく思い、みひろもフロントガラス越しに前方を窺った。

「今回の事案って、『懲戒処分の指針』の『不適切な異性交際等の不健全な生活態度をとること』に抵触する可能性があるんですよね。またこのパターン？　って感じですけど」

「警察庁の発表によると、令和二年中に懲戒処分になった警察職員は二二九名。そのうち異性関係が事由《じゆう》のものは九十一件と、二位の窃盗・詐欺・横領等の四十件に倍以上の差を付けてトップです」

「数字の問題じゃなく、私が言いたかったのは『もういいんじゃないの？』ってことで」

みひろは持論を述べようとしたが、慎はそれを、

「いえ、数字の問題です。異性交際や生活態度など、抽象的で曖昧な行為だからこそ個々の事情や心情に囚《とら》われず、データ化して減少に努める必要があります。加えて今回の事案、つまり水野鷹也巡査によるものと疑われる行為は警視庁内の規律違反だけではなく、違法行為、すなわち犯罪です。しかも疑いが事実なら、被害者の身に危険が及ぶ可能性が高い」

と、遮った。「それはそうなんですけど」と返したみひろだったが納得できず、口を尖らせて傍《かたわ》らの窓に目を向けた。

急に視界が開けて、大きな交差点に出た。傍らの横断歩道の脇に制服姿の警察官が立ち、赤い誘導棒を手に通行人と車を整理している。その後ろにはリアガラスに赤字で「通行止め」と書かれたパトカーが停《と》まり、路上にオレンジ色と白の横縞《よこじま》のセーフティコーンが置かれていた。そしてその奥には、フロント部分がぐしゃりと潰《つぶ》れた銀色のミニバンと、向かいの路上に転がるオートバイが見えた。ミニバンとオートバイの周りには大勢の警察官がいて、背中に「警視庁　交通捜査」という文字が入ったスカイブルーの制服を着た交通捜査係の係員の姿もあった。

「渋滞の原因は事故だったんですね。当事者はいないみたいだから、救急搬送されたんでしょうか」

現場に目を向けたまま、みひろは言った。慎が返す。

「人身事故ですね。ちなみに警察の通信指令室が一一〇番通報を受理し、パトカー等に指令して警察官が現場に到着するまでの所要時間をリスポンス・タイムと言います。警察白書によると、令和元年中のリスポンス・タイムの全国平均は八分九秒でした」

「常識」「称賛は不適当」とか言っておいて、思い切り自慢口調なんだけど。うんざりしつつも、みひろは「はあ」と返し、事故車両の写真を撮ったり、地面にかがみ込んだりしている交通捜査係員たちの中に水野の姿を捜した。しかし交差点を過ぎると車は流れだし、現場は見えなくなった。

4

事故現場から十分ほどで、町田北署に着いた。広い駐車場にセダンを停め、みひろは慎と署の建物に入った。

受付で慎が名乗ると、すぐに一階の奥の署長室に通された。待っていたのは署長の高橋《たかはし》警視と警務課長の柴崎《しばさき》警部、交通課長の多々良《たたら》警部。三人とも笑顔で歓迎とねぎらいの言葉を口にしたが、室内に流れる空気はぎこちなく白々しい。いつものことで、みひろももう慣れっこだ。

みひろと慎が部屋の中央に置かれたソファに座ると、向かい側のソファの後ろに立った多々良が言った。

「事故係長の会川《あいかわ》は現場に出ておりますので、後ほどご挨拶させます」

「人身事故があったようですね。先ほど見かけました……多々良課長。座って下さい」

慎に促され、多々良は戸惑ったように隣に立つ柴崎と、眼前のソファに座った高橋を見た。多々良は痩せ型で、白髪交じりの髪を七三に分け、柴崎は小太り。高橋は大柄で、銀縁メガネをかけている。柴崎と高橋も戸惑ったような顔になり、室内の空気がさらにぎこちなくなる。小さく微笑んで、慎はこう続けた。

「我々の目的がよりよい職場の環境づくりのための聞き取り調査であることは、ご存じかと思います。今回の来訪にあたり本庁人事第一課監察係より、こちらの交通課が職場環境に問題を抱えていると情報を得ました。問題発覚の端緒は、交通課長から監察係への部下に対する調査依頼とも聞いています。それが事実なら我々が対処すべき事案となりますが、いかがでしょう？」

「その通りです。署長と警務課長に相談の上、私が監察係に通報しました」

多々良が答え、柴崎と高橋もそのことかと納得した様子で頷く。

高橋に促され、多々良はソファに座った。慎はバッグからファイルとノートパソコンを出し、ローテーブルに載せた。みひろも自分のバッグからファイルを出す。

「情報によると、ひと月ほど前、署長宛てに『町田北署交通課の水野鷹也が、町田市町田本町《ほんちょう》在住の生田彩菜《いくたあやな》にストーカー行為をしている』という内容の匿名の投書が届いたそうですね。署長から報《しら》せを受けた多々良課長は水野巡査と生田さんから話を聞いた。間違いないですか？」

「はい。二人は二カ月前に生田さんが起こした物損事故に水野が対応したことで、面識を得たそうです。その後、水野は生田さんの勤務先の飲食店を訪れるようになりましたが、ストーカー行為は否定。生田さんは『尾行されたり、見張られているような気配は感じるが、犯人を見たことはなく心当たりもない』と話していました」

神妙な顔で多々良が説明し、慎は「なるほど」と返して聞いた話をノートパソコンに入力した。その姿を高橋と柴崎が見守り、室内に慎がキーボードを叩《たた》く音が流れた。

自分も何か言わなくてはと思い、みひろは口を開いた。

「では、現状では水野さんのストーカー行為の証拠はなく、ストーカーの存在自体、事実かどうかわからないということですね。ではなぜ、監察係に調査を依頼したんですか？」

非違事案のほとんどは警察内部からの内部通報、略して内通《ないつう》で発覚する。それは監察係や職場改善ホットラインへの電話だったり、匿名の投書だったりするが、上司が部下を、しかも明確な証拠がない状態で、というのは異例だ。

気をつけたつもりだったが、みひろの口調には責めるようなニュアンスが含まれていたらしい。多々良は一瞬口ごもってから、こう答えた。

「水野は将来有望な警察官で、彼の主張を信じています。ただ何かあってからでは遅く、投書をした人間の動きも気になります。マスコミやネットに『警察に忠告したのに無視された』『身内の犯罪を隠蔽した』と訴えられると厄介ですし、署の面目に関わります」

最後のワンフレーズは、高橋をチラ見して言う。その姿に、みひろはピンときた。

ここに来る車中で目を通した資料によると、署長の高橋は今年六十歳で、来年の三月三十一日をもって警視庁を定年退職する。警察幹部の再就職先は定年前の階級とポストで決まり、警視正で県警本部長または署員数三百名以上の大規模署の署長だった者は、通常地元の大手民間企業や自治体、公益団体の顧問・所長に迎えられる。高橋は警視で町田北署は署員数約二百五十名の中規模署だが、それでも部長や理事などのポストは確実だ。しかしこれは残り約一年を問題なく過ごせたらという話で、そのためには署員の不祥事、ましてやストーカーなどというスキャンダラスな犯罪は断固回避しなくてはならない。

多々良課長にプレッシャーをかけて、内通させたんだろうな。本当は水野さんを退職させたいけど、それはそれでパワハラになるし、投書をした人へのパフォーマンスも兼ねて、監察係に調査をさせようと考えたのね。そう頭に浮かび、みひろはしらけた気持ちになった。多々良に「そうですか」と返しつつ、高橋を見る。ごつい顔には年相応のシワやたるみがあるのに、五分刈りの髪は不自然なほど真っ黒だ。

百パー染めてるわよね？　床屋さんでも、ヘアカラーってやってもらえるの？　まさか、家で自分で染めてるとか？　みひろの頭に今度は、高橋がビニール手袋をはめた手でカラーリング剤を付けた櫛《くし》を持ち、真剣な顔で鏡を覗《のぞ》いている姿が浮かび、噴き出しそうになる。高橋と多々良、柴崎が怪訝《けげん》そうにこちらを見た。隣で咳払《せきばら》いの音がして、慎が言った。

「では、調査に取りかかります。水野巡査を呼んで下さい、それと、届いた投書と生田さんの事故の関係書類を拝見したい」

「了解しました」

多々良が頷くと、慎は荷物をまとめて立ち上がった。みひろも急いでファイルとバッグを抱え、ドアに向かう慎に続いた。

5

署長室を出たみひろと慎は、町田北署の二階の会議室を借りて聞き取り調査の準備を始めた。間もなく多々良課長が証拠物件保管用のジップバッグに入った投書と、生田の事故の関係書類を届けてくれたので目を通した。

約三十分後、会議室に水野がやって来た。小柄で童顔、大きめの前歯が齧歯目《げっしもく》の小動物を彷彿《ほうふつ》とさせる。やはりさっきの人身事故現場にいたのか、制服のシャツは袖を捲《まく》り上げ、ズボンには土と砂が付いていた。

「職務中に申し訳ありません。本庁職場環境改善推進室の阿久津と三雲です。どうぞ、おかけ下さい」

にこやかに語りかけた慎に水野は硬い表情で一礼し、制服と同じ色のキャップを長机に置いて椅子に座った。ファイルを手に、慎は話し始めた。

「卒業配置で町田北署交通課交通執行係。翌年交通捜査係に異動し、この春で二年目の二十五歳……交通警察は地域警察、刑事警察に次いで人員が多く、重要な職責を担う部署ですが、いかがですか？」

「日々勉強だと思って、がんばっています」

「それは結構……ここ六年ほど、全国の交通事故発生件数、死者数、負傷者数は減少傾向にあります。一方、交通事故による死者に関する統計で昨年より数値が増加しているものもある。何の統計かご存じですか？」

「すみません。わかりません」

水野は答え、横を向いた。緊張しているのかもしれないが、声にはヤケになっているようなニュアンスも滲《にじ》む。多々良から、なぜここに呼ばれたのか聞いたのだろう。

「大丈夫です。私もわかりませんから」

少しでも場の空気を和《なご》まそうと、みひろは微笑みかけた。しかし水野は、訝しげな眼差しを返しただけで無言。慎は横目で咎《とが》めるようにみひろを見て、咳払いをした。

「正解は、交通事故による死者数全体に占める六十五歳以上の割合です……本題に入りましょう。既にご存じかと思いますが、我々の目的はこの投書に書かれた内容の真偽を判定し、対処することです。あなたはこの投書にあるように、生田彩菜さんに尾行、監視などのストーカー行為をしましたか？」

「この投書」と言う時にはジップバッグを持ち上げ、問いかける。投書はA4のコピー用紙にワープロで書かれ、念のため鑑識係が調べたが指紋などは検出されなかったという。顔をこちらに向けて首を横に振り、水野は即答した。

「いいえ、していません。多々良課長に訊かれた時もそう答えて、『スマホの履歴なり防犯カメラなり、調べて下さい』とも言いましたが、無視されました」

後半はまたヤケになったような話し方になり、俯《うつむ》く。

真相は究明したいけど、自分たちに火の粉が降りかかるのは避けたいって訳ね。いかにもだわ。みひろが呆れつつ納得していると、慎はジップバッグを置いて冷静に返した。

「そうですか。では、今が無実を証明するチャンスですね」

はっとして顔を上げ、水野は「はあ」と応えた。声は小さかったが、表情が緩んだのがわかる。

さすが。みひろは感心し、ノートパソコンの準備をする慎の横顔を見た。負けていられないという気持ちが湧き、水野に問いかけた。

「生田さんが起こした事故について教えて下さい」

水野は「わかりました」と頷き、話しだした。

「発生は三月八日、月曜日の午後七時過ぎです。直後に通報があり、僕と山之内《やまのうち》拓《たく》巡査長が小田急線鶴川《おだきゅうせんつるかわ》駅近くの国道に臨場しました。現場には車両が停車しており、当事者の生田さん、二十歳がいたので話を聞いたところ、『ハンドル操作を誤り、ガードレールにぶつけてしまった』とのことでした。車両はフロントバンパーの左側がへこみ、その脇のガードレールに擦過痕《さっかこん》がありました」

さっきまでとは別人のような、はきはきとした口調。みひろの手元のファイルに収められた身上調査票によると、水野の警察学校での成績は中《ちゅう》の中《ちゅう》。だが、熱意と誠意を持って職務に取り組んでいるのが感じられた。

「生田さんにケガなどはなく現場見分を望んでおらず、また交通渋滞なども起きていなかったので、山之内巡査長が物損事故と判断し、事故状況の確認のみを行いました。生田さんには必要事項を記入したメモを渡しましたが、ひどく取り乱していたので、その後三十分ほど話をしました」

水野はさらに語り、みひろはふんふんと聞いた。物損事故報告書に書かれていた内容とほぼ同じで、警察の物損事故処理要領通りの行動だ。

「その時、生田さんの勤務先について聞いたんですね」

みひろの言葉に水野はまた緊張した顔になり、「はい」と頷いた。

「勤務先の喫茶店は警察の寮の近くで、評判は仲間から聞いていました。カレーが名物らしくて、僕も山之内巡査長もカレー好きなので興味が湧いて、次の休みに二人で行きました。そうしたら本当においしくて店の雰囲気もよくて、その後も通うようになったんです。生田さんとも挨拶や世間話をするようになりましたが、職務上の関係者であることは忘れず、店にも必ず誰かと一緒に行くようにしていました。生田さんと個人的な付き合いはなく、連絡先も知りませんし、投書の件の後は一度も店に行っていません」

「多々良課長からの聞き取りに対する返答と一致しますね」

ノートパソコンのキーボードを叩く手を止め、慎は言った。水野の目が自分に向くのを確認し、続けた。

「では、あなたは生田さんに対するストーカー行為は全面的に否定する、また、あなたにとって生田さんは職務上の関係者及び行き付けの飲食店の従業員であり、恋愛を含む私的感情は今後の可能性を含め一切ない、ということでよろしいですか？」

言葉の勢いとスピードに圧されたのか、水野は慎を見たまま黙っている。しかしすぐに首を大きく縦に振り、

「はい。それで構いません」

と、きっぱり答えた。「わかりました」と返し、慎はまたキーボードを叩き始めた。

その音を聞きながら、みひろは問うた。

「ストーカー行為の犯人と投書をした人に、心当たりはありませんか？」

「ありません」

再びきっぱり答え、水野はみひろの目を見た。


その後、山之内巡査長を含む上司や同僚からも水野の話を聞いた。全員が「新人なので未熟な点は多いが、真面目に職務に取り組んでいる」と話し、とくに山之内巡査長は「何度か一緒に喫茶店に行き生田さんと話す水野を見た。楽しそうにはしていたが、特別な感情があるようには思えなかった」と話した。一方で水野は終業後や休日は一人で行動することが多く、みんなが「何をしていたかはわからない」と答えた。

6

聞き取り調査を終え、みひろと慎は町田北署を出た。

五分ほどで小さな商店街に着いた。道の端にセダンを停め、商店街の入口にある喫茶店に向かう。ガラス窓に金色の塗料で「喫茶バカンス」と書かれた木のドアを開け、店に入った。

まず目に入ったのは、壁沿いのカウンターと正面の棚。カウンターは、シェードがステンドグラスのライトが天井から等間隔でぶら下がり、棚にはコミックがぎっしりと詰まり、上にはスポーツ新聞各紙が置かれていた。棚の奥は客席で、所々木目が消えかけたテーブルと、背もたれの部分に白い布カバーのかかった椅子が並んでいる。

「いらっしゃいませ。二名様ですか?」

店の奥から、女性が歩み寄って来た。調査資料に写真が添付されていたので、すぐに生田彩菜だとわかった。小柄で長い髪をシュシュで束ね、ライトグレーのトレーナーとジーンズを身につけ、上からダークグリーンの胸当てエプロンを締めている。美人ではないが笑顔は明るく、澄んだ目とほぼすっぴんなのにすべすべな肌が、いかにも二十歳《はたち》という感じだ。

慎は「ええ」と返し、席に案内する生田に続いた。身分を明かさず、様子を見るのか。そう思いながら、みひろは二人に付いて行った。

奥の壁際の席に慎と向かい合って着き、みひろは店内を見回した。天井の中央に大きなシャンデリアが取り付けられ、壁には色褪《あ》せた花柄の壁紙が貼られている。床のあちこちに観葉植物の鉢が置かれ、出入口のドアの脇にある窓の枠には、土産物らしき木彫りのクマやこけし、土鈴などが並べられている。BGMは、ポップな演歌だ。

昭和レトロっていうのかな。スナック流詩哀《ルシア》っぽいし、好きな雰囲気だわ。そう思い、みひろは他の客にも目を向けた。平日の午後二時過ぎとあって、商談中らしきスーツ姿の男性二人組と、カウンター席で向かいに立つ店主と思《おぼ》しき男性と談笑する初老の男性だけ。店主の男性は五十代半ばで鼻の下と顎の先にヒゲを生やし、白いシャツと黒いベストを身につけている。

「ビーフカレー、七百五十円。水野が言っていたのはこれですね」

その声に向かいを見ると、慎がテーブルの端のアクリルスタンドに入ったメニューを見ていた。みひろも身を乗り出して倣う。

ブレンドやコロンビア、ブラジルなどのコーヒーを始め、レモンスカッシュやバナナジュース、フルーツパフェなどがあり、値段は五百円前後。フードはカレーの他に、サンドイッチ・六百二十円とナポリタン・七百三十円があった。立地を考えても、かなりリーズナブルだろう。

すぐに生田がやって来た。慣れた手つきで胸に抱えた盆から水の入ったグラスとおしぼりを取り、テーブルに並べていく。その顔を見上げ、慎は問うた。

「カレーが名物だと聞いて来ました。ちなみに欧風とインドカレー、どちらですか?」

「オリジナルです。うちでブレンドしたスパイスと、地元で採れた野菜を使っています。ランチセットは、ミニサラダとコーヒーが付いて八百円です」

「なるほど」と言って慎はメニューに視線を戻し、みひろは「おいしそう」と生田に微笑みかけた。メニューを見たまま慎が、

「では、ランチセットを」

と告げ、みひろも「私も」と言う。生田はにこやかに頷いた。

「カレーランチをお二つですね」

「いえ。サンドイッチで」

慎とみひろに声を揃えて返され、生田は面食らったような顔になった。

「カレーじゃなく、サンドイッチですか？」

「はい」

また声を揃えて返され、生田は「わかりました」と答えて歩きだしたが、釈然としない様子だ。

カレーについて訊ね、「おいしそう」とまで言っておきながら注文しなかったのだから、無理もない。しかし名物やお勧めがなんであろうと、メニューにパンがあれば注文する。慎とみひろにとっては当然のチョイスだ。

間もなくミニサラダが運ばれて来て、続いてサンドイッチが来た。やや小ぶりで具も少なめだが、具はハム、チーズ、卵とバラエティーに富んでいて、フルーツサンド

が一切れあったのも嬉《うれ》しかった。

慎ともども黙々とサンドイッチを完食し、食後のコーヒーを飲んでいると、席の脇の通路を生田が通りかかった。慎は紙ナプキンで口を拭い、素早く店内を見回して、「すみません」と声をかけた。サラリーマン二人組が店を出て、初老の男性は店主と話し続けている。足を止め、「はい」と振り向いた生田に、慎は警察手帳を見せた。

「警視庁の阿久津です。こちらは三雲。町田北署の水野巡査について、お話を伺わせて下さい」

生田は戸惑った様子で後ろのカウンターに目を向けてから、「はい。でも、警察に呼ばれた時に話しましたけど」と答えた。

「度々恐縮ですが、念のため。水野巡査とは、三月に交通事故の現場で会うまで面識はなかったんですか？　こちらには、寮に入居している警察官がよく来ると聞いています」

「ええ。でも水野さんとは、事故の時初めて会いました」

「免許を取って三カ月も経たずに事故では、さぞかし焦ったし不安にもなったでしょうね」

「そうなんです。警察に報せたのはいいけど、手が震えて膝もガクガクしちゃって。そうしたら水野さんが『大丈夫ですよ』と言って、もう一人の警察官の方が作業している間にいろいろ話しかけてくれたんです」

身振り手振りも交えて生田が答え、慎は微笑んで「そうですか」と頷いた。町田北署の職員がしたであろう質問とダブらないように注意し、できるだけ生田をリラックスさせようとしているのがわかった。

また「さすが」と「負けていられない」という気持ちになり、みひろも質問を始めた。

「カレーの話で盛り上がって、後日水野巡査ともう一人の警察官がこちらに来たそうですね。カレーを食べて、水野巡査の反応はどうでした？」

「『おいしいですね』と言ってくれました。でも、もう一人の方のほうが『おかわりしたい』とか『写真を撮ってもいいですか？』とかよく喋《しゃべ》ってました。その後も同じで、私と連れの方が話して、それを水野さんが聞いてるって感じだったんですよ。だから投書とストーカーの話を聞いた時は、驚いちゃって」

後半は口調を砕けたものに変え、生田は眉根を寄せた。みひろは質問を続けた。

「夜道で後を付けられたり、自宅アパートを見張られているような気配を感じることが続いたそうですね。いつ頃からですか？　最近も感じますか？」

「三月の下旬頃からで、毎日じゃないけど最近も感じます。でも、振り向いたり窓から外を見ても誰もいないし、神経質になり過ぎているのかもしれません」

さらに眉根を寄せ、生田は俯いた。「大丈夫です」と強い声で言い、みひろは身を乗り出した。

「神経質になり過ぎかどうかは、警察が調べます。ストーカーに心当たりはないと聞いていますが、犯人について考えた時、水野巡査のことは浮かびませんでしたか？　一瞬でも浮かんでいたら、教えて下さい」

そう問いかけると、生田は首を横に振った。深く呼吸をして間を置き、

「いいえ。ないです」

と答える。みひろが「わかりました」と返すと、慎は話を変えた。

「事故の原因は、ハンドル操作のミスだそうですね」

「はい。近所に買い物に行ったんですけど、夜道を走ったのは初めてで緊張して、すごいノロノロ運転になっちゃったんです。で、後ろの車に少し間を詰められて、焦ってアクセルを踏んだらハンドルを切り損ねちゃいました」

「詰められた、というのはいわゆる煽《あお》り運転ではなく？」

慎の問いに生田は、「違います」と言って手のひらを横に振った。

「私の速度の落とし過ぎです。後ろの人は悪くないです」

「そうですか。お仕事中に申し訳ありませんでした。店主の方にも少しお話を伺いたいのですが、構いませんか？」

そう問いかけ、慎はカウンターを見た。「はい。ちょっと待って下さい」と答え、生田はカウンターに向かった。

生田が何か囁《ささや》くと、店主の男性はこちらを見て会釈をした。生田と入れ替わりでカウンターを出て、こちらに近づいて来る。

「わざわざすみません。警視庁の阿久津と三雲です。店主の松尾重治《まつおしげはる》さんですね。生田さんの遠縁にあたられるとか」

慎に笑顔で滑舌よく語りかけられ、松尾は頷いた。

「ええ。彩菜の父方の遠縁で、岡山《おかやま》の同じ町の出身です……あの、何かわかったんですか？　ストーカーとか投書とか」

心配そうに訊ねた松尾に慎は、「鋭意捜査中です」と答え、さらに問うた。

「松尾さんから見て、水野巡査はいかがでしたか？　生田さんに特別な感情を抱いているように感じたことは？」

「さあ。物静かな方でしたから。でも事故の時には彩菜がお世話になったそうだし、いいお客さんだなと思っていましたよ」

「そうですか。では、ストーカーと投書についてはどうでしょう。犯人に心当たりは？」

「ないですねえ。彩菜は人気者なので、お客様に誘われたり口説かれたりすることもありますけど、私がやんわりお断りしています。何かあったら、あの子の親に顔向けできませんから。でも、ずっと付き添っている訳にもいかないし、ストーカーのことは警察に相談した方がいいと言っているんですが、気が進まないみたいで」

ため息をつき、松尾はやや太り気味な体の前で腕を組んだ。すると慎は「お気持ち、お察しします」と返し、カップに残ったコーヒーを飲み干した。

「もう結構です。サンドイッチは美味でした。とくに卵サンドの黒コショウに、スパイスへのこだわりを感じました。ごちそうさまです」

笑顔でそう続け、バッグと伝票を手に席を立つ。そのまま通路に出て、カウンターの端のレジに向かった。みひろも「ごちそうさまでした。今度はフルーツサンドを食べに来ます」と早口で告げ、慎に続いた。後ろで呆気に取られたような、「ありがとうございました」という松尾の声が聞こえた。

7

翌朝から、みひろと慎は水野の行動確認を開始した。

昨日、水野は夜勤だった。通常、夜勤の日は午後一時頃に署に行き、柔道や剣道の稽古をして午後三時半から勤務が始まる。しかし昨日はみひろたちが見たものの他にいくつかの交通事故があり、水野は呼び出されて午前中から勤務していたらしい。そして今日、昨日の事故の捜査が長引いたのか、水野が町田北署を出たのは正午近かった。

「第一当番勤務員との交替って、午前十時ですよね。二時間もオーバーしてるし、仮眠を取ってるとはいえ、昨日から二十四時間勤務しっぱなしじゃないですか。投書やストーカーより、このブラックな職場環境の方が問題だと思いますけど」

セダンのフロントガラス越しに前を見て、みひろは言った。通りの三十メートルほど先にある町田北署の裏門から、水野が出て来るところだ。ワイシャツにスラックス姿で肩にデイパックをかけ、足取りはしっかりしているがさすがに疲れた顔をしている。

第一当番とは警察用語で日勤を指し、第二当番は夜勤だ。警視庁の警察官の多くは、第一当番、第二当番、非番、休日を繰り返すという勤務形態で、休日や勤務時間外に呼び出されることも珍しくない。

エンジンをかけてセダンを出し、慎は応えた。

「ごもっともですが、それは我々の職分から外れます。加えて、警察官になったからには私《し》より公《こう》を重んじるべきです。ちなみに公務員の非番は、文字通り『当番に非《あら》ず』という意味で、休日ではありません。また非番には通常非番と、呼び出しに備えて自宅待機が義務づけられる待機非番があり、待機非番の職員だけでは足りない場合は、通常非番の職員も呼び出されます」

「知ってますよ、それぐらい。でも、働き過ぎは働き過ぎです。しかも水野さんが住んでる寮は、マンションの3DKぐらいの部屋に他の職員二人と住むタイプで、個室はあるけどお風呂とトイレは共用。食事も他の部屋の職員と一緒に食堂で、でしょ。ほぼ全員先輩だろうし、気が休まるヒマがなさそう。もし水野さんがストーカーだとしたら、原因はストレスですよ」

「勤務形態が違うから三人が顔を揃えることは珍しいし、転勤で人の出入りが多いので、トラブルもそう多くないですよ。まあ、女性職員は自宅通勤が多いし、三雲さんのように寮暮らしでも、民間のワンルームマンションを借り上げている場合がほとんどですからね」

水野に気づかれないように間隔を空け、セダンをゆっくり走らせながら慎は返した。なにそれ。「わかってない」、じゃなきゃ「女性職員は気楽でいいよな」ってこと？　むっとしたみひろだったが、気が楽なのは確かだし、「しばらくは寮に入ってもらうけど、普通のワンルームマンションだから」と言われたのが警視庁への入庁を決めた理由の一つなので、言い返せない。

五分ほどで寮に着き、水野はオートロックを解除してエントランスに入った。一見警察の寮とはわからないようになっていて、表札も「テラス町田北」だ。

「午後十二時六分。送り込み」

そう呟き、慎はマンションから少し離れた路上にセダンを停めた。「送り込み」とは、調査対象者が自宅や署に戻ることを意味する監察用語で、逆に調査対象者が外出先に到着することは「吸い出し」という。

「『もし水野さんがストーカーだとしたら』と言いましたが、その可能性があると考えているんですか？」

エンジンを止めてシートベルトを外し、慎は訊ねた。みひろもシートベルトを外し、答える。

「ええ。身上調査票に問題はありませんが、単独行動が多いそうなので。それに、生田さんと個人的な付き合いはないと断言しておきながら、阿久津室長に再確認された時に一瞬言葉に詰まってたし。でもまあ、あの訊き方はどうなの？　って気もしますけどね」

「と言うと？」

「恋愛を含む私的感情についての確認で、『一切ない』はいいとして、『今後の可能性を含め』って付ける必要あります？　大きなお世話でしょう」

「いいえ。『適切なお世話』です。調査事案の真相はどうであれ、水野にとって生田さんが、職務上面識を得た事故当事者であるのは変わりません」

ハンドルに手を載せて顎を上げ、慎は平然と答えた。その様子に鼻白《はなじろ》み、みひろは横を向いて返した。

「ふうん。でも、職務で知り合った相手と結婚した警察職員は結構いるって聞きますけど。懲戒処分の対象になるのも『不適切な異性交際等』とはあるけど、何が不適切かは書いてないし……それはさておき、水野さん。喫茶バカンスでの様子を生田さんは、『私と連れの方が話して、それを水野さんが聞いてる』って話してたでしょ？　黙ってじっと見てるとも考えられるし、ストーカーっぽいですよね。でも、職場改善ホットラインの相談員をしてた時にストーカーの被害者・犯人の両方と話したことがありますけど、いい悪いは別として、『被害者のこういう振る舞いが、犯人の性格のここを刺激しちゃったんだろうな』って納得できたんですよ。水野さんと生田さんには、そういう負《ふ》のマッチングみたいなのは感じなかったなあ」

「負のマッチングとは、上手《うま》い表現ですね。ストーカーについてはどうですか？」

「本人が存在を疑っているし、生田さんがウソをついているとは思えません。人気者みたいなので、犯人は客の誰か？　でも、生田さんも一瞬言葉に詰まった時がありましたね」

振り向いて問うと、慎は「ええ」と頷き、前を向いたまま返した。

「三雲さんが、『犯人について考えた時、水野巡査のことは浮かびませんでしたか？』と訊ねた時ですね。僕も気になっていました」

「でしょ？」

みひろは慎の横顔を見て、ずいと身を乗り出した。上司である慎が自分に意見を求め、調査対象者の同じ発言が気になっていたのが嬉しく、誇らしくも思えた。

「水野さんがストーカーで、生田さんはそれに気づいてるけど言えず、自分で投書したとか？　言えない理由は……水野さんに脅されてる。あるいは、恨みを買いたくない。どっちにしろ、喫茶バカンスと生田さんの自宅近辺の防犯カメラを確認すれば、はっきりするんじゃないですか？」

「それが難しい状況ゆえに、我々が呼ばれたんですよ」

「でした。正しくは『難しい』じゃなく、『やりたくない』ですけどね」

知らず、皮肉めいた口調になる。みひろの脳裏に自宅でヘアカラーをする高橋の姿の妄想が蘇り、噴き出しそうになる。気配を察知したらしく、慎が昨日と同じように咳払いをする。みひろは慌てて表情を引き締め、助手席のシートに座り直した。

その後、交替で休憩しながら寮を見張ったが、水野は出て来なかった。午後六時を過ぎ、辺りは暗くなった。みひろは明かりの灯《とも》った寮の窓を見上げ、言った。

「今ごろ寮は夕食の時間ですね。私たちも食事にしませんか？　少し離れてるんですけど、パンの名店があります。お勧めは三色パンで、おいしいだけじゃなく、可愛《かわい》いブタの顔をしているとか」

するると慎は「いいですね」と応えた。胸が弾み、みひろはさらに語ろうとしたが、慎は、「ただし、今夜のところはコンビニで。買い出しのついでに、これに着替えて来て下さい」と続け、後部座席から手提げ紙袋を取って差し出した。

「なんですか、これ？」

みひろは紙袋を受け取り、中を覗いた。黒いジャージの上下とキャップ、スニーカーが入っている。

「水野の趣味はランニングで、帰寮後と休日には近所を走っているそうです。尾行して下さい」

「私が？」

驚いて問うと、慎は当然のように「ええ」と頷き、こう続けた。

「車では無理ですし、僕は目立つので、水野に気づかれる可能性があります」

「いくら趣味でも今日はヘトヘトだろうし、走らないでしょ。それに、目立つって何を根拠に……わかった。体力に自信がないんですね。じゃなきゃ、バテて水野を見失うのが怖いとか」

笑いながら意地悪く迫ると慎は、「違います」と返し、前を向いた。

「これは命令です。直ちに実行して下さい。それと、コンビニはセブン-イレブンで。表通りにあるのを、先ほど確認しました。『北海道じゃがいものコロッケパン』と『鶏《とり》メンチカツサンド』、『7P《セブンプレミアム》　桜もち風パンケーキ』とホットコーヒーのレギュラーをお願いします。レシートを忘れずに」

「はいはい。行けばいいんでしょ、行けば」

言い合う気が失《う》せ、みひろはバッグと紙袋を持ってドアを開け、セダンを降りた。

コンビニで着替えと買い出しを済ませ、十五分ほどでセダンに戻った。みひろが自分の分のパンを手にする間もなく、寮から水野が出て来た。濃紺のTシャツに黒いランニングタイツとハーフパンツ、ランニングシューズという格好で、頭にも黒いキャップをかぶっている。

「えっ。走るの？」

驚いて身を乗り出しかけた時、水野がセダンの脇を抜けた。みひろは慌てて下を向き、慎もハンドルに顔を伏せる。

「付いて行ける訳ないじゃないですか。お腹《なか》もペコペコだし」とぼやきながらも、みひろはジャージのパンツのポケットにスマホを入れてセダンを降りた。すっかり暗くなった通りに目をこらし、前方の濃紺のTシャツを追って走りだす。

水野は表通りに出て、喫茶バカンスとは逆方向に向かった。みひろも続き、キャップと大きめのジャージで自分だと気づかれないだろうと判断し、水野との間隔を十五メートルほどまでに詰めた。歩道は広く、帰宅時間なので人と自転車が行き交っている。

すぐに付いて行けなくなると思いきや、水野はゆっくりしたペースで走り、右腕にLEDライト付きのアームバンドを付けていることもあり、みひろは尾行を続けられた。

二十分ほど走って、水野は脇道に入った。道幅はそこそこ広いが、住宅街で薄暗く、人通りは少ない。苦しくなってきたこともあり、みひろは減速して水野との間隔を広げた。

その後、水野は大きな公園に入った。中にグラウンドがあり、そこをぐるぐると回る。みひろは立木の陰に立ち止まり、日頃の運動不足を痛感しながら顔の汗を拭った。

四十分ほど走り、水野はグラウンドを出た。スマホで慎に状況を報告していたみひろは通話を打ち切り、尾行を再開した。時刻は午後七時過ぎで、ここから喫茶バカンスに向かえば、午後八時の閉店時間の少し前に着くはずだ。

まさか、ランニングのふりで生田さんを尾行するつもりじゃ。ふとよぎり、みひろは警戒するのと同時に、とても体力が保《も》たないと焦りを覚えた。

しかし水野は、公園を出ると来た道を戻り帰寮した。みひろもふらふらになりながらセダンに戻り、慎と見張りを続けた。それ以降水野は外出せず、門限の午前零時の少し前に、四階にある彼の部屋の明かりは消えた。みひろと慎は見張りを切り上げ、本庁に戻った。

8

何者かに見られている。

麻布十番《あざぶじゅうばん》にある警察の寮のエントランスを出るなり、慎は思った。短い階段を降り、通りに出る際に左右を見たが、不審な人影や車は確認できなかった。

これから町田まで行くため、いつもの午前七時半より一時間近く早い出勤だ。通りに人と車はまだ少なく、晴天だが、湿度が高めでむっとした空気を感じた。慎は片手でネクタイを直し、もう片方の手にビジネスバッグを提げて通りを歩きだした。

先月写真とマスクが届いて以来、今と同じ気配を感じることが数回あった。日時と場所はバラバラで、何かの拍子に一瞬ということもあれば、数時間続くこともあった。行動を監視するというより、威嚇してプレッシャーを与える意味合いが強いのだろう。

しかし。前を向いて歩き続けながら、慎は心の中で呟いた。同時に頭に、送られて来た写真が浮かぶ。どれも被写体である慎の顔には、刃物のようなもので×印が刻まれている。その線からは示唆や宣告ではなく、極めて個人的でストレートな怒りと憎悪が感じられた。

ということは。再び呟くと、ある男の顔が浮かんだ。慎は表情と歩き方を変えないように注意しながら、気配を再確認した。後頭部と背中を刺し、圧迫するような熱量の高い視線だ。

やはりそうか。確信を得て、慎は片方の口の端をほんの数ミリ上げた。と、スーツのジャケットのポケットでスマホが鳴った。取り出して見た画面には、「柳原喜一」とある。道の端に寄り、通話ボタンをタップしてスマホを耳に当てた。

「阿久津です」

「盾の家のエスと連絡が付いた。明朝なら、お前と会うそうだ」

敢《あ》えて事務的に話しているのがわかる声で、柳原は告げた。

「わかりました。エスの経歴と連絡先、写真を送って下さい」

返事はなく、電話はぶつりと切れた。

会議中に乗り込んでプレッシャーをかけたのが、一昨日《おととい》の朝。出世が早い人間は、仕事も早い。あるいは、よほど君島由香里との結婚生活を死守したいのか。慎は思い、胸に歪《ゆが》んだ快感を覚えた。後頭部と背中で気配を感じながらスマホをポケットに戻し、また歩きだした。

9

その日。水野は休日だった。

みひろと慎は午前八時過ぎに警視庁を出発し、午前九時に水野の寮の前に到着した。見張っていると、午前十時過ぎに寮の駐車場から青いＲＶ車が出て来た。後部座席に水野の姿があり、運転席と助手席には先輩警察官と思しき若い男性が乗っていた。セダンを出し、みひろたちは尾行を始めた。

ＲＶ車は三十分ほど走り、町田市の南部にあるショッピングモールに入った。水野たち三人はショッピングモール内のスポーツやアパレル、ＣＤなどのショップを見て回った。その間、先輩警察官らしき二人はよく喋り、水野は聞き役に回ることが多かった。みひろは一昨日の生田さんの話通りだなと思う一方、先輩たちの会話に笑い転げたり、突っ込みを入れたりしている水野を見て、単独行動が好きなだけで、ちゃんと人とコミュニケーションは取れるんだなと感じた。

昼食を摂《と》り、水野たちは午後二時前にショッピングモールを出た。ドラッグストアとコンビニに寄りながら元来た道を戻り、午後三時過ぎに帰寮した。その後動きはなく、水野が再び寮を出たのは午後六時半。昨夜と少しデザインの違う濃紺のＴシャツと黒いランニングタイツ、ハーフパンツに深緑色のランニングシューズという格好でライトグレーのキャップをかぶり、右腕にLEDライトの灯るアームバンドを装着している。水野は通りに出たところで軽くストレッチしてから昨夜と同じ方向に走りだし、みひろは尾行を開始した。今夜も水野は走るだろうと想定して寮から自前のランニングウエアを持参し、さっき着替えた。

水野は昨夜と同じコースを、ゆっくりとしたペースで走った。公園に入りグラウンドを周回し始めたので、みひろは木陰で休憩しながら慎に電話で報告した。

午後八時前。水野は公園を出て、みひろも続いた。二日連続で走るのはしんどいが、このまま帰寮するはずなので、気持ちは楽だ。LEDライトの光を追って走り続け、寮のある通りに入った時には、ほんの少しだが達成感を覚えた。が、その感覚はあっという間に吹き飛んだ。水野は寮の敷地には入らず、そのまま通り過ぎてしまった。

「えっ⁉」

思わず声を上げ、みひろは寮の手前に停車したセダンの脇で立ち止まった。セダンの運転席の窓が開き、慎が顔を出す。

「動きましたね。どうぞ、尾行を続けて下さい。僕は先回りします」

「『どうぞ』って。どこに先回りするんですか？」

荒く息をしながらみひろが問うと、慎は窓を閉めてセダンを出した。驚き腹も立ったが、また走りだすしかない。

コンビニにでも行くのかと思いきや、水野は走り続け、しかも明らかにペースが上がった。みひろはライトの光を頼りに必死に追いかけたが、水野が広く賑《にぎ》やかな通りに入るとすぐに見失ってしまった。慌てて慎に電話をするも出ず、仕方がないので唯一心当たりのある場所に向かった。

途中で少し歩いてしまったので、商店街に着いたのは午後八時半過ぎだった。商店街の入口の路上にセダンを見つけ、肩で息をしながら駆け寄る。

「電話……なんで」

言いながらドアを開け、倒れ込むようにして助手席に座る。「電話したのに、なんで出ないんですか」と憤慨したかったのだが、苦しくて言葉が出て来ない。運転席の慎はこちらには目も向けず、フロントガラス越しに前方を見ている。そこには街灯に照らされた、一軒の店。喫茶バカンスだ。昨日来た時にはドアの脇に置かれていたアクリル製のスタンド看板はしまわれ、店内の明かりも消えていた。

ようやく呼吸が落ち着き、みひろが改めて問いかけようとした時、慎は言った。

「来ました。行きましょう」

そして素早くドアを開け、セダンを降りる。みひろが前を見ると、喫茶バカンスのドアが開き、生田が出て来るところだった。後ろを向いて、店の中の松尾と話しているのがわかる。

慎はセダンの脇を抜け、商店街の名前を記したアーチ看板の支柱の陰に身を隠した。やむを得ず、みひろは自分のバッグからミネラルウォーターのペットボトルを取り、セダンを降りて慎に付いて行った。ペットボトルのキャップを外し、ミネラルウォーターを飲みながら素早く周囲を見回す。道には車が行き交い、商店街も買い物客や仕事帰りの人たちが歩いているが、水野の姿はない。

みひろがキャップを閉めたペットボトルをランニングウエアのジャンパーのポケットに押し込み、再び口を開こうとした矢先、生田は松尾に手を振って歩きだした。生田が商店街を数メートル進み、松尾が店内に引っ込むと、慎は支柱の陰を出て商店街に入った。トレーニングパンツのポケットからタオルハンカチを出して顔の汗を拭い、みひろも続く。

商店街はレンガブロックが敷かれた狭い道の両側に、小さな商店や飲食店が並んでいた。店じまいをしているところもあり、生田はその脇を通りかかると店の人とにこやかに挨拶を交わした。スカイブルーのジャケットにジーンズという格好で、黒いボディバッグを体に斜めがけにしている。生田には今朝電話で、昨夜の様子を聞いた。するど「最近は仕事の後、松尾さんにアパートまで送ってもらっています。そのせいか、尾行や監視の気配は感じません」とのことだった。

生田の十五メートルほど後ろを進んでいると、前を行く慎が振り向いて囁いた。

「以前も言いましたが、尾行する時には対象者の頭や背中を凝視せず、靴を見て覚えて下さい」

「はい。その話は覚えてますけど、今日は別の問題が」

周囲を気にしながら、みひろは囁き返した。ダークスーツの男とランニングウェアの女の組み合わせで、どちらも手ぶら。奇異に見えるらしく、すれ違いざまにこちらをチラ見して行く人がいる。

意味がわからなかったのか、慎が怪訝そうな顔で再度振り返った時、前方で動きがあった。生田が商店街を抜けてその先の通りに入ると、商店街の端に建つビルのエントランスから、ライトグレーのキャップと濃紺のTシャツの男が出て来た。

「水野さんですよ」

みひろが前方を指し、慎は顔を前に戻した。水野も商店街を出て、その先の通りに入る。

「記録。撮影して下さい」

早口で告げ、慎は歩きながらスーツのジャケットのポケットからスマホを出した。素早く操作して、カメラのレンズを前方に向ける。みひろも急いでスマホを出し、カメラアプリを立ち上げて画面に水野の後ろ姿を捉え、動画の録画ボタンをタップした。

生田は歩き続け、住宅街に入った。その二十メートルほど後ろから、水野が続く。水野は小股で足音を立てないように歩き、生田を窺いながら立ち止まっては周囲を見回す。そのため最後尾を行くみひろたちは、何度も立ち並ぶ家の塀や路上駐車の車の陰に身を隠した。

十分ほど進み、水野は足を止めた。こちらに横顔を見せて道の端に立ち、向かいを見上げる。みひろと慎はその手前に立つ道路標識の陰に隠れ、スマホを構えて身を乗り出した。

水野の向かいには、小さなアパートがあった。生田の自宅で、彼女が帰宅したらしく、二階の中ほどにある部屋の窓に明かりが灯った。

みひろは前方とスマホの液晶ディスプレイを交互に確認し、水野は生田の部屋の窓を見ているとわかった。キャップを目深にかぶっているので表情は窺えないが、笑ったり独り言を言ったりする様子はなく、身じろぎもしない。慎がカメラのズーム機能を使い、水野の顔をアップで撮影した。

と、前方で音がしてアパートの門から誰か出て来た。ジャケットを脱いでボディバッグも外しているが、背格好で生田だとわかる。アパートの建物の脇にある住人用のゴミ置き場に行くのか、手にゴミ袋を下げていた。はっとして水野が振り向き、生田も立ち止まる。次の瞬間、生田は身を翻してアパートの門の中に駆け戻り、水野は短く何か言って後を追った。

「まずいですよ!」

みひろはスマホを下ろして駆けだし、慎もスマホを構えたまま道路標識の陰から出た。アパートの前に行くと、開け放たれた白い門の先に一階の部屋のドアが並んだ狭い通路が見えた。突き当たりは二階に通じる階段で、その手前に立つ水野の背中を、通路の天井の蛍光灯が照らしている。

首を回し、みひろは隣を見た。慎は右手に持ったスマホを顔の前に掲げ、液晶ディスプレイを見つめながら、左手で前方を示した。

また「どうぞ」? 一人で行けって言うの? 信じられない気持ちで、みひろはジェスチャーで抗議したが、慎は「記録するので」とでも言うようにスマホを持ち上げて見せた。みひろがさらに抗議しようとした矢先、通路の奥で生田の短い悲鳴が聞こえ、ゴミ袋が床に落ちるどさりという音がした。

「やめなさい!」

そう叫び、みひろは門を抜けて通路を走った。ジャンパーのポケットの中でペットボトルが揺れ、ミネラルウォーターがたぽたぽと音を立てる。

水野が振り向き、反射的にという様子で腰を落として身構えた。焦りと恐怖が湧き、みひろは立ち止まった。とっさにポケットからペットボトルを出してキャップを外し、腕を突き出してペットボトルを前後に振った。ペットボトルの口からミネラルウォーターが飛び出し、水野の顔を直撃する。

「うわっ！」

声を上げるなり、水野は両手で目を押さえて俯いた。跳ね返ったミネラルウォーターはみひろの目にも入り、無意識にキャップの鍔《つば》を上げた。

「えっ。三雲さん？」

驚いたような声に視線を前に戻すと、水野の肩越しに生田が見えた。片手で目をこすり、みひろが返事をしようとすると、水野も「えっ」と言って顔を上げた。

「その通り。阿久津もいます」

冷静かつ微妙に偉そうな声とともに足音が近づいて来て、みひろの視界の端に慎が構えたスマホが映った。

10

スマホをしまった慎が水野をセダンに連れて行き、みひろは生田から話を聞いた。

今夜は松尾の都合が悪く一人で帰宅したそうで、暗いのとキャップのせいで水野だと気づかず、驚いて逃げてしまったという。落ち着いていてケガなどもなかったので、みひろは生田に「明日、改めて話を伺います」と告げてセダンに向かった。

慎の運転で町田北署に着いた時には、午後九時を回っていた。多々良は帰宅していたので当番の職員に状況を話し、みひろたちは一昨日と同じ会議室に入った。

水野に抵抗する様子はなく、長机に向かい合って座り話を聞くと、生田への尾行は認めた。しかし今夜が初めてだと言い、これまでのストーカー行為については否定した。

「ではなぜ、今夜生田さんの後を付けたんですか？」

机上のノートパソコンの液晶ディスプレイに目を向けたまま、慎は問うた。蛍光灯の明かりに照らされた室内に、慎がキーボードを叩く軽く乾いた音が響く。署内に人は少なく、廊下や階段もがらんとしている。

「一昨日の阿久津さんたちの話で、生田さんのストーカー被害はまだ続いているんだとわかって気の毒になったんです。ランニングのついでだし、ちょっと様子を見て、もしストーカーが現れたら捕まえてやろうと思いました」

片手で机上のキャップを弄《いじ》りながら、水野は答えた。目を伏せ、居心地が悪そうだ。ここに来る車中、みひろが貸したタオルで顔や手を拭いたが、Tシャツの肩はまだ少しミネラルウォーターで濡《ぬ》れている。

「『ちょっと様子を見て』。そうですか」

慎が言う。手を止めず表情も変わらないが、考えていることは多分みひろと同じだ。ほんの一時間ほど前。生田の部屋を見上げる水野は無言だったが、全身から熱を帯びた強い想《おも》い、思慕のようなものを漂わせていた。

慎重にいかないと。そう思い、みひろが水野にどうアプローチするか思案していると、慎はさらに言った。

「しかし尾行は事実ですし、証拠もあります。ストーカー行為を認めたと受け取られてもやむを得ませんよ。ちなみに、多々良交通課長と柴崎警務課長、高橋署長は今こちらに向かっています」

最後のワンフレーズは手を止め、冷ややかに向かいを見て告げる。はっとして慎を見返した水野の顔はみるみる青ざめ、強《こわ》ばっていく。

いきなり追い込んでどうするのよ。焦りながら心の中で突っ込み、みひろは隣を振り向いた。しかし慎は平然として、再びキーボードを叩きだした。放り出すようにキャップから手を離し、水野は返した。

「違います。僕はストーカーじゃない」

「それなら、疑われているとわかっていながら尾行をした理由は？　生田さんへの欲望を抑えきれなかったからではありませんか？」

「『欲望』って。そんな言い方はないでしょう」

思わず割り込み、みひろは身を乗り出して慎の顔を覗いた。視線だけを動かしてこちらを見て、慎が黙る。すかさず、みひろは水野に向き直って言った。

「一昨日あなたは、生田さんと個人的な付き合いはなく、連絡先も知らず、投書の件以後は店に行っていないと言いましたよね。私はあれをウソじゃない、水野さんは本当のことを話していると思いました。それは間違いじゃありませんよね？」

「はい」

頷いた水野だったが、その目は理不尽さに対する怒りと警戒の色に満ちている。みひろも頷き、さらに言った。

「でも、個人的な付き合いがなく、連絡先を知らなくても、心の中には生田さんがいたんじゃないですか？　それが尾行の理由でしょう？」

だとしたら、私たちや多々良課長にウソはついていない。でも想いを募らせ、ストーカー行為に走ったとも考えられる。心の中でそう続け、みひろは返事を待った。水野は上目遣いにみひろを見返し、しばらく黙った。そして横を向き、ぼそりと「そうだけど、そうじゃない」と答えた。訳がわからずみひろが訊き返そうとすると、水野はこちらを向き、さらに言った。

「ていうか、阿久津さんのせいなんですよ」

「はい⁉」

驚き、みひろは水野と慎の顔を交互に見た。呆気に取られたように手を止めた慎だが、すぐ真顔に戻り、長机の上で両手を組んで訊ねた。

「心当たりがないので、説明してもらえますか？」

「一昨日の、生田さんは職務上の関係者で、恋愛を含む感情は今後も含めて一切ないかって質問です。『はい』と答えたのはいいけど、改めて自分の気持ちを確認しちゃって。そうしたら、だんだんその気、っていうか生田さんの存在が大切な、失っちゃいけないものに思えてきたんです」

落ち着きなく体を動かしながら、水野は答えた。小さく丸い目からは理不尽さに対する怒りと警戒の色は消え、代わりに照れと気まずさが満ちている。

「ああ。ありますよね、そういうこと」

みひろが同意すると水野はこくりと頷いたが、慎には咎めるような眼差しを向けられた。

「確認させて下さい。あなたはそれまで何とも思っていなかった生田さんに対し、一昨日の僕の質問をきっかけに恋愛感情を抱くようになったということですか？　それゆえストーカーの存在が気になりだし、生田さんを尾行したと？」

慎が話をまとめ、水野は気まずそうながらもはっきり「はい」と答えた。すると慎は間髪を入れず、

「いや、ウソだ。あり得ない」

と返した。水野が呆気に取られ、みひろは慌てて隣を見た。

「自分で確認しといて、なに言ってるんですか」

「あり得ないからあり得ないと言ったんです。短絡的すぎるし、合理性に欠ける。こんなバカげた言い逃れが」

「短絡的で合理性に欠けてバカげていても、あり得るんです。人間ってそういうものでしょう」

「『そういうもの』で済めば、警察はいりません」

冷ややかに突っぱねられ、みひろが返す言葉を探していると会議室のドアがノックされた。

「はい」

みひろと慎が同時に答え、ドアが開いた。顔を覗かせたのは、多々良。水野は再び顔を強ばらせたが、多々良はみひろと慎だけを見て「ちょっと」と手招きをした。

水野に断り、みひろと慎は会議室から廊下に出た。多々良と向き合うと、慎は言った。

「水野の行為については、聴取を終えてからご報告します」

「わかっています。しかし、生田彩菜さんがこちらに見えたそうです」

「生田さんが？　どうかしたんですか？」

　みひろが問い、多々良が答えようとした時、廊下の奥に女性が二人現れた。一人は交通課の課員らしき制服姿の警察官で、もう一人は生田だ。こちらに気づくなり、生田は駆け寄って来た。

「すみません。黙ってたことがあるんです」

　みひろと慎の前で立ち止まるなり、勢い込んで言った。面食らい、みひろは問うた。

「なんですか？」

「私、本当は初めて会った時から水野さんが好きだったんです。だからお店に来てくれるようになって、嬉しくて。でも水野さんの同僚の方に、『警察官が事故や事件の関係者と付き合うのはタブー。バレたら左遷になる』と聞いて、迷惑をかけちゃいけないと思ってずっと我慢してたんです」

「そうだったの⁉　じゃあ、ストーカーっていうのは」

「それは本当です。でも、水野さんじゃない。ストーカーに尾行されたり監視されたりする時は、すごくイヤな感じがするんです。後ろから、粘っこくて圧迫するような目で見られるみたいな」

「ああ。ありますね」

　そう言って頷いたのは、慎。

えっ。それはありなの？　みひろは驚き呆れもしたが、慎はこちらを見向きもしない。慎の反応にほっとしたように、生田は続けた。

「でもさっきは、そういうものは全然感じられなかったんです。だけど水野さんが連れて行かれて、もう黙っていられなくて。水野さんを罰しないで下さい。ストーカーじゃないし、何も悪くないんです」

そして最後に「お願いします！」と言って深々と頭を下げた。艶やかな黒髪を見下ろし、みひろは言った。

「じゃあ、私が犯人について考えた時、水野さんのことは浮かばなかったかって訊いた時、返事の前に間が空いたのは」

「あれは、水野さんがいてくれたらな、助けて欲しいなってずっと考えてたからで……黙っててすみません。水野さんを助けて下さい」

そう返し、さらに深く頭を下げた生田に「ちょっと」と多々良が困惑し、女性警察官は頭を上げるように説得する。みひろは呆然《ぼうぜん》として、慎も無言で立っていた。

11

生田が尾行の被害届は出さないと言うので、続きは明日ということにして生田、水野とともに帰宅させた。多々良は柴崎と高橋への対応に向かい、みひろと慎は会議室に戻った。

「明日から、生田さんのストーカーと投書について調べましょう」

長机の上のノートパソコンを片付けながら、慎は言った。隣でファイルや筆記用具などをバッグにしまう手を止め、みひろは返した。

「水野さんへの疑惑は消えたってことですか？　根拠は？　生田さんが言ったストーカーの視線なら、あれだって短絡的で合理性に欠ける気がしますけど」

「疑惑は消えた訳ではないし、個人的な経験に基づくものですが、根拠はあります」

「それはレッドリスト計画の騒動の時に、監察係にされた尾行と監視？　それとも室長もストーカー被害に遭ったことがあるんですか？　いつ？　まさか今？」

好奇心をかき立てられ勢い込んで訊ねたが、慎は「守秘義務。黙秘します」とにべもなく返した。むっとして「そうっすか」と応え、みひろはさらに言った。

「まあ、ストーカーを突き止めれば水野さんの疑惑もはっきりしますしね。三月の物損事故も調べ直した方がよくないですか？　意外とあれもストーカー絡みだったりして。だとしたら、水野さんの無実は確定ですね。だって水野さんと生田さんは、事故当夜現場で初めて会ったんですから」

気を紛らわせる目的もあり、みひろは捲し立てた。しかし慎は無言。こちらに背中を向け、考え込むような顔をしている。無視された気がして、みひろはさらに腹立たしさと苛立《いらだ》ちを覚えた。二日連続のランニング込みの残業で、疲れてもいるのだろう。

そう考えても気持ちは治まらず、みひろは声を大きくして言った。

「でも、さっきはまさかの展開でしたよね。一昨日の室長の質問で、水野さんのスイッチが入ってたなんて」

「スイッチ？」と反応し、慎が振り返った。その目を見て、みひろは続けた。

「ええ。室長は『あり得ない』って言ってたけど、実際よくありますよ。何とも思っていなかった人を誰かに、『お似合いなんじゃない？』と言われてその気になる、みたいな。似たパターンで、私は夢に出て来た芸能人を好きになったことがありますよ。室長だって、そういう経験はあるでしょう？」

　軽いノリで問いかけたが、慎は無言。

えっ、ないの？　室長と恋バナするのって初めてだけど、まさか「彼女いない歴＝年齢」？　それなら、さっきの「あり得ない」主張も納得——。

「三雲さん。頭に浮かんだことを知らないうちに口に出すクセ。少し前に『治しましょうか』と言ったばかりですよね？」

　無表情だが棘《とげ》のある口調で問われ、みひろは手のひらで口を押さえた。

「またやっちゃってました？　すみません」

「しかも事実誤認な上に、プライバシーの侵害です」

「本当にすみません……事実誤認は、彼女いない歴＝年齢？　それとも、お似合いって言われた人にその気になっちゃう方？」

つい食い下がると、慎は露骨に不機嫌そうな顔になり、「プライバシーの侵害」と繰り返した。しまったと思い、みひろは謝罪しようとしたが、慎はこう続けた。

「加えて、先ほどの『欲望って。そんな言い方はないでしょう』という発言。調査対象者の前で上司の言葉を否定するなど、常識以前の問題です。職務の遂行にも支障を来《きた》しかねませんし、以後慎《つつし》んで下さい」

「わかりました。でも、あれはあんまりだと思います。水野さんはピュアなぶん思い込みが激しそうだから、慎重にアプローチしないと。事実、室長の質問で恋心に目覚めて尾行をしちゃったんだし――もちろん、誰も予想できない展開で室長に責任はないし、気にしなくてもいいですよ」

フォローのつもりで言葉を尽くして伝えた。しかし、慎はさらに顔と眼差しを険しくして返した。

「以前から感じていましたが、三雲さんは往々《おうおう》にして言葉の選択が不適切です。フォローまたは慰め、激励のつもりなのでしょうが、極めて無礼で傲慢。いわゆる『上から目線』です。こちらも猛省《もうせい》し、慎みなさい」

傲慢で上から目線って、室長にだけは言われたくないんだけど。反発は覚えたが、めったに命令口調を使わない慎が「慎みなさい」と言った。逆らうのはまずいと直感し、みひろは、

「はい。申し訳ありませんでした」

とだけ返し、手にしていたものを長机に置いて頭を下げた。

叱られるのは初めてじゃないけど、室長がこんなにわかりやすく怒るって珍しいな。ちょっと前には考え込むような顔をしてたし、何かあったのかも。でも訊くのはシャクだし、もっと叱られそうだな。頭を下げたままみひろが逡巡《しゅんじゅん》していると慎は、

「車で待っています」

と告げて身を翻し、会議室を出て行った。

12

翌朝も、慎はいつもより早く寮を出た。何者かに見られているような気配は感じられなかったが、気を緩めず、周囲に注意しながら通りを歩いた。

昨日の朝感じた気配は、建物の中にいる時以外は一日中続いた。そんなことは初めてで、さすがにプレッシャーを覚え、会議室での三雲みひろの些細《ささい》な発言に反応して

しまった。

三雲の言葉の選び方はいずれ忠告するつもりだったが、人前で感情を露《あら》わにしたのは失態だ。三雲は発言が無神経で向上心に欠ける一方、カンが鋭く観察力もある。隙を見せないようにしなくては。俺の計画《プラン》は始まったばかりだ。自分で自分にそう言い聞かせ、慎はビジネスバッグの持ち手を握り直した。

地下鉄麻布十番駅への降り口を通り過ぎ、首都高速道路の下をくぐって新一《しんいち》の橋《はし》の交差点を渡った。一キロほど行くと、前方にガラス張りの大きなビルが現れた。総合病院の病棟で、広い敷地の中には他にも複数の建物がある。

病院の敷地に入り、通路を進んだ。病棟の一階にはチェーンのコーヒーショップとコンビニが入っていて、それぞれ出入口がある。そこからコーヒーショップに入り、店内を見回した。手前の壁際に制服姿の店員が入ったカウンターがあり、奥が客席だ。病棟の出入口が開くのを待っている患者らしき人たちで、店内は混み合っている。

まずカウンターでコーヒーを買い、慎は客席に向かった。奥まった一角の二人がけのテーブルに目当ての顔を見つけ、歩み寄る。

「宇佐美周平《うさみしゅうへい》さんですね？　警視庁の阿久津です」

抑えめの声で問いかけると、テーブルに着いた男ははっとして顔を上げた。歳《とし》は三十代前半。色白の小太りで、長めの前髪を額の真ん中で分けている。身につけているのは、ダークスーツとノーネクタイの白いワイシャツだ。

「どうも」

もごもごと返し、宇佐美は小さく丸い目を動かして慎の背後を窺った。

「心配には及びません。病院内には、検査や治療のための放射線発生装置が複数あります。放射線の被曝《ひばく》を恐れる盾の家のメンバーは、ここには近づきません」

そう告げて、慎はコーヒーカップとソーサーの載ったトレイをテーブルに置き着席した。慎がここを待ち合わせ場所に指定した意味を理解したらしく、宇佐美は「ああ」と頷いた。

肩や腕をそわそわと動かしながら、宇佐美は言った。

「何の用ですか？　去年の騒動の話は聞きましたけど、あなたは盾の家のメンバーみんなの敵で、ものすごく恨まれていますよ」

「でしょうね」

平然と返し、慎はカップを取ってコーヒーをすすった。頭に昨日の朝浮かんだのと同じ男の顔が浮かび、さらに確信が強まった。呆れたようにこちらを見て、宇佐美もコーヒーを飲んだ。

カップをソーサーに戻し、慎は本題を切り出した。

「宇佐美さんは職場や家族には盾の家のメンバーであることを隠している、いわゆる在家《ざいけ》信者ですね。他のメンバーには『謝礼目当てを装って公安に近づき、捜査情報を聞き出す』と説明しつつ、実は盾の家の情報を公安に流している二重スパイ。団体内部に入り込んで、幹部の信頼も厚いとか。エスになって何年ですか？」

「二年ですけど」

ぶっきらぼうに返し、宇佐美は顔を背けた。その様子を確認し、慎は話を進めた。

「盾の家の現況を教えて下さい。代表の扇田鏡子《せんだきょうこ》は、末期の肺がんで余命わずかだと聞いています。当然、病院での治療は拒否しているんですよね？」

「ええ。八王子《はちおうじ》の本部施設にいます。『がんの原因は放射能汚染だ』と言い張って、盾の家が造った水や薬を飲んだり、放射能を除去するという装置で治療の真似《まね》事をしていましたが、最近はほとんど意識がありません。そう長くないでしょう」

「後継者は？　善悪は別として、扇田にはカリスマ性があります。その威光を維持するには、相応の人物でなければならないはずです」

水を向けると、宇佐美は「そうなんです」と頷いて慎を見た。

「扇田は既に代表の座を退《しりぞ》くと表明していて、次期代表はメンバーの各地域の支部長が投票して選挙で選ぶことになっています。でもそれはかたちだけで、扇田の一人娘のふみが後継者だと考えられていました。ところが最近になって、市川秀人《いちかわひでと》という古参の幹部が『自分も選挙に立候補する』と言いだしたんです」

慎が問うと、宇佐美は待ち構えていたように「あなたですよ」と言い、こちらを指した。慎は絶句して見せ、宇佐美は小声で鼻息荒く、こう続けた。

「去年の中森翼《なかもりつばさ》の一件で、盾の家は利用された上に恥をかかされた。市川とその一派は警視庁と阿久津慎への報復を主張していますが、ふみとその取り巻きは『報復より団体の維持と発展に注力すべきだ』と。二派は対立し、盾の家内部は分裂状態です」

「そうですか」

呆然としたふりで返し、慎はまたコーヒーを飲んだ。満足げに頷き、宇佐美も持ったままだったカップを口に運んだ。

扇田の病状だけではなく、団体の内部が分裂状態であることも知っていたが、その原因が自分というのは初耳だ。改めて盾の家の怒りと執念を感じ警戒を覚えるとともに、それはそれでチャンスだと思う。と、閃《ひらめ》くものがあり、慎は言った。

「分裂状態と言っても、メンバーの大半はふみ一派の支持者でしょう？　つまり市川一派は多勢に無勢で、このままでは失脚し、団体を追放される可能性も高い。ちなみに選挙はいつ、どこで？　投票は支部長を集めて行うのですよね？」

テンポよく問いかけると、宇佐美は面食らったように目を瞬《しばた》かせて答えた。

「はい。選挙は六月末日に、八王子の本部施設で行われます」

「わかりました。では、あなたは市川に接近して一派に加わり、『選挙で勝つには奇跡を起こすしかありません』と言って下さい」

「えっ⁉　言ってどうするんですか？」

「無論、奇跡を起こすのです」

　間髪を入れずにそう答えると、宇佐美はぽかんとした。慎は続けた。

「正しくは奇跡を起こしたように偽装する、ですが……市川に根回しさせて、選挙に集まった支部長たちが投票の前に水を飲むようにして下さい。水とは盾の家が製造販売している『斎戒《さいかい》の水』で、事前にGHB、ケタミンなど意識を朦朧《もうろう》とさせる作用のある薬物を混入しておきます。その上で、市川が『自分には放射能を除去する霊力が備わっている』と言ってそのようなパフォーマンスを行い、支部長たちに『奇跡だ』と信じ込ませるのです。これなら支部長たちの気持ちを掴《つか》み、一発逆転できます」

「そんな無茶な。GHBにケタミンって、どっちも違法薬物ですよ」

「おっしゃる通り。ですから、実際には先に公安に『盾の家は違法薬物を使用している』とタレ込み、支部長たちが薬物入りの斎戒の水を飲む直前に捜査員に踏み込ませるのです。団体を一網打尽《いちもうだじん》にできるチャンスですから、公安は必ず動きます」

　慎は断言したが、宇佐美はカップをテーブルに置いて身を引いた。

「市川を騙《だま》すなんて、無理です。それに、薬物はどうやって手に入れるんですか？」

「盾の家のメンバーに、元ドラッグディーラーの男がいます。その男を一派に引き込み、昔のツテで薬物を入手させて下さい」

「できません。今だって、いつ正体を見破られるかびくびくし通しなのに。そもそも、今の話は全部阿久津さん一人の考えなんですよね？　そんなことしていいんですか？　公安に知られたら——」

「宇佐美さん。自由になりたくないですか？」

そう問いかけると、宇佐美は動きを止めた。背中を丸めて眉根を寄せたまま、慎を見る。その顔を見返し、慎はさらに言った。

「あなたは高校の化学教師ですが、三年前に出会い系サイトで知り合った自称・二十歳、実際には十七歳の少女と関係を持ち、東京都青少年の健全な育成に関する条例に違反したとして逮捕された。少女が年齢偽装を認めたために不起訴になりましたが、公安に『職場や家族に事件を知られたくなければ、エスになれ』と迫られた。さぞ辛《つら》く、心の安まる暇のない毎日だったでしょう。そろそろ、楽になりませんか？　僕の言うとおりに動けば、公安からも盾の家からも解放されるとお約束します」

後半は口調と眼差しを緩めて語りかける。慎を見つめ、宇佐美は問い返した。

「断るか、阿久津さんに言われたことを公安に伝えたら？」

「この三年間隠し通してきたことが、全て明るみに出るでしょうね。そうなっても、公安は何もしませんよ。彼らにとってエスは捨て駒ですから」

　あっさり返すと、宇佐美は一瞬慎に尖った目を向けた。しかし観念したように息をつき、首を縦に振った。

「わかりました。でも、どうしてこんなことを。盾の家の報復を恐れているなら――」

「了承いただければ結構。早速行動に移って下さい。市川に接近する際には、エスと化学教師双方の立場と知識を活用するといいでしょう。それから、僕との連絡にはこれを使うように。いわゆる足の付かないスマホです」

　そう告げて慎がバッグから出した黒いスマホを渡す、宇佐美は気圧されたように「はあ」と答えた。

「しかし、時間がかかりますよ。市川と話したことはないし、私が公安と繫《つな》がっているのを知られています。それに、市川は用心深くて側近にも心を許さないと聞きました。『近づくほど見えないものが増える』と言ったとかなんとか」

「ならば好都合。下手な小細工はせず、正面からコンタクトを取るべきです……市川も頭のいい男のようですね。『近づくほど見えないものが増える』とは、真理《しんり》を突いています」

　微笑んで、後半は独り言のようになりながら慎は言った。宇佐美は顔をしかめ、思わずといった様子で「市川もって」と突っ込んだが、慎の耳には入らない。

ふいに違和感を覚え、慎の思考は停止した。真顔に戻り、違和感の正体を探る。

「――三月の物損事故も調べ直した方がよくないですか？　意外とあれもストーカー絡みだったりして」。頭の中に、昨夜のみひろの発言が再生された。続いて手のひらを横に振り、「後ろの人は悪くないです」と言う生田の姿が浮かび、最後に「彩菜は人気者なので」「何かあったら、あの子の親に顔向けできませんから」とため息をつく松尾重治の姿も蘇った。たちまち違和感は消え、一つの仮説が導きだされる。

「あの」

宇佐美の声に、我に返った。慎は怪訝そうに自分を見ている宇佐美に向き直り、告げた。

「また連絡します」

そして席を立ち、トレイとビジネスバッグを手に歩きだした。通りかかった店員の女性にトレイを渡して店を出るまで、背中に呆然とした宇佐美の視線を感じた。

13

出勤途中のみひろに慎からLINEのメッセージで、「やることが出来たので、一足先に町田北署に向かいます。三雲さんは電車で直行して下さい」と伝えられた。訝しく思いながらもみひろは途中下車して電車を乗り換え、町田に向かった。

　午前九時前に町田北署に着き、二階に上がった。廊下を進み、ノックして会議室のドアを開けた。室内に慎の姿はなく、手前の長机に生田と松尾が着いていた。

「おはようございます。もういらしていたんですか」

　そう挨拶し、みひろは室内を進んだ。生田は腰を浮かせて会釈を返した。

「おはようございます。さっき阿久津さんから、『なるべく早く町田北署に来て欲しい』と連絡があったんです……あの。昨夜はすみませんでした」

　最後のワンフレーズは目を伏せて言い、椅子に腰を戻す。今日は赤いパーカーにデニムのスカートという格好で、長い髪を肩に下ろしている。

　勢いで私たちに水野さんへの気持ちを打ち明けちゃったけど、余裕を取り戻して恥ずかしくなったのね。わかるわかる。でも、後悔はしてなさそうでよかった。微笑ましく思い、みひろは「いえいえ」と返した。こちらの意図が伝わったのか生田は顔を赤らめ、それを隣の松尾が訝しげに見る。二人の向かいの長机にバッグを置いて座り、みひろは問うた。

「松尾さんは付き添いですか？　早くから大変ですね」

「阿久津さんに彩菜と一緒に来て欲しいと言われて、店を臨時休業にして来ました。

何かわかったんですか？」

松尾は心配そうに問い返した。こちらは白いコットンニットに茶色のスラックス姿だ。みひろが答えようとした時、ドアが開いて慎が顔を出した。

「お待たせしました。みなさん、お揃いですね」

清々《すがすが》しい笑みとともに告げ、ビジネスバッグとファイルを手にこちらに歩み寄って来た。部屋の奥の窓にはブラインドが下ろされているが、両脇から明るい朝日が漏れている。

生田たちが挨拶を返し、慎はみひろの隣に着席した。ビジネスバッグからノートパソコンを出して机上にセットし、向かいを見る。

「時間をムダにしたくないので、粛々《しゅくしゅく》と進めましょう。まずはこれをご覧下さい」

笑みをキープして言い、ファイルから書類を一枚取り出して向かいに掲げた。みひろは隣に首を突き出し、書類を覗く。プリントアウトした写真で、モノクロだ。道路に並んで停まる車を、斜め上から写している。車のライトが白くぼんやりと発光しているので、夜間に撮影されたのだろう。

「これは小田急線鶴川駅近くの国道の交差点に設置された車両捜査支援システム、通称・Nシステムの赤外線カメラの写真です。撮影日時は今年の三月八日の午後七時。つまり、生田さんが物損事故を起こす直前です」

言いながら、慎は写真の上に表示された日付と時間を指し、続いて車列の前から二番目の軽自動車を指した。とたんに、生田が目を見開いた。

「それ、私の車です」

「その通り。そして、生田さんの車の後ろにいるこの車」

そう続け、慎は指を動かした。軽自動車の後ろには、白いコンパクトカーが停まっている。首を縦に振り、生田は言った。

「覚えてます。事故を起こした時にも、その車が後ろにいました。でも、運転している人は見ていません」

「ご心配なく。Nシステムのカメラが記録しています。この車のナンバープレートはレンタカーのもので、運転者はキャップとマスクで顔を隠していました。しかしこの車を所有しているレンタカー業者を割り出し、運転者が車を借りる際に提示した運転免許証のコピーを取り寄せました」

慎は交差点の写真を机上に置き、ファイルから別の書類を取り出して掲げた。言葉通り、運転免許証のコピーだ。が、目をこらし、拡大して粗くなった免許の所有者の氏名と顔写真を確認したとたん、みひろと生田は同時に、

「えっ⁉」

と声を上げた。氏名と顔写真は、松尾のものだ。みひろたちに目を向けられ、松尾

は驚いたように答えた。

「確かに用があって車を借りた。でもすっかり忘れてたし、彩菜の車が前にいたなんて気づかなかったよ。すごい偶然だな」

「偶然。そうですか」

クールに返し、慎はコピーを下ろし三枚目の書類をファイルから出して掲げた。みひろ、生田、松尾の視線が一斉に動く。

三枚目も写真だった。こちらを撮影したカメラは歩道に設置されたもののようで、手前には歩行者と自転車に乗った人が写っている。奥には歩道と並行して走る車道の端が写り込み、さっきと同じ白いコンパクトカーが停まっていた。そしてその後ろには一人の男性がコンパクトカーに背中を向ける格好で、前方を窺うようにして立っている。キャップで目は見えないがマスクは引き下げられ、露わになった鼻の下と顎の先のヒゲは、目の前の松尾と同じだ。みひろが再び声を上げかけた時、慎の声がした。

「こちらは生田さんの事故が発生した後、国道沿いの歩道の防犯カメラに記録されていた映像です。ちなみにこの時、あなたが見ている二十メートルほど先で、生田さん立ち会いのもと、水野巡査と山之内巡査長による事故の状況確認が行われていました」

振り向いたみひろの目に、慎の白く整った横顔が映る。その顔から笑みは消え、メガネの奥の目はまっすぐに松尾を見ていた。首を横に振って松尾が何か言いかけ、それを遮るようにして慎は続けた。

「まあ、これも偶然で違うものを見ていたと言われればそれまでですが。その場合、投書が投函《とうかん》されたポストと、生田さんが尾行や監視をされた場所付近に設置された防犯カメラの画像がここに」

淀みなく語りながら、ファイルの中に手を入れて探る。とたんに、松尾が椅子を蹴って立ち上がった。

「やめてくれ！」

ぴたりと手を止め、慎は向かいを見た。それを見返し、松尾は言った。

「わかった。あんたの言うとおりだ」

「言うとおりとは、生田さんへのストーキング及び水野巡査に関する投書を行ったのは自分だと認めるという――」

首をぶんぶんと縦に振って慎の言葉を遮り、松尾は早口で返した。

「ああ。全部認める。俺がやった」

「了解しました」

無表情に頷き、慎はスマホを出して誰かに電話をかけた。その姿をみひろが呆然と見ていると、生田が言った。

「重治おじさん。どうして」

「心配だからに決まってるだろ。彩菜は可愛いし、東京は物騒だ。でも口うるさく言うと嫌がるから、遠くで見守ってたんだ。事故の時だって後ろから見てるだけのつもりだったけど、彩菜の運転が危なっかしくてつい間を詰めちゃったんだよ」

信じられない様子で自分を見上げる生田の顔を覗き、松尾は告げた。困惑し、生田は返す。

「見守るって、でもあの視線は」

「みんな誤解してるんだ。現に水野が現れたじゃないか。あんな暗くてうだつの上がらない男、彩菜にふさわしくない。彩菜だって、事故現場でちょっと優しくされたから好きだと思い込んでるだけだよ」

「えっ。おじさん、私が水野さんを好きだって知ってたの？」

驚き、生田は問うた。何を誤解したのか、松尾は誇らしげに「ああ」と頷き、

「当たり前だろ。彩菜のことは何でも知ってるよ」

と答えた。満面の笑みだが生田に向けられた視線はねっとりとして、嫌な感じの熱を帯びている。

「……キモっ」

みひろの頭に浮かんだのと同じ言葉を口にして、生田は身を引いた。みるみる顔を

歪ませ、松尾は何か返そうとした。と、ドアが開いて多々良とスーツ姿の男が二人、会議室に入って来た。三人は松尾に歩み寄り、スーツ姿の男の一人が「ご同行願います」と告げ、もう一人が松尾を立たせた。男二人はストーカー犯罪担当の生活安全課の刑事で、慎が電話で呼んだのだろう。

「誤解だって！」と騒ぐ松尾を男二人がなだめ、両側から肩と腕を摑んで会議室を出て行った。それを呆然と見送る生田には多々良が、「後ほど係の者が来ます」と告げて男性たちに続く。みひろと慎も続き、会議室を出た。

「『やること』って、画像の確認ですか。よくあんな短時間で投書が投函されたポストを特定したり、生田さんがストーカー被害に遭った時の画像を探したりできましたね」

廊下を遠ざかって行く四人の背中を見ながら、みひろは言った。同じ方を見て、慎は応えた。

「さすがの僕も、それは無理です。確認したのは先ほど見せた画像と、運転免許証のコピーだけです」

「でも、『画像がここに』って言って、書類を出そうとしましたよね？」

「『画像がここにあったらいいな』と言いたかっただけで、松尾が勝手に誤解したんです」

しれっと返され、みひろは呆気に取られつつも話を続けた。

「はあ。じゃあ、あんなに画像の確認を避けたがってた多々良さんたちを説得したのも」

「『画像を確認すればストーカーと投書の犯人が判明し、水野巡査の潔白が証明されます』と言ったんですよ。加えて、『ストーカー犯が確定した場合、対処が遅れると大きな問題になりますよ』とも」

「多々良さんたちの、世間体と保身第一の考えを逆手に取ったんですね。室長、改めてすごいです。あと、Nシステムと防犯カメラもすごい」

みひろは感心したが、慎は「今さらですか？」と呆れて語りだした。

「国内に設置されているNシステムは、二〇一五年五月時点で千六百九十台。また都内に設置されている防犯カメラは、警視庁と民間のものを合わせると二十五万台以上あると言われています。肖像権やプライバシー権など問題はありますが、画像は動かぬ証拠であり、捜査の迅速・効率化のためにも不可欠な設備です」

語り終えるなり顎を上げ、メガネにかかった前髪を払う。

室長が設置した訳じゃないのに、なんで自慢口調なのよ。警察＝自分ってこと？　だとしたら、ストーカーとは別の意味でキモっ。心の中で毒づきつつも笑みを作り、みひろは「やっぱりね〜」とだけ返した。

足音がして視線を前に戻すと、廊下の向こうから制服姿の水野が歩いて来る。みひろたちに気づき、小走りで駆け寄って来た。

「いま多々良さんたちとすれ違いました。生田さんも来てるって言うし、何があったんですか？　昨夜僕が帰れたのも、なんでかわからないし」

前後に視線を巡らせ、不安そうに訊ねる。会議室のドアを指し、みひろは答えた。

「中に生田さんがいるので、自分で訊いて下さい」

「えっ。いいんですか？」

「多分ダメでしょうけど——いけない。車の中に大事な書類を忘れて来た。取りに行って戻るまでに、二十分はかかるだろうなあ」

後半は独り言めかして言い、口を開きかけた慎の腕を引っ張って階段の方へ歩きだす。数歩行ったところで「あの」と呼ばれ、振り向くと水野が一礼して言った。

「ありがとうございました」

「どういたしまして。ちゃんと気持ちを伝えて、生田さんの話も聞いてあげて下さいね」

みひろの言葉に水野はきょとんとしてから、「はい」と照れ臭そうに笑い、ドアを開けて会議室に入って行った。みひろたちも歩きだす。

「で、相思相愛とわかってカップル誕生！　となるのか。いいなあ。なんか今回は私たち、すっかりキューピッド役になっちゃいましたね」

ぼやくみひろを慎は、

「そんな役を担《にな》った覚えはありません……三雲さん。車の中に大事な書類って、今朝はここまで電車で来たんですよね？　適当にも程がありますよ」

と言って呆れたように見返す。聞こえないふりで、みひろは話を変えた。

「ああでも、職務上で知り合った相手と交際するのは御法度なんでしたっけ。せっかく気持ちが通じたのに、水野さんは懲戒処分？　赤文字リスト入りの上、罰俸転勤ですか」

暗く納得のいかない気持ちになり、隣を見上げる。慎は前を向いたまま「そうですね」と答え、こう続けた。

「監察係への報告書には、水野巡査を別の署に移すよう記します。ただし罰俸転勤ではなく、けじめという意味です。半年もすれば物損事故のほとぼりは醒《さ》めますし、生田さんは松尾の事件を大事《おおごと》にする気はないでしょう。後は、僕の関知するところではありません」

「それはつまり、見逃すってことですか？　恋心のスイッチを入れちゃった責任？」

「違います。関知するところではないと言っただけです。三雲さんは言葉の選択が不適切なだけでなく、人の発言を自分に都合のいいようにねじ曲げる傾向がありますね」

冷ややかな眼差しで、慎が振り向く。またお叱りかと身構え、言い合いも辞さない覚悟のみひろだったが、ふと疑問が浮かび気が変わった。

「それはさておき、室長。なんで松尾さんが怪しいと思ったんですか？　ひょっとして、また私の言葉がきっかけ？」

「はい。ただし今回は三雲さんだけではありませんし、きっかけに結びついたのは、ある人物の真理とも言える発言を聞いたからです」

「真理？」

みひろが訊き返すと慎は、「ええ。真理です」と頷き、右手の中指でメガネのブリッジを押し上げた。口調は穏やかだが、冷たく勝ち誇ったような笑みを浮かべている。

うわ、この顔。去年の騒動の前に見たのと同じだ。そう悟るなり、みひろの胸はざわめき緊張も走った。しかし慎はすぐに真顔に戻り、

「調査は終了ですし、本庁に戻る前に三雲さんが話していたパン屋に寄りましょう。お勧めは三色パンで、おいしいだけじゃなく、可愛いブタの顔なんですよね」

と抜群の記憶力を駆使して提案してきた。「そうです。他にも、気になるお店が何軒か」と返し慎の隣を歩きながらも、みひろの胸はざわめき続けていた。

14

短いアラーム音がして、宇佐美周平の向かいに立った男は手を止めた。

「13,000cpm《カウントパーミニット》未満。体表面《たいひょうめん》汚染なし」

男の後ろに置かれた机に着いた、もう一人の男が言う。机上には縦長で厚みのある白いプラスチック製の箱が置かれ、もう一人の男は箱の前面に埋め込まれた半円形の目盛りと針を覗いている。サーベイメーターこと、携帯用の放射線測定器だ。サーベイメーターの底からは黒いコードが伸びていて、宇佐美の向かいに立った男が手にした、懐中電灯のような形状のセンサープローブに繋がっている。

向かいに立った男はかがめていた体を起こし、宇佐美のワイシャツの胸に向けていたセンサープローブを下ろした。宇佐美も体の脇に上げていた両腕を下ろす。向かいに立った男は一歩下がり、宇佐美を見て「行け」と言うように顎を動かした。向かいに立った男も机に着いた男も、フード付きのつなぎを着てゴム長靴を履き、顔にゴーグルとマスク、手には分厚いゴム手袋を装着している。色はどれも黒だ。

宇佐美は足元に置いたバッグを摑み、ドアを開けて小屋を出た。小屋はコンクリート造りの平屋で、ドアの脇の壁には「放射線汚染検査所　施設に入る者は必ず検査を受けること」と大きな文字で書かれた看板が取り付けられていた。小屋の後方には門があり、分厚い鉄板でできた高さ二メートルほどの引き戸が閉ざされている。

少し歩くと視界が開けた。起伏に富んだ広大な敷地にアスファルトの通路が縦横に走り、それに沿って建物がある。建物の大きさは様々だが、どれも箱のような造りで窓はわずかしかない。建物の外壁と屋根、床は放射線を遮蔽《しゃへい》するコンクリートでできているという。通路のいくつかには歩いたり、立ち話をしている人の姿があり、男性は先ほどの男たちと同じつなぎを着て頭にフードをかぶり、顔にマスクを装着している。女性はフード付きのワンピースだがこちらも色は黒で、マスクを付けている。わずかだが子どももいて、こちらも黒ずくめの服で、口にはマスクだ。と、建物の外壁に取り付けられたスピーカーから女性の声が流れた。

「午後二時現在の施設内の放射線量は、次の通りです。正門前、0・09μSv《マイクロシーベルト》。本部庁舎前、0・08μSv。住居棟A前……」

淡々と告げられる数値を、黒ずくめの人々は動きを止めて真剣に聞き入っている。張り詰めた空気が漂い、女性の声の他には何の音もしない。宇佐美も足を止め、スーツのジャケットのポケットから黒いマスクを出して装着した。

盾の家のメンバーになって一年半。本部施設には月に一度の割合で来ているが、この光景と空気にはなかなか慣れない。八王子市北部の丘陵地帯で、潰れたゴルフ場を買い取ったという。全国に二万人いるメンバーのうち、百名ほどの人がここで暮らしている。

十五分以上歩き、宇佐美は一軒の建物の前で立ち止まった。小さな平屋で、窓はドアの脇にごく小さなものが一つあるだけだ。近づいて行くとドアが開き、髪を五分刈りにした中年男が顔を出した。身を乗り出し、宇佐美の肩越しに外を覗《うかが》う。しかし通路とその周辺の草地に人気はなく、初夏を思わせる日射しが照りつけているだけだ。

「五分だけだぞ」

マスク越しのくぐもった声で告げ、中年男はドアを大きく開けて宇佐美を招き入れた。

部屋は狭く、段ボール箱がいくつか置かれているだけだった。中年男は部屋を進み、反対側のドアを開けた。ドアは木製のありふれたものだが、表と裏に樹脂製の黒いシートが貼られている。宇佐美は初めて目にするもので、訊けば「放射線を遮蔽する効果がある」という答えが返って来るのだろうが、真偽の程は定かではない。ちなみに、盾の家のメンバーが「盾の衣《ころも》」と呼ぶ黒いつなぎやワンピース、マスクなども団体本部が「放射線を遮断する効果のある素材を使った特別なもの」と謳《うた》い、高値で販売しているが、公安の捜査員によると「大量生産の安物に防水スプレーをかけただけ」らしい。

ドアを開けた先の床には横長の穴が空いていて、その中にコンクリートの階段があった。中年男は衣擦《きぬず》れの音を立てながら、慣れた様子で階段を降りていった。頭を低くして、宇佐美も倣った。少し降りると傍らにがらんとした空間が現れたが、中年男はさらに階段を降りていった。後を追った宇佐美だが、階段は狭く急で、転げ落ちないように気を遣った。

盾の家の施設では、身分の高いメンバーの仕事場や住居は地下にある。地上が放射線で汚染された場合のシェルターを兼ねているからだ。

地下二階まで降りると、広いスペースに出た。その奥には一際大きな金属製の白いドアがあり、その脇で女性と男性が話している。中年男が歩み寄りながら何か言い、年配者らしき女性が顔を上げた。ワンテンポ遅れて振り返った男性を見たとたん、宇佐美は足を止めた。

えっ。阿久津さん？　危うく声に出しそうになるほど驚いたが、よく見れば別人だ。しかし歳は同じぐらいでメガネをかけ、背格好もよく似ている。下半分はマスクで隠れているが、顔立ちも似ているようだ。じろじろ見られて気分を害したのか、メガネの男性は顎で宇佐美を指し、中年男に訊ねた。

「誰ですか？」

「ああ。例の」

そこから先は声を小さくし、メガネの男性に囁く。それを聞いたメガネの男性は胡《う》散臭《さんくさ》げに宇佐美を眺め、ドア脇の壁に取り付けられたインターフォンのボタンを押した。やや間があって誰かが応える気配があり、メガネの男性は金属製のバーを摑んで白いドアを開けた。ドアは二重構造で、幅は二十センチ以上あるだろう。眼差しで宇佐美に「入れ」と指示して中年男がドアの奥に進み、宇佐美も続いた。

分厚いコンクリートの壁に囲まれた、四角く無機質な空間。それはこれまでに入った他の幹部の部屋と同じだが、かなり広い。手前にはモダンなデザインのステンレス製のテーブルと椅子が置かれ、奥には同じくステンレス製の机がある。机には男が着いていて、俯いて何か書いている。その後ろの壁には、大きな額縁に入った扇田鏡子の写真。白髪頭で痩せているが、昔はかなりの美人だったはずだ。

「市川本部長。外部アグレッシブメンバーの宇佐美周平です」

机の前に行き、中年男が後ろに立つ宇佐美を指した。外部アグレッシブメンバーとは、メンバーの増員や情報収集などに一定以上の実績を上げている者を指し、他のメンバーにもスキルに応じて「外部アクティブメンバー」「内部シニアパートナー」等々の肩書きが授けられている。

手にしたペンを置き、市川が顔を上げた。つなぎを着ているがフードはかぶっておらず、マスクも付けていない。バッグを床に置き、宇佐美は一礼した。

「はじめまして。宇佐美です」

「こんにちは。お話するのは初めてですね。噂《うわさ》は聞いています」

やや高めの細い声で、市川は言った。地味な顔立ちだが、薄く微笑んだ唇の薄い大きな口は目立つ。短く刈り込んだ髪には白いものが目立つので、歳は五十ぐらいか。

恐縮し、宇佐美が再度頭を下げると市川はこう続けた。

「報告があると聞いていますが、あなたは情報部の所属ですね。情報部の我妻《あがつま》部長ではなく、なぜ私のところへ？」

「我妻部長は、扇田ふみ副代表の取り巻きだからです。私は公安捜査員と接触し、ふみ副代表の重大な情報を手に入れました」

宇佐美の言葉に、中年男と机の脇に立つメガネの男性がはっとしたのがわかった。しかし市川は動じず、「どんな情報ですか？」と促した。

「先月昭島《あきしま》市の研究所に新しい実験装置を導入できたのは、日本科学大学理工学部の端田《はしだ》教授の口添えがあったからです。これはふみ副代表が研究費の寄付と引き換えに算段したんですが、日本科学大学は警視庁幹部の新たな天下り先で、とくに公安関係者には内部監査室長などのポストを用意しているそうです。ふみ副代表はこれを承知の上で、端田教授を選んだと聞きました。これが警察への報復に反対した理由で、ふみ副代表は自分の意に沿わないメンバーを公安に売ろうと考えているのではないでしょうか。こんな人間が代表になったら、盾の家は終わりです」

身振り手振りも交えて訴え、宇佐美はバッグから書類と写真を出して机に置いた。

扇田ふみと日本科学大学関係者との接触と天下りの証拠を示すもので、公安に売る云々《うんぬん》はでっち上げだが、口添えの依頼と天下りの件は事実だ。宇佐美は公安の捜査員に、「手柄を上げないと疑われる」と時々盾の家に流れても差し支えのない警視庁内部の情報を与えられており、これもその一つだ。

市川は書類と写真を取って目を通し、中年男とメガネの男性も脇から覗いた。それを見ながら、宇佐美は続けた。

「市川本部長こそ、次期代表にふさわしい方です。しかし現状では、選挙には勝てませんよね。ですから、一発逆転を狙《ねら》える方法を考えたんです」

「聞きましょう」

手にしたものに目を落とし、薄く微笑んだまま市川は言った。「ありがとうございます」と返し、宇佐美は一呼吸置いてから口を開いた。

十分ほどかけて慎に言われた通りに計画を説明し、向かいを見た。三人は無言。市川は微笑んだまま、じっとこちらを見ている。その眼差しの強さに宇佐美が焦りを覚えた時、メガネの男性が鼻を鳴らした。

「なにが奇跡だ。そんな子どもだまし、上手くいく訳ないだろ。それにこいつはスパイなんでしょう？　実は公安に寝返ってて、我々を罠《わな》にはめるつもりかもしれませんよ」

宇佐美と市川を交互に見て捲し立てる。さらに焦り、宇佐美は言った。

「いえ、必ず成功します。私は薬物や実験装置の取り扱いには慣れているし、リハーサルもするつもりです。その結果を見てから、罠かどうか判断して下さい」

エスと化学教師、双方の立場と知識を活用する。これも慎に言われた通りだ。しかしメガネの男性は宇佐美を睨《にら》み続け、市川は無言のまま。中年男は指示があればいつでも宇佐美を捕らえられるように、身構えている。

「いいでしょう。リハーサルを見て判断します。一発逆転を狙いたいのは事実ですから」

市川が応えた。宇佐美は驚き、同時に心の底から安堵した。

「ただし、リハーサルは外部で行うこと。何かあっても、盾の家は無関係です」

「もちろんです。ありがとうございます！　それで、薬物を手に入れるために元ドラッグディーラーのメンバーを」

「それには及びません。薬物の入手ルートはこちらで整え、知らせます」

そう告げられ、宇佐美は戸惑った。詳細を確認するか迷っていると、アラームの音がして、机の脇の壁に取り付けられた液晶画面が明るくなった。液晶画面には先ほど

の年配女性が映り、後ろにも人影がある。それを確認し、中年男がドアに向かう。市川は宇佐美に、

「健闘を祈ります」

と告げた。それが合図のようにメガネの男性が近づいて来て、宇佐美に部屋を出るように促した。市川に一礼してドアに向かう宇佐美に、メガネの男性は「リハーサルには立ち会うからな」とすごんできた。「はい」と返し、宇佐美は中年男が開けたドアから外に出た。入れ替わりで年配の女性と男性二人が部屋に入る。男性二人も宇佐美同様スーツにノーネクタイのワイシャツという格好だが、値段は倍以上するだろう。盾の家のメンバーじゃないな。何かの商談に来たのか。それにしては妙に体格がいいな。気になりながらもメガネの男性に急《せ》かされ、宇佐美は来た道を戻った。

階段の手前まで行って振り向くと、中年男が部屋の中からドアを閉めようとしていた。その肩越しに、室内を進む男性二人と、席を立って出迎える市川の姿が見えた。市川は細い目をさらに細め、口元をほころばせている。

あれが本当の笑顔で、さっき俺が見た薄笑いはただのクセか。宇佐美がそう悟った時、ドアは低く重い音を立てて閉じられた。

CASE 3

ロストシングス
：因縁の遺失物センター

1

洋式便器にたっぷり水が入ったのを確認し、みひろはピンク色のタイル張りの床にバケツを置いた。続けてラバーカップを取り、便器の中に入れる。先端の黒いゴム製のカップが便器の排水口を塞ぐようにセットして、両手でラバーカップの柄を摑《つか》んだ。

「じゃあ、いきますよ……ゆっくり押して」

後ろに語りかけながら、みひろはトイレの個室の中で背中を丸めた。両手に力を込め、カップを排水口の奥に押し入れた。次に、

「素早く引く！」

と言ってカップを排水口から引き抜いた。ポコンと音がして、便器の中の水が揺れた。水には溶けかけたトイレットペーパーと、クリーニングシートの切れ端が浮いている。

「この調子で続けて……はい、ゆっくり押す。素早く引く！」

言いながら、みひろは排水口の中のカップを数回押し引きした。その拍子に便器の中の水が跳ね、手と捲《めく》り上げたワイシャツの袖を濡《ぬ》らした。さらに押し引きすること数回、ゴボッと音がして手応《てごた》えがあった。みひろが素早くカップを引き抜くと、便器を満たしていた水はするすると排水口の中に吸い込まれていった。その直後、排水口の

中から水が戻って来て止まった。試しに何度か水を流してみたが、勢い、量とも正常だ。

「すごい」

「上手《うま》いもんねえ」

後ろで感心したような女性の声がした。みひろはラバーカップの水を切ってバケツに入れ、振り返った。

「水圧の変化で詰まりを直すので、カップを押し引きする時は思い切ってやって下さい。あと、流せると謳《うた》っていてもクリーニングシートは流しちゃダメです。このビルは水圧が弱いので、トイレットペーパーの量も気をつけた方がいいと思います」

外から個室を覗《のぞ》き込む塩川晶代《しおかわあきよ》と、横江《よこえ》すずほを見て告げた。二人ともベージュの作業服姿で、塩川は五十過ぎで小柄小太り。横江は四十代半ばで中背、メガネをかけている。「わかりました」と二人が頷《うなず》いたので、みひろは個室を出て壁際の洗面台で手を洗い、トイレの出入口に向かった。ドアは開いており、その前にはダークスーツを着た慎が立っている。

「お疲れ様。見事ですね」

とってつけたような笑みを浮かべ、慎はみひろのスーツのジャケットとバッグを差し出した。受け取って廊下に出ながら、みひろは返した。

「どうも。なんか、力仕事や汚れ仕事は私の担当みたいになってません？」

「考えすぎです。ここは女子トイレですし、三雲さんは、世田谷《せたがや》の寮はトイレがすぐ詰まると話していたので、こういう作業は慣れているかと思いお任せしました」

「すごい記憶力ですねえ。ホント、尊敬しちゃう」

ジャケットを着て、バッグを肩にかけつつ嫌みを言ったが、慎はしれっと「一応知能指数が百四十ありますので」と返してきた。うんざりしたが、バケツ類を片付けた塩川と横江が女子トイレから出て来たので、四人で廊下を歩きだした。

少し歩いて傍《かたわ》らの部屋に入った。広い室内にはスチール棚がずらりと並び、棚の中には布製の大きな巾着袋が詰め込まれている。棚の前には塩川たちと同じ作業服姿の職員が立って巾着袋を出し入れし、その後ろの通路を、巾着袋を山積みにした台車やワゴンを押す職員が行き来している。

「なるほど。確かに暗いですね」

みひろは言い、通路の途中で立ち止まって顔を上げた。前を行く慎も足を止め、上を向いて「ええ」と応えた。

部屋の天井には照明が等間隔で並んでいるが、一カ所につき二本セットされるはずの蛍光灯が一本しかセットされていない。光量が通常の半分な上に、天井まで高さのある棚で遮られ、室内は薄暗い。とくに棚の下の部分には、ほとんど光が届いていなかった。

「でしょ？　ただでさえ老眼なのに、こう暗くちゃ仕事にならないわよ」

「トイレが詰まりやすいのは、三雲さんに教わったやり方で何とかなると思います。でも蛍光灯は。私たち以外にも躓《つまず》いたりして怖い思いをしてる人がいるみたいです」

後ろから追い付き、塩川は顔をしかめてグチっぽく、横江は眉根を寄せて困り果てた様子で訴えた。二人を振り向き、慎は即答した。

「わかりました。本庁の総務部に直言し、すぐに蛍光灯を二本に戻させます」

「本当に⁉」

塩川が丸い目をさらに丸くして身を乗り出し、横江も驚いたように慎を見た。頷き、慎は続けた。

「本当です。省エネルギーとコスト削減は重要ですが、作業効率が低下しては本末転倒でしょう」

「そうそう、そうなのよ。あなた――阿久津さんだっけ？　よくわかってるわ」

塩川は感心し、横江は安堵《あんど》したように胸の前で両手を組んだ。

「ありがとうございます。助かりました。上司に何度頼んでも相手にしてもらえなくて。私たちの立場を考えれば仕方がないんですけど。だから三雲さんのところに電話した時も、ダメでもともとって気持ちでした」

横江の細い目がうっすら潤んでいるのに気づき、みひろは微笑《ほほえ》んで返した。

「お電話ありがとうございました。立場とか職分とかは一切関係なく、職場環境の改善に取り組むのが私たちの仕事ですから」

っていうのは建前で、本当の仕事は人事第一課監察係の下請けなんだけどね。笑みをキープしながら、みひろは心の中でそう付け加えた。

今から一時間半ほど前の午前九時過ぎ。みひろと慎が報告書を作成していると、机上の電話が鳴った。みひろが受話器を取ると、ひどく遠慮してためらっているような女性の声が「あの、ここに電話すれば職場の環境の相談に乗ってくれるって聞いたんですけど」と言った。「その通りですよ」と返し用件を聞いたところ、女性は自分は警視庁遺失物《いしつぶつ》センターの別館に勤務していること、職務は別館の倉庫に保管されている遺失物、つまり忘れ物の管理であること、しかし照明やトイレなどに問題があることを説明した。それを慎に報告すると「調査中の案件もありませんし、出動しましょう」と言われ、二人で車に乗って本庁を出た。その車中で、みひろは慎から警視庁遺失物センターの別館と、そこで働く職員について聞かされた。

警視庁遺失物センターは、警視庁総務部会計課の附置機関だ。文京《ぶんきょう》区の地下鉄飯《い》田橋《だばし》駅近くにある警視庁飯田橋庁舎に入っており、遺失物対策、遺失物第一、遺失物第二という三つの係の係員が物品の管理や返還、廃棄などの職務にあたっている。別館はその裏手の古いビルの一階と二階で、表向きは庁舎の倉庫が満杯になったため新たな倉庫を借り入れたとなっている。しかし別館で働く遺失物第三係の係員十名は、全員が過去に不祥事を起こし懲戒処分となった職員。つまり遺失物第三係は、厄介者を集めた島流し部署ということだ。電話をしてきた横江と塩川もその一員で、階級はどちらも巡査長。資料によると横江は三年前の酒気帯び運転、塩川は五年前のギャンブルによる借金で処分を受け、赤文字リストに氏名を記載された上で今の部署に配属された。そういう事情を聞くと、横江の「私たちの立場を考えれば」という発言も、上司に何度頼んでも相手にしてもらえないというのも納得できる。

「三雲の言うとおりです。ちなみに、空調はいかがですか？　間もなく梅雨入りしますし、室温と湿度が適切でないと業務に支障が出ます」

慎も笑みを浮かべ、横江と塩川の顔を交互に見た。首を傾《かし》げ、塩川は答えた。

「そうねえ。温度や湿度はいいけど、エアコンの音がガーガーうるさいかな」

「わかりました。それも総務部に言って、メンテナンスさせましょう」

「あらそう。ありがたいけど、本当にできるの？」

慎の快諾に疑いの念を抱いたのか、塩川は訊《たず》ねた。真顔に戻り、慎は「本当です」とまた即答した。

職場環境改善推進室に異動になる前、慎は人事第一課監察係の監察官だった。つまり塩川や横江が起こした不祥事を摘発、糾弾する立場だった訳だ。こうやって見せしめみたいな場所で働かされてるのを見ると、さすがの室長も心苦しかったりするのかな。そう思い、みひろは慎の白く整った横顔を見上げた。すると慎は、

「できます。総務部には、僕の進言なら聞き入れる職員がいますので」

と続け、右手の中指でメガネのブリッジを押し上げた。

自慢したかっただけか。「僕の進言なら聞き入れる」って、どうせ過去の不祥事絡みで圧力をかけるんだろうし。白けた気持ちになり、みひろは横目で慎を睨《にら》んだ。

「塩川さん。ちょっと」

後ろからの声に塩川と横江が振り向き、みひろと慎も倣った。作業服姿の中年男性が小走りで通路を近づいて来る。男性は塩川の横で立ち止まり、何か囁《ささや》きかけた。とたんに塩川は、「なにそれ！」と声を上げて顔を険しくした。囁きが聞こえたらしい横江は、再び困り顔になる。

「どうかしましたか？」

問いかけたみひろを、塩川ははっとして見た。

「ちょうどよかったわ。聞いてくれる？　ここで預かってた栄都電鉄《えいとでんてつ》の遺失物を栄都電鉄に返したのよ。そうしたら『ロレックスの腕時計がない』って連絡があって、私たちの同僚が盗んだって疑いをかけられてるらしいの」

「えっ」

「同僚は否定してるし、そんなことするような人じゃないのよ。でも、信じてもらえないみたい。何とかしてくれない？」

塩川に肩を掴まれ、横江にもすがるような目を向けられ、みひろは戸惑って慎を振り返った。塩川を見て、慎は冷静に返した。

「盗難は刑事事件なので、迂闊《うかつ》に口は挟めませんが……ちなみに同僚の氏名と年齢は？」

「砂田圭祐《すなたけいすけ》。歳《とし》は確か……四十八？」

「四十九歳。階級は巡査部長です」

訂正した慎を塩川と横江、中年男性が驚いて見る。みひろも驚き事情を訊ねようとしたが、それより早く慎は、

「話ができる場所をお借りできますか？　会議室、あるいは空き部屋など」

と告げてメガネのレンズ越しの視線で左右を見回した。

2

別館には会議室も空き部屋もなく、塩川と横江に案内されたのは二階の隅にある職員の休憩室だった。軍手や工具、巾着袋などが置かれたスチール製の棚とロッカーに

囲まれた窓のない狭い部屋で、中央に据わりの悪い丸いテーブルと折りたたみ式の椅子がセットされている。

椅子を引いて座り、バッグから資料や文房具を出しながらみひろは問うた。

「砂田さんって人を知ってるんですか？」

「はい。監察係にいた時、彼の非違事案《ひいじあん》を担当しました」

慎が答える。こちらに背中を向け、ドアの脇に置かれたプラスチック製のゴミ箱を覗いている。

やっぱりそうか。塩川が砂田の名前を出した時、みひろは慎の右眉がほんの数ミリ動いたのを見逃さなかった。

「ここにいるのも知っていました。この春、府中《ふちゅう》の運転免許試験場から異動になったようです」

「府中から文京区。都心に戻れて喜んだのも束の間《つかのま》、待っていたのは暗い倉庫とうるさいエアコン、すぐ詰まるトイレ。これも罰俸転勤《ばっぽうてんきん》ですね」

ファイルの資料に目を通しながら、みひろはため息をついた。

砂田は三年前に港区《みなと》の青山《あおやま》署の地域課で不祥事を起こして懲戒処分になって以来、東村山市《ひがしむらやま》、北区《きた》、府中市と異動を繰り返している。その都度引っ越しを余儀なくされたと推測でき、みひろは腹立たしく思うのと同時にどうして退職しなかったのかと疑問が湧いた。

　みひろが考えを巡らせている間に慎はゴミ箱から何かを拾い、戻って来た。テーブルの下に潜り込んで作業を始めたので覗くと、テーブルの脚の下に段ボール箱の切れ端を押し込み、ガタつきを直している。砂田はいま、遺失物センターのセンター長、遺失物第三係の係長と面談中だ。

　こういう神経質なところ、苦手。ダークスーツの背中を見下ろしてため息をつき、みひろは話を続けた。

「でも大丈夫なんですか？　事情がよくわからないのに、砂田さんの濡《ぬ》れ衣《ぎぬ》を晴らすとか安請け合いしちゃって」

「事情はこれから聞きます。それに僕は『わかりました』と言っただけで、濡れ衣を晴らすとは言っていません」

　体を起こし、慎が返す。両手でテーブルの縁《へり》を摑んでガタつきが直ったのを確認し、みひろの隣の椅子に座ってバッグから書類とノートパソコンを出した。

「じゃあ、なんで」

「砂田に対する僕の過去の調査が、役に立つかもしれないと考えたからです」

「過去の調査？」

　問いかけながら、みひろは砂田の資料を確認しようとした。すると、慎は言った。

「万引きです。三年前、砂田は自宅近くのスーパーマーケットで商品を窃取し、減給処分を受けています」

口調は淡々として、眼差《まなざ》しはノートパソコンの液晶ディスプレイに向けられている。その横顔を見て、みひろは訊ねた。

「つまり、砂田さんには盗みの前科がある。室長は今回の腕時計も砂田さんが犯人だと思ってるんですね」

「盗みの前科があることに関しては、イエス。それ以降については、ノーコメント。僕は予想や憶測ではものを言わない主義なので」

お約束の台詞《せりふ》でごまかされ、みひろが言い返そうとした時、ノックの音がした。

「どうぞ」

慎が応えるとドアが開き、砂田が顔を出した。小柄で痩せた体を作業服に包み、白髪交じりの髪を七三に分けている。「おかけ下さい」と慎がテーブルの向かいを指すと無言で頷き、椅子を引いて座った。

「お久しぶりです」

そう言って一礼した慎に、砂田は短く「どうも」と返して会釈をした。

「横江さん、塩川さんの依頼でこちらに来ていて腕時計の紛失について聞きました。事件の原因が職場環境にあるなら、我々が対処すべき問題です。センター長と係長の了承は得ていますので、話を聞かせて下さい」

　ノートパソコンのキーボードに両手を載せ、慎は聞き取り調査を始めた。みひろもファイルを開いてペンを持つ。砂田は何も言わず、首を縦に振った。面長で顎がしゃくれ気味という以外はこれと言った特徴のない顔立ちだが、無表情で感情が読めない。

「砂田圭祐巡査部長。こちらに配属になって約二カ月。職務には勤勉に取り組んでいるようですね。しかし、慣れて気持ちが緩む時期でもある。状況としては、三年前とよく似ています」

「僕は何もしていません。三年前と同じように」

　砂田が返す。無表情で口調もぼそぼそしているが、慎との間に張り詰めた空気が流れる。みひろはメモを取る手を止め、慎もキーボードを叩《たた》く手を止めて向かいを見た。

「せっかく『現場』にいるのですから、続きは外で聞きましょう」

　そう返し、慎はノートパソコンをぱたんと閉じた。


　休憩室を出て、倉庫に戻った。さっきと変わらず、大勢の係員が作業している。

「これ全部、忘れ物や落とし物ですか。改めて見るとすごいですね」

　砂田、慎に続いて通路を歩き、みひろは立ち並ぶスチール棚を眺めた。前を向いたまま、慎が応える。

「令和二年度中、警視庁に届けられた遺失物は約二八一万件。中でも多いのが免許証、キャッシュカードなどの証明書類の約六十三万点、次いで定期券、プリペイドカードなどの有価証券類の約三十五万点、衣類・履き物類の約二十九万点と続きます」

「へえ。一番は傘だと思ってました。前にテレビでどこかの遺失物センターを取材したのを見ましたけど、傘立てにぎっしり並んでて壮絶って感じでしたよ」

「傘類は約二十四万点で五位です。三カ月で約六万本、一説では『ひと雨三千本』と言われているとか。ですよね？」

慎に問いかけられ、砂田は歩きながら頷いた。

「よく知ってますね」

嫌みとも感心しているとも取れるニュアンスだが、声に抑揚がなく表情も動かないのでわからない。みひろは視線を棚に戻し、さらに言った。

「この『海鉄《うみてつ》』っていうのは何ですか？」

通路に面した棚の側面には、「海鉄」「西鉄」等々と記されたプレートが取り付けられている。と、慎が立ち止まり、何かを促すような目で砂田を見た。砂田も足を止め、一瞬間を置いて答えた。

「別館では、鉄道事業者の遺失物の一部を扱っています。『海鉄《かいてつ》』はJR東海、つまり新幹線で東京駅に届いた忘れ物です。向こうの『西鉄《せいてつ》』は、東京西部の多摩《たま》地区にあるＪＲの駅に届いた忘れ物です」

　それだけのことを無表情にぼそぼそと、かなりスローなペースで語る。みひろは逆にはっきり、大きな声で「わかりました。確かにあっちには、私鉄や地下鉄の名前のプレートもありますね」と返した。棚の方を向いたまま、砂田がこくりと頷く。

「本館の倉庫には、他の鉄道事業者とタクシーやバス、警視庁の各警察署に届いた遺失物が保管されています。現金や商品券、宝石などは金庫で保管しているんですよ」

　そう補足し、慎は再び歩きだした。砂田とみひろも続き、三人で室内の中ほどにある栄都電鉄の棚の前に行った。上下七段ある棚板に収められた袋は明るいオレンジ色で、栄都電鉄の社名とロゴマークが印刷されている。紐《ひも》でくくられた袋の口には、日付や番号が記された紙札が取り付けられていた。

「では、伺いましょう。問題の腕時計が入った袋はどこにあったんですか？」

　棚と棚の間の通路に立ち、慎は訊ねた。砂田は胸の位置にある棚板の中央を指し、

「ここです」と言った。

「鉄道の遺失物は届けられた駅で数日保管され、落とし主が現れなければ集約駅経由で遺失物センターに運ばれます。ただし遺失物法で保管期間は三カ月と定められており、それ以降は鉄道会社に返送され、廃棄処分または業者に払い下げられます。警察署に届いた遺失物も同様で、三カ月後には拾得者のものになります。拾得者が権利を

放棄した場合は都の所有物となり、こちらも廃棄または払い下げ処分です」

また慎が補足する。頷き、みひろは返した。

「時々デパートで、『鉄道忘れ物市』みたいなのをやってますね。じゃあ問題の腕時計も三ヵ月経《た》っても落とし主が現れず、栄都電鉄に返すために砂田さんが運び出したんですね。ちなみにいつ、何時頃ですか？」

「昨日の午前九時過ぎです。朝イチで、その日運び出す袋の番号のリストを渡されるので」

「でもリストに書かれてるのが番号だけなら、袋の中身はわかりませんよね？」

手を伸ばし、みひろは棚の袋の一つに触れた。袋は厚く不透明な布製だ。砂田が首を縦に振り、慎は言った。

「しかし袋を開け、中身を確認することはできます。棚から出した袋は台車に載せ、エレベーターで荷捌《にさば》き場に運ぶんですよね？　倉庫やエレベーター内には防犯カメラが設置されていますが、死角はあります」

砂田は無言。みひろはつい「調査では全ての可能性を検証します」とフォローしたが、砂田はノーリアクションで向かいの棚を見ている。

その後、砂田は慎の指示で昨日の朝の動きを再現した。棚から出した袋を台車に載せ、人荷兼用の大きなエレベーターに乗る。みひろと慎も続き、三人で一階の荷捌き場に移動した。荷捌き場はビル裏手の駐車場の空間で、運送会社のトラックが数台停《と》まり、ドライバーの姿があった。どこかの事業者から遺失物を運んで来たらしく、作業服姿の職員がトラックの荷台から袋を運び出していた。

昨日の午前九時過ぎ。砂田は栄都電鉄に返す袋をトラックに積み込み、その後は持ち場に戻り別の鉄道会社の袋を運び出す作業をしたという。

「袋を運んだのは、ひだまり運輸《うんゆ》という業者のトラックですね。何か気づいたことはありますか？」

慎が問い、砂田は少し考えるような顔をしてから答えた。

「必要なことしか話さないので、とくには。ただ、ドライバーが年配の男性から若い人に変わっていました。ひだまり運輸は定期的にドライバーを変えるので、珍しくありませんけど」

「わかりました。もう結構です。追加で話を伺うかもしれないので、よろしく」

そう告げて、慎は砂田を解放した。みひろを促し、別館を出る。

通りを横切り、警視庁飯田橋庁舎に入った。一階が遺失物センターの受付で、中央にカウンターがある。スーツ姿の男性やベビーカーを押した女性など十名ほどの市民がカウンター越しに職員と話したり、申請用紙に必要事項を記入したりしている。時刻は間もなく午前十一時だ。

慎が職員の一人に自分たちの身分と目的を伝えると、奥から五十過ぎぐらいの白髪頭を短く刈り込んだ男が出て来た。遺失物センター長の長倉康之《ながくらやすゆき》で、今朝ここに来た時にも会った。

「どうも。いかがですか？」

市民と他の職員を気にしながら、長倉は訊ねた。カウンターの端の扉を開け、慎たちを中に招き入れる。

「調査中です」

素っ気なく返し、慎はカウンターの中に入って通路を進んだ。みひろが続き、長倉も付いて来る。通路の脇にはずらりと机が並び、制服姿の職員がパソコンに向かったり、電話で話したりしている。資料によると、遺失物第一係と第二係の職員数は約八十名だ。

突き当たり近くの一角で、慎は足を止めた。机が三卓並び、若い男性二人と女性一人が着いている。手前の机の男性は片手に持った折りたたみ式のルーペのレンズを覗き、もう片方の手に持ったダイヤモンドらしき宝石の付いた指輪を調べている。隣の机の女性は両手に白手袋をはめ、ブランドものと思《おぼ》しき黒革のバッグの中を覗いていた。そして端の机では、もう一人の男性が真新しいデジタル一眼レフカメラを脇に置いてノートパソコンを操作中だ。

「こちらでは、遺失物の中の貴重品を調査しています。一人で一日三十点ほどを担当し、色柄、刻印、傷などのデータを遺失物総合管理システムに入力します」

隣に来た長倉が、作り笑顔で説明を始めた。長倉の階級は慎より一つ上の警視だが、職場環境改善推進室が人事第一課監察係の下部組織だと知り、警戒しているようだ。

机の三人の後ろにある棚にはジップバッグに入った指輪やペンダント、腕時計、バッグなどが並んでいた。

「知っています」

慎にまた素っ気なく返され、長倉の笑顔がフリーズする。一方みひろは好奇心を覚え、問いかけた。

「忘れ物や落とし物をした人は、警察に遺失届を出すんですよね。そのデータとここで入力したデータが一致すれば、指輪やバッグは持ち主の元に戻せますね。他の遺失物も全部システムに入力されていて、一部は市民も閲覧できるんでしたっけ？」

「その通りです」

ほっとしたように長倉が頷く。みひろも頷き、再び机の三人に目を向けた。と、端の机の男性がノートパソコンの液晶ディスプレイを見て「おっ」と声を漏らした。

「どうしたんですか？」

みひろが歩み寄ると、男性ははっとして顔を上げた。漢字の「一」のような形状の黒々とした眉毛が印象的だ。

「デジカメのバッテリーが切れていたので、SDカードを取り出して撮影データを調べました。そうしたらこんなものが」

言いながら、男性は液晶ディスプレイをみひろに向けた。表示されているのは撮影データの一枚を拡大したものらしく、濃紺のワンピースを着て赤いランドセルを背負った女の子と、ベージュのスーツを着た母親らしき女性が笑顔で写っていた。二人の後ろには校門と、小学校の名前を記した表札も写っている。

「入学式の写真ですね。この小学校に問い合わせれば、カメラの落とし主が見つかるかも」

閃《ひらめ》いて告げると、男性は「はい」と嬉《うれ》しそうに笑った。知らず、みひろも笑顔になる。警察って、こういう人助けもしているんだな。そう思い嬉しくなる一方で、大変な作業だとも感じた。向かいで咳払《せきばら》いの音がして、慎が言った。

「本庁の職場環境改善推進室の者ですが、栄都電鉄に返却予定だった腕時計の紛失事件について調べています。その腕時計もこちらで調査したはずですが、担当者は？」

「僕です」

手を上げたのは、端の机の男性だ。すかさず長倉が、「遺失物第二係の平仲《ひらなか》巡査長です……こちらは阿久津警部と三雲巡査長だ」と紹介し、平仲は「警部」に反応して立ち上がろうとした。ジェスチャーでそれを止め、慎は「腕時計のデータを見せて下さい」と告げてみひろの隣に来た。「はい」とやや緊張気味に応え、平仲はノートパソコンを操作してまたこちらに向けた。

液晶ディスプレイには、大きな表が表示されていた。鉄道で拾得された時計の一覧らしく、中ほどに問題の腕時計のデータがあった。「腕時計男性用金属ベルト、金色系、ROLEX」という特徴と拾得された鉄道の事業者名、遺失物センターでの保管期間と問い合わせ番号などが記されている。

「金無垢《きんむく》で、文字盤にダイヤモンドが埋め込まれていました。ほとんど新品だし、見るからに高そうだったので覚えています」

身振り手振りも含め、平仲は説明した。慎は「そうですか」と言ってかがめていた体を起こし、メガネのレンズ越しの視線を長倉に向けた。

「このデータは、遺失物センターの職員全員が閲覧可能なのですか？」

「ええ。倉庫の職員にパソコンは支給されていませんが、事務所で閲覧できるはずです」

「わかりました……お邪魔しました」

そう返して平仲たちに会釈し、慎は通路を戻り始めた。みひろも「ありがとうございました」と一礼して後を追い、長倉も続く。

慎を先頭に扉からカウンターの外に出て、人気《ひとけ》のない壁際に向かった。足を止めて振り返った慎に、みひろは訊ねた。

「砂田さんが事務所のパソコンで袋の中身を調べて、倉庫の死角で腕時計を抜き取ったと考えているんですか？」

みひろを見返した慎だったが、何も答えずに長倉に問うた。

「ここ最近の砂田の勤務状況は？」

「遅刻や欠勤はありません。与えられた仕事だけをこなし、定時に帰宅するという感じでしたが、他の者に比べればマシです」

「と言うと？」

慎にさらに問われ、長倉は眉根を寄せて答えた。

「遺失物第三係の係員は休憩時間と私語の多さで問題になっている一方、苦情の申し立ても多いんです。ああいう立場の人間の寄せ集めなので、仕方がないと言えばそうなんですが。でもこのところ急に勤務態度が改善されて、苦情もぱたっと言わなくなりました」

その物言いに反応し、みひろは長倉を見据えて言った。

「すみません。『ああいう立場の人間』って、どういう――」

「『このところ急に』『ぱたっと』？　それはなぜ？」

みひろを遮るように慎は質問を重ね、長倉は首を傾げた。

「さあ。ほっとしただけで、理由を気にしたことはありませんでした」

「でしょうね」

クールに相づちを打ち、慎は指先でメガネのレンズにかかった前髪を払った。

3

同日同時刻。宇佐美周平は仕事を休み、新宿東口のビジネスホテルにいた。日当たりの悪い部屋で、ライトを点《とも》しているのに薄暗く湿っぽい。

室内に二つ並んだベッドの端には、それぞれ男と女が腰掛けている。男は痩せ型で黒いジャージの上下を身につけ、女は小太りでフリルのブラウスとピンクのロングスカートという格好だ。どちらも若いが、どんよりしたオーラを放ち無言で俯《うつむ》いている。

その向かいに立つ宇佐美は、傍らに置いた折りたたみ式のテーブルの位置を調節中だ。テーブルの上には横長の箱が載っており、上にすっぽりと白い布が被《かぶ》せられていた。

調整を終え、宇佐美はスラックスのポケットからスマホを出した。時間を確認して顔を上げる。

「そろそろ始めます。先に報酬を支払うので、確認して下さい」

そう告げて、後ろの壁際のカウンターから封筒を取り、向かいの二人に渡した。二人は俯いたまま、封筒の中の三万円を確認する。どちらも無言のままなので承諾したと判断し、宇佐美はカウンターの上のバッグから五百ミリリットルのペットボトルを二本出した。中身は透明な液体で、ラベルは剝がされ開栓済みだ。

ペットボトルを二人に渡した時、出入口のドアがノックされた。宇佐美はドアに歩み寄り、U字ロックがかかっているのを確認して解錠した。開いたドアの隙間から、盾の家のメンバーである小柄な中年男と、メガネをかけた背の高い男が見えた。宇佐美がU字ロックを外してドアを開けると、二人は室内に進んだ。

先月初めて市川の仕事場で会った後、「奇跡」のリハーサルについて説明するために一度会い、中年男は宮鍋安弘《みやなべやすひろ》、メガネの男は安野諒《あんのりょう》という名だと知った。二人とも今日も顔に不織布のマスクを装着しているが、色は白。身につけているのも、黒いつなぎではなく地味なジャケットとシャツ、スラックスだ。

ベッドの二人を一瞥《いちべつ》するなり背中を向け、宮鍋は潜めた声で言った。

「あいつらが実験台か？」

「ええ。ネットの裏バイトのサイトで集めました。『薬の治験』とだけ伝えてこちらの身の上は知らせず、僕も彼らの名前や歳は知りません」

宇佐美も声を潜め、答える。恐らく二人とも訳ありで、リスキーでも短時間で稼げる仕事が必要なのだろう。宇佐美の肩越しに室内を見回し、今度は安野が問うた。

「大丈夫なんだろうな？　途中で倒れたり死んだりしたら、大ごとだぞ」

「薬物を分析して必要な量だけをミネラルウォーターに溶かしたので、大丈夫です」

そう返すと安野は様子を窺《うかが》うように隣を見て、宮鍋は「よし」と言うように頷いた。

ほっとして、宇佐美は小さく息をついた。

リハーサルをどこでどう行い、実験台となる人間をどう集めるか、考えたのは阿久津慎だ。加えて、市川側が用意した薬物を「勤務先の高校の設備を使ってチェックした方がいい」と言ったのも慎だ。その通りにしたところ、薬物は非常に純度の高いシロシビン系の幻覚剤だと判明した。安堵した宇佐美だったが、かなり高価なはずの違法薬物を市川がどうやって入手したのか、考えると恐ろしくなった。

安野は持っていたバッグを床に下ろし、ビデオカメラを取り出して電源を入れた。

宇佐美はバイトの二人の前に戻り、告げた。

「ペットボトルを開けて水を飲んで下さい」

指示通り、二人はペットボトルのキャップを開けた。すると、

「俺にも寄こせ」

と、安野が進み出て来た。ビデオカメラは宮鍋が持ち、レンズをこちらに向けて撮影を始めている。

「あなたも飲むんですか？」

宇佐美が驚くと、安野は当然といった様子で頷いた。

「『リハーサルには立ち会う』と言っただろう」

「いいんですか？」

安野は返事の代わりにマスクを引き下げ、宇佐美に挑むような眼差しを向けて手を差し出した。宮鍋に止める様子がないので、宇佐美はバッグから予備のペットボトルを出して安野に渡した。安野は壁際のカウンターにセットされた椅子を掴み、ドアの前に運んだ。椅子に腰掛け、ペットボトルのキャップを開ける。バイトの二人は既に水を飲み始めており、それを真鍋がビデオカメラで撮影した。

水を飲み終えて二十分ほどで、三人に変化が現れた。散瞳《さんどう》して黒目が大きくなり、窓の脇にいるバイトの男は、眩《まぶ》しげに目を細めている。同時に三人ともだるそうに腕をだらんとさせ、安野は「体が熱い。動悸《どうき》がする」と呟《つぶや》いた。

さらに十分ほど待ち、宇佐美は宮鍋に告げた。

「薬物の効果が十分現れたので、『奇跡』を行います」

ビデオカメラを構えたまま宮鍋が頷き、宇佐美は壁の前のテーブルに歩み寄った。白い布を引き剝がすと、テーブルの上の箱が露《あら》わになった。幅四十センチ、高さ三十センチほどのガラスの水槽で、中は濃い赤茶色の液体で満たされている。液体の水面はわずかに泡立ち、鼻につんと来る薬品臭も漂う。近寄って来て水槽を撮影し、宮鍋は言った。

「うがい薬だな」

「はい。炭酸水にうがい薬、薬品名で言うヨウ素《そ》溶液を加えたものです。選挙の前に市川さんが演説をする時、これを工場で汚染された水として登場させます」

「それらしくは見えるが、匂いでバレないか？」

そう問われ宇佐美が答えようとした時、安野が声を上げた。

「おい。その変な歌、やめてくれ。頭がガンガンするんだ」

振り向くと、安野は椅子に座ったまま両手で頭を抱えている。続いて、バイトの女も呂律《ろれつ》の回らない声で言った。

「いい匂い。お花だね～。たくさん咲いてる」

どんよりした目を泳がせ、うふふと笑う。隣のバイトの男はぶつぶつと言いながら両手を前に伸ばして立ち上がり、そのまま床に尻餅をついた。

「支部長たちにもこんな風に幻聴や幻覚の症状が現れるので、バレません。会場には扇田ふみたちも来るはずなので、事前に薬物入りの斎戒《さいかい》の水を飲ませるように算段しましょう」

三人の様子をビデオカメラに収めている宮鍋に、宇佐美は説明した。いわゆるラリった状態の人間を見るのは初めてで、罪悪感を覚えた。しかし、もう後には引けない。

「わかった。で、『奇跡』とは？」

水槽の前に戻り、宮鍋はさらに訊ねた。宇佐美はカウンターに歩み寄って、バッグからスプレーボトルを取り出した。中身は水で、右の手のひらにまんべんなく吹き付ける。続いてバッグから白い粉末が入ったジップバッグを出して開け、濡れた右手を差し入れた。手のひらに粉末をたっぷり付着させてジップバッグから右手を出し、軽く拳を握って外から粉末が見えないようにして、水槽の後ろに立った。ビデオカメラのレンズが自分に向いているのを確かめ、

「はい。注目！」

と向かいに声をかけた。とろんとした目で、バイトの二人と安野がこちらを見る。宇佐美は右手を掲げ、そのまま水槽に差し入れた。水の中で拳を開き、左右に振る。すると赤茶色の濁りはみるみる消え、水槽の中の水は無色透明になった。

「すご〜い！」

バイトの女が裏返った声を上げ、安野も意味不明の言葉を叫んで立ち上がった。バイトの男は床に尻餅をついたままへらへらと笑い、拍手をする。

「本当にすごいな。どうやった？」

ビデオカメラのファインダーから顔を上げ、宮鍋が問う。驚いた様子で、水槽と宇

佐美の顔を交互に見ている。水の中から手を出し、宇佐美は答えた。

「チオ硫酸《りゅうさん》ナトリウム、通称・ハイポ。水道水のカルキ抜きなどに使う薬品の粉末を、手のひらに付着させました。水が透明になったのは、還元反応《かんげんはんのう》と呼ばれる現象です。汚染された水を一瞬で清らかなものに変える。薬物が効いた状態なら十分奇跡と感じるし、支部長たちの気持ちは動くはずです。水槽をもっと大きなものにして、音楽や照明なども工夫すれば完璧でしょう」

「わかった。だが、判断するのは市川さんだ。本部に戻り、今の映像を見せる」

真顔に戻って告げ、宮鍋はビデオカメラの録画を止めた。「わかりました」と努めて冷静に応えながら、宇佐美は胸が弾むのを感じた。

宮鍋はビデオカメラをバッグにしまい、告げた。

「この状態で、安野は連れて帰れないぞ」

「夜までには薬物の効果は切れますよ。このまま見守って、僕が送って行きます。その時に、録画した映像をコピーさせてもらえますか？　参考にしたいので」

濡れた手をタオルで拭き、宇佐美は告げた。安野たち三人はまだ騒いだり、手を叩いたりしている。頷き、宮鍋はバッグを提げてドアの前に行った。その背中に、宇佐美はさらに言った。

「安野さんが水を飲むとは思いませんでした。市川さんのためとはいえ、すごい度胸ですね」

するとと宮鍋はがっしりした肩を小さく揺らして笑い、振り返った。

「去年下手《へた》を打って、あいつには後がないからな。何でもやるさ」

「下手？」

思わず訊《き》き返した宇佐美には応えず、宮鍋はドアを開けて部屋を出て行った。

4

その後、バイトの二人は夕方には正気《しょうき》に戻り、帰って行った。しかし安野はぐっすり眠り込み、目覚めたのは午後十時前だった。地下の駐車場に下り、リハーサルで使った道具と安野を車に乗せた。コンクリートの壁に囲まれた駐車場には、他に数台車が停まっているが人気はない。

「どうぞ。たくさん飲むといいですよ」

運転席に乗り込み、宇佐美は隣の安野にミネラルウォーターのペットボトルを差し出した。しかし安野は顔をしかめ、

「うるせえな。いらねえよ」

と返してスラックスの脚を組んだ。狭い軽自動車の中で、長い脚が窮屈そうだ。

薬物の効果が残っているのか、安野は目を覚ましてからも酒に酔ったような状態だった。宇佐美が手を貸してここまで来たが、抵抗したり騒いだりで苦労した。

「しっかりしてもらわないと。これから仕事ですよ」

ミネラルウォーターをボトルホルダーに入れながら告げると、安野は「仕事？　なんの？」と訊き返して来た。呆《あき》れて、宇佐美は答えた。

「さっき説明したでしょう。本部の宮鍋さんに電話で安野さんの状態を伝えたら、『こっちに戻る前に、安野に仕事をさせる』と言われたんです。『何の仕事ですか？　無理ですよ』と返したんですけど、『言えばわかる』の一点張りで」

「わかった。それを寄こせ」

安野は言い、顎でボトルホルダーを指した。呂律は怪しいままだが、眼差しに少し力が戻った気がする。怪訝《けげん》に思いながら宇佐美はボトルホルダーからミネラルウォーターを抜き取り、安野に渡した。

宇佐美は車を出し、安野の言うとおりに走らせた。途中、目的地や仕事の内容を訊ねたのだが安野は無言。約四十分後、到着したのは港区の麻布十番だった。

「大丈夫ですか？」

遠慮がちに、宇佐美は問いかけた。国道沿いに車を停めてから、十分ほど経つ。安野に車を降りる様子はなく、車窓越しに通りの向かいを見ている。しかし少し前から、寝息が聞こえだした。

はっとして、安野は顔を上げた。「大丈夫だ」と返しはしたが、呂律は怪しいままだ。不安を覚え、宇佐美はさらに問うた。

「あのマンションから誰か出て来るんですか？」

通りの向かいには街灯に照らされた歩道が見え、その奥には二十階近くありそうなタワーマンションが建っている。ジャケットのポケットから出したマスクを装着しながら、安野は答えた。

「いいや。部屋の明かりが点《つ》いていないから、奴は帰宅していない」

「仕事って見張りですか。扇田ふみの関係者が、あそこに住んでいるとか？」

さらに問うたが返事がないので、宇佐美はスマホを出して地図アプリを立ち上げ、向かいのタワーマンションを調べた。すぐに名前がわかり、それで検索をかけて驚いた。

「あのマンション、普通の名前が付いてますけど警視庁の寮ですよ。しかも、幹部用の家族寮だ。警察の人間を見張っているんですか？」

「うるせえな」と顔をしかめた安野だったが、思い直したように宇佐美を振り返った。

「お前は警察をスパイしているんだよな。こいつの情報があったら教えろ」

そう言ってジャケットのポケットを探り、小型のデジタルカメラを出した。おぼつかない手つきで操作して本体裏の液晶ディスプレイに写真を一枚表示させ、差し出す。

写っているのは通りを歩く一人の男。ダークスーツに身を包んだ男の顔を確認し、宇佐美はぎょっとした。

「阿久津慎警部。我々の敵ですね」

ここで取り乱したら終わりだ。鼓動が速まるのを感じながら、宇佐美はそう返した。

「ああ」と頷き、安野はデジタルカメラを取り返した。

「あそこが阿久津の自宅ですか。とくに情報はありませんが、探ってみます。市川さんの指示で、阿久津を見張っているんですか？」

「お前は『奇跡』に集中しろ。さっきのパフォーマンスはすごかったが、信用した訳じゃないからな」

安野はそう告げ、「ぼ〜っとする。薬の量を間違えたんじゃないのか？」とボヤいて顔をしかめた。

この様子だと、安野はかなり前から阿久津さんを見張っているな。しかし報復などの計画は聞いていないし、市川たちが勝手にやっているのか？　必死に考え、宇佐美はバックミラーに目を向けた。そこには歩道が映り、午後十一時近くなって数は減ったが通行人が行き来している。その中の、こちらに歩いて来る白い顔に宇佐美の目は釘付《くぎづ》けになった。

「阿久津です」

一瞬迷ってから宇佐美は言った。振り向き、安野もバックミラーを覗く。「なんで通りのこっちに来るんだよ」と焦り、またポケットからデジタルカメラを出そうとしているが、上手くいかない。その間にも慎は、宇佐美たちの車に近づいて来る。

「気づかれますよ」

宇佐美がそう告げて頭を低くしたとたん、安野はポケットから出したデジタルカメラを床に落とした。

「ちくしょう！」

声を上げ、安野は身をかがめた。気づかれたのではと宇佐美が窓ガラス越しに外を見た時、慎は車の横を通り過ぎて行った。ダークスーツ姿でバッグを提げ、こちらに気を留める様子はない。

安堵と、飛び出して今の状況を伝えたい気持ちの両方を感じ、宇佐美は慎のぴんと伸びた背中を見送った。

何度か失敗してからデジタルカメラを拾い、安野は体を起こした。

「見失ったじゃねえか。どうするんだよ」

窓から外を見て、わめく。何を思ったのか、安野はドアを開けて車を降りた。危うい足取りで歩道に出て、デジタルカメラを片手にぶつぶつ言いながら左右を見回す。

宇佐美も後に続き、「まずいですよ」と声をかけたが安野は聞き入れない。酔っ払いと思われたのか、通行人が二人を避けて行く。

こういうのもバッドトリップと言うのか？　焦りながらもそんなことを考え、宇佐美はさらに声をかけたが安野は無視した。だんだん腹が立ってきた。

「どっちみち、阿久津はマンションに帰るんですから。僕が撮影するので、デジカメを下さい。それじゃ仕事なんて無理だし、デジカメを落としますよ」

「仕事を奪うつもりか？　お前も、俺を盾の家から追い出すつもりなんだろう」

「『お前も』？　なに言ってるんですか」

うんざり訊き返したその時、宇佐美の脳裏に「去年下手を打って、あいつには後がないからな」という宮鍋の言葉が蘇《よみがえ》った。同時に慎の顔も浮かび、ある答えが出た。それを安野に伝えようとした刹那、

「こんばんは」

と、聞き覚えのある声がした。安野の肩越しに、歩道の先に立つ慎が見えた。宇佐美はフリーズし、安野は振り向く。

「お久しぶりです。その節はお世話になりました」

安野に微笑みかけ、慎は歩み寄って来た。さっきと同じスーツ姿で、手にバッグとコンビニのレジ袋を提げている。気がつけば、歩道の先にはコンビニがあった。

慎は面食らったように立ち尽くす安野の前で足を止め、彼が手にしているデジタルカメラを見てこう続けた。

「本庁に僕の写真を郵送し、その後も尾行していますね。察しは付いていましたが、やはりあなたでしたか。盾の家の安野諒さん。昨年の騒動で僕に出し抜かれ、盾の家に潜伏中だった元警視庁職員の中森翼を取り逃がした。あれ以来、本部内での立場は危ういと聞いていますが」

「うるさい！　黙れ」

安野は声を荒らげ、慎は黙った。驚いて通行人が振り向き、宇佐美は一つの確信を得て二人を見た。

やっぱりそうか。去年の騒動で阿久津との連絡係を命じられながらも、まんまと彼の口車に乗って利用され、盾の家の面子《メンツ》を丸潰《まるつぶ》れにした張本人。それが安野だ。

微笑みを崩さず、慎は返した。

「これは失敬。顔色が優れないようですが、大丈夫ですか？　あなたは東日本大震災の影響で失職し、アルコール依存症になっていたところを勧誘され、盾の家のメンバーになったそうですね。よもや、またお酒を」

「違う！　何も知らねえクセにペラペラと。いいか？　これは――」

「安野さん！」

宇佐美は思わず安野の腕を摑み、強く引いた。慎はともかく、通行人に盾の家の内部情報が流れては困る。安野は口を閉じ、慎は前髪を搔《か》き上げて言った。

「気が済むまで、僕を尾行してもらって構いません。しかし場合によっては、脅迫罪または公務執行妨害罪で逮捕しますのでご注意を。では、失礼」

それから宇佐美たちの脇を抜け、慎は歩きだした。安野はぽかんと立ち尽くし、宇佐美は歩道を遠ざかって行く背中を見送った。最後まで、慎は宇佐美を一瞥もしなかった。

5

「お待たせしました。行きましょう」

そう言って、慎はセダンのドアを開けて運転席に乗り込んだ。電話をしていたのか、スマホをスーツのジャケットのポケットにしまっている。ここは警視庁本部庁舎の地下駐車場だ。午前八時半の始業時間を過ぎたばかりなので、パトカーなど他の警察車両が慌ただしく出入りしている。

「はい」と返し、助手席のみひろは手にしていた本を閉じた。シートベルトを締めつつ、慎が訊ねる。

「『東京のパンベスト50』ですか。いいガイドブックですね。僕も愛用しています」

「仕事中にすみません。遺失物センターの周りには、どんなお店があるのかなと思って」

恐縮し、みひろは本をバッグに押し込んだ。すると慎はエンジンをかけてセダンを発車させ、言った。

「で？」

「えっ？」

「どんな店がありましたか？」

「目と鼻の先の神楽坂《かぐらざか》には有名店がたくさんあるんですけど、敢《あ》えて逆側の文京区春日《かすが》にある町《まち》パンの名店に行きたいですね。明治四十年代創業で、パンより具の方が厚そうなチキンカツパンとか、チキンライスが具のピザパンとか、パンチの効いた調理パンに惹《ひ》かれます」

てっきり叱られると思っていたので、テンションを上げて語ってしまう。すると慎は、「では、仕事を終えたらその店に行きましょう」と返し、地下駐車場を出た。

昨日は平仲の他にも、消えた腕時計と関わりがありそうな遺失物センターの職員から話を聞いた。しかしこれと言った手がかりはなく、センター長の長倉に別館内の防犯カメラの映像を用意するように告げて本庁に戻った。

セダンは本庁の敷地を出て、内堀通りに入った。

「昨日調べたんですけど、遺失物センターの倉庫ではこれまでも管理していた物品がなくなる事件が起きていますね。でも別館では初めてで、『なんでこのタイミングで？』っていうのが気になります。長倉さんによると、最近の砂田さんの勤務態度には問題がなさそうだし、借金などもなし。懲戒処分になった後も退職しなかったのは、離婚した奥さんが引き取った子どもの養育費を払わなきゃいけないからですね。ちなみに塩川さんは住宅ローン、横江さんは病気のご主人を抱えています。他の遺失物第三係の係員も、みんな事情があって警視庁で働き続けているようです」

「そうですか」

ハンドルを握り前を向いたまま、慎が簡潔に答える。

「なんだかんだ言っても公務員は安定してるし、警察を辞めた理由を知られたら再就職は難しいでしょうからね。だからって、あんな環境で……砂田さんは三年前に監察係の聴取を受けた時、『商品は一時的に自分のバッグに入れただけで、盗むつもりはなかった』と言い張ったそうですね」

昨日の砂田に対する長倉の発言を思い出して腹が立ち、きつめの口調で語りかけてしまう。慎が「ええ」と頷いたので、みひろはさらに言った。

「でも、室長は万引きだと判断して懲戒処分を上申した」

「その通りです。スーパーマーケットの防犯カメラの映像を分析し、生活安全課の捜査員の意見も聞きました。加えて当時砂田はストレスから精神のバランスを崩し、遅刻や無断欠勤が目立っていた。それらを勘案し、僕は砂田を窃盗罪に問うた上、六ヵ月の減給処分に処すべきと上申しました」

「これから言うことは、室長の予想や憶測でものを言わないという主義に反します。だからいつもの私の、頭に浮かんだことを口に出すクセだと思って聞いて下さい」

そう前置きすると、慎は怪訝そうに眉をひそめた。しかし何も言わなかったので、みひろは思い切って昨日から考えていたことを口にした。

「砂田さんが警視庁を辞めなかったのは、子どもの養育費のためだけじゃなく、室長に対する意地だと思います。昨日話した時も言っていたし、砂田さんは今でも自分は潔白で、三年前の懲戒処分は間違いだと考えているんでしょう」

叱られるか無視されるだろうと思ったが、言わずにはいられなかった。慎はしばらく無言だったが、赤信号でセダンを停めるとこう応えた。

「確かに主義に反しますし、意図的な発言をクセだと思えというのは不可能です。しかし、特別に応えましょう。僕も砂田は僕に対する意地、自分は無実だという意思表示で勤務を続けていると思います」

「本当に？」

慎の横顔を見て、みひろはついタメ口で訊ねた。「ええ」と首を縦に振り、慎はこう続けた。

「すると再び窃盗を疑われる事件が起き、僕が現れた。さっき三雲さんが言ったように、『なんでこのタイミングで？』ですね」

「はい」

内心の興奮を抑え、みひろは頷いた。

「特別に応えましょう」って、なんで？　昨日勤務中はいつもの室長だったから、家に帰ったあと何かあった？　まさか女性関係？　でも、室長が女性とデートしてる姿とか想像できないんだけど。ぐるぐる考えつつ隣の横顔を見つめていると信号は青に変わり、慎はセダンを出した。そして、

「しかし我々が横江と塩川に呼ばれて遺失物センターの別館に行った時に、既に問題の時計は袋から抜き取られていたはずです。時系列的に言って、単なる偶然でしょう」と至って冷静に告げた。「あれ？　そうでしたっけ」とみひろが頭を整理している間に、慎は今日の調査の段取りについて話しだした。

十五分ほどで、みひろたちは遺失物センターに着いた。一階の駐車場にセダンを停め、建物の裏に回って別館に入った。

遅い上にがたごとと揺れるエレベーターで二階に上がり、廊下を歩きだしてすぐに

騒ぎに気づいた。奥の休憩室の前に、小さな人だかりができている。みんな作業着姿で、遺失物第三係の係員たちのようだ。

「おはようございます。どうかしましたか？」

足を速めて歩み寄りながらみひろが問うと、手前に立っていた横江が振り返った。

「ああ、三雲さん。それがね」

「どうもこうもないわよ。出勤するなり、とんでもないことを言われて」

横江を遮り、隣の塩川が話しだす。塩川は自分の向かいを指したのでみひろが目を向けると、人だかりに囲まれる格好で長倉と遺失物第三係係長の山北成明《やまきたなりあき》が立っていた。山北とも昨日会っているが、三十代後半の大柄な男で階級は警部補だ。

「どうされました？」

今度は慎が、長倉に訊ねる。助かったと言わんばかりに口を開こうとした長倉だが、先に塩川が答えた。

「私たちに仕事をするなって言うのよ。しかも、砂田さんは家で待機しろって」

「仕事をするなとは言っていません。腕時計の件が片付くまで、裏で掃除や書類の整理をして欲しいと言ったんです」

二重顎を上げて塩川を見下ろし、山北が居丈高に返した。廊下が薄暗いのと存在感がないのとで気づかなかったが、山北の後ろには砂田が立っている。

　とたんに塩川と横江、他の係員たちが不満と抗議の声を上げた。一方砂田は無言無表情で、明後日《あさって》の方を向いている。

「昨日、時計の件は我々に預けて欲しいと言いましたよね？　依頼した防犯カメラの映像は？」

　強めの口調で慎に問われ、長倉は慌てて返した。

「本庁の総務部からの命令なんです。防犯カメラの映像は、ちゃんと用意しています」

「直ちに総務部に連絡して、命令を撤回させます。以後、勝手な振る舞いは控えて下さい」

　すかさず命じた慎を、その場の係員たちが「おっ」という顔で見る。と、山北が言い返してきた。

「命令は妥当だと思います。腕時計が消えて、砂田も他の係員も関係者なんですから」

「しかし、過去にこの遺失物センターで遺失物が紛失した際、職員が金庫の現金を持ち出した一件以外は、本庁に報告していませんね。古いバッグやおもちゃなど、いずれ廃棄される品だからと考えたのでしょうが、規律違反です。遺失物の価値に関わらず、市民の財産として丁重に扱うのが職責だと思いますが」

　冷静かつ鋭く、慎は応えた。現金の持ち出しの件はみひろが読んだ書類にも記されていたが、バッグとおもちゃの件は覚えがない。つまり秘密裏《ひみつり》に処理されたということで、それを昨日一日で見つけ出した慎は、やはり只者《ただもの》ではない。

「その通り！　阿久津さん、よく言った」

塩川が声を上げ、横江は感激した様子で手をぱちぱちと叩いた。他の係員たちからも、「いいぞ」「よく言った！」と声が上がる。みひろも加わりたい気分だったがぐっと堪《こら》え、隣の慎を見上げた。

「いや。それは」

長倉がうろたえ、山北は逆ギレしたようにさらに言い返した。

「人事第一課の人間が、不祥事を起こした職員の肩を持つんですか。砂田は、過去に窃盗事件を起こしているんですよ」

「僕は誰の肩も持ちません。思い込みや先入観に囚《とら》われないよう、状況とは逆の仮説を立てているだけです。確かに砂田巡査部長は、過去に窃盗事件で懲戒処分になっています。すなわち、担当部署の遺失物が消えれば真っ先に疑われる。そういう状況で、ロレックスの腕時計などわかりやすい貴重品を盗むでしょうか」

山北が再び口を閉ざし、係員たちが慎と砂田を交互に見る。みひろもつられると、いつの間にか砂田は顔をこちらに向けて慎を見ていた。慎は続ける。

「同じことが遺失物第三係の他の係員にも言えます。別館で犯罪が起きれば、真っ先に自分たちが疑われると自覚しているはず。加えて、彼らは懲戒処分を受けつつ、個々の判断で警察官であり続けることを選んでいます。それをみすみす失うような行為をする意味は？」

山北は口を真一文字に引き結んで黙り、係員たちは拍手喝采。それを長倉が、「静かに。みんな、落ち着いて」となだめる。テンションが上がって堪えきれなくなり、みひろは体の脇で拳を握って小さくガッツポーズを作った。

今度は係員たちに向き直り、慎は告げた。

「誤解なきように。繰り返しますが、僕は誰の肩も持ちません。砂田さんは勤務を継続し、休憩室の掃除や整理などをして下さい。他のみなさんは、通常通りの職務を」

事務的な言葉に、係員たちは一転してしんとなる。「防犯カメラの映像を見せて下さい」と長倉に告げ、慎は歩きだした。「はい」と長倉が後を追い、山北は肩を怒らせて廊下の反対方向に向かう。慎と長倉に続きながら、みひろは砂田を振り返った。砂田はさっきと同じ、何を考えているのかわからない顔で慎のダークスーツの背中を見ていた。

6

長倉の部屋で一昨日《おととい》の朝と、ここ数日間の別館内の防犯カメラの映像を見た。みひろは慎と手分けし、昼過ぎまでかけて砂田の動きを追い、消えた腕時計の袋が置かれていた棚周辺の人の出入りをチェックした。しかし砂田にも他の遺失物第三係の係員にも、不審な動きはなかった。その後、慎の「栄都電鉄に話を聞きに行きましょう」という指示で、みひろたちは遺失物センターを出た。

栄都電鉄の遺失物保管所「お忘れ物取扱所」は、世田谷区の松原《まつばら》にあった。駅前の繁華街の外れに建つプレハブの二階屋で、入ってすぐのところにカウンターがある。その向こうには職員が着いた机が並び、壁際には傘やバッグ、コート、ジャンパーなどが詰め込まれた棚が並んでいた。

栄都電鉄では、各駅に届けられた忘れ物、落とし物は社内の遺失物保管所で三日間保管し、落とし主が現れなければ警視庁の遺失物センターに運ぶ。なお平成十九年の遺失物法改正により、公共交通機関事業者は遺失物のうち傘や衣類など安価なものは、二週間保管しても落とし主が現れなければ廃棄、売却等の処分ができるようになった。

「先ほどお電話した、警視庁の阿久津です」

カウンターに歩み寄り、慎はそう名乗って警察手帳をかざした。「どうも」と声がして、並んだ机の一つから女性が立ち上がった。女性は別の机の男性に目配せし、二人でこちらに歩み寄って来た。二人とも濃紺のスーツの制服姿だ。

「わざわざすみません。責任者の葛西《かさい》です」

女性が会釈する。歳は四十代の前半で、度の強いメガネをかけている。隣の男性も、

「お世話になります。遺失物センターから戻って来る遺失物を担当している国光《くにみつ》です」

と名乗り、一礼した。こちらは二十代の半ば、小柄だが彫りが深く派手な目鼻立ちで顔のサイズもやや大きめだ。警察手帳をしまって会釈を返し、慎は話しだした。

「問題の腕時計ですが、紛失に気づいた時の状況を教えて下さい」

「一昨日の午前十時半頃です。遺失物センターからトラックが到着して、ドライバーから袋を受け取りました。その後、僕がうちの遺失物のデータベースと照らし合わせながら中身を確認していたら、ロレックスの腕時計がないのに気づいたんです」

やや緊張の面持ちで、出入口のドアや背後の机を指しつつ説明する。

「わかりました。ちなみに、問題の腕時計はいつどこで拾得されたんですか？」

「今年の三月五日、午後七時五分に湯《ゆ》の岡《おか》温泉駅に到着した下り特急の車内です。二号車にある洗面所の洗面台の脇に置いてあったそうです。五日は金曜日で、特急はほぼ満席。飲酒されたお客様も多かったと聞いています」

言いながら、国光は手にした書類を慎に渡した。遺失物のデータベースの紛失した腕時計の記録だろう。それを横目で見つつ、みひろも会話に加わった。

「じゃあ、酔った乗客が洗面所で手か顔を洗おうとして腕時計を外し、そのまま忘れ

て席に戻ってしまった可能性もありますね」

「ええ。週末は、そういう忘れ物が増えます」

そう答えたのは、葛西だ。

「でも、四百万円ぐらいする高級品なのに……持ち主は洗面所で腕時計を外したこと自体、覚えていないのかも。だったら引き取りにも来ないですよね。私も酔ってていつなくしたのかわからないアクセサリーとかイヤフォンとかあるんですけど、同じパターンかも」

納得し、思わず言うと葛西と国光が笑って場が和《なご》んだ。しかし慎は咳払いとともに冷ややかな横目でみひろを見て、質問を続けた。

「遺失物センターから戻って来た品は、国光さんが一人で確認するんですか？」

「はい。確認後のリストは、上司にチェックしてもらいます。戻って来た品を廃棄と売却に分別するのも僕ですが、社内の規定に従って行い、チェックを受けます」

淀《よど》みなく答えた国光だったが、警戒と緊張が感じられた。一人で確認しているのなら、遺失物センターから戻って来た袋から腕時計を抜き取り、「入っていなかった」と訴え出るのは可能だ。慎はそう考え、国光にも伝わったのだろう。葛西にも伝わったらしく、抗議めいた口調で、

「腕時計がないのに気づいてから、職員総出で捜して全員の机とロッカー、バッグも

調べました」

と主張する。みひろは笑顔を作り、再度会話に加わった。

「ご協力ありがとうございます。ということは、問題の腕時計が入った袋は、遺失物センター、ひだまり運輸のトラック、こちらのお忘れ物取扱所と移動したんですね……トラックのドライバーは？　遺失物センターの担当者は、『年配の男性から若い人に変わった』と言っていました」

「ええ。確かに、初めて見る若い男性に変わっていました」

「初めて見る？　遺失物センターの担当者はドライバーは定期的に変わると言っていましたけど、一昨日の人は初対面？　新入社員ということですか？」

違和感を覚え、みひろは記憶を辿《たど》りながら訊ねた。

「そこまではちょっと。でも、初対面だったのは確かです。国光は首を傾げて答えた。ひだまり運輸のドライバーはみんな明るくて礼儀正しいんですけど、一昨日の人は僕が『お疲れ様でした』と言っても無言だったので覚えています」

それって、まさか。心の中で呟くなり緊張と興奮を覚え、みひろは隣を見上げた。

慎はあくまでも冷静に質問を重ねる。

「あなたは先ほど、ひだまり運輸のトラックは午前十時半頃到着したと言いましたね？　防犯カメラの映像では、ひだまり運輸のトラックは午前九時二十七分に遺失物センターの別館を出ています。そこからこちらまでは一般道で約十キロ。渋滞したとしても、所要時間は三十分ほどのはずです。時間がかかりすぎでは？」

「そうなんです。いつもより遅い上に愛想が悪かったので、ちょっと腹が立ちました」

「わかりました。ご協力感謝します」

早口で言って丁寧に一礼し、慎はドアに向かった。みひろは緊張と興奮がさらに高まるのを感じながら、国光と葛西に「ありがとうございました」と頭を下げ、慎の後に続いた。

7

ひだまり運輸は、中央区《ちゅうおう》の月島《つきしま》にあった。隅田川《すみだがわ》にほど近い工場や倉庫が立ち並ぶ一角で、敷地には二階建ての社屋とトタンの屋根が付いた広い駐車場がある。がらんとした駐車場の端に車を停め、みひろと慎は社屋に向かった。時刻は午後三時過ぎだ。ガラスのドアを開けるとカウンターがあり、その奥に机がいくつかとデジタル複合機、書類棚などが並んでいた。

「警視庁の阿久津です。責任者は？」

慎は気持ち切羽詰まった声で問いかけ、警察手帳をかざした。机に着いていた作業服姿の男女が驚いて顔を上げ、奥の一回り大きな机の男性が立ち上がった。

「私です。どうかしましたか？」

サンダルの音を響かせ、男性がこちらに来た。歳は六十代前半。がっしりした体形で、禿《は》げ上がった頭まで日焼けしている。

「社長の川端鉄也《かわばたてつや》さんですね。一昨日、こちらのトラックが警視庁の遺失物センターから栄都電鉄のお忘れ物取扱所に運んだ荷物の中から、腕時計が消えた件はご存じですか？」

男性の作業服の胸に取り付けられた名札に目をやり、慎は質問を始めた。ここに向かう車中で、みひろが慎の指示を受けながらスマホと警視庁のデータベースを使ってひだまり運輸を調べた。創業六十四年で社員は十五名、保有トラックは九台だ。社長の川端を含め、これといった問題はない。

川端はかけていた老眼鏡らしきメガネを外し、カウンターの向こうの慎とみひろに視線を走らせた。

「ええ。昨日の午前中に遺失物センターの人から連絡があって、該当するトラックの荷台を調べました。何も見つからなかったけど」

「腕時計を運んだドライバーの氏名と年齢を教えて下さい」

「指田光《さしだひかる》。歳は――いくつだ？」

後ろを振り向き、川端は問うた。机に着いた若い女性が答える。

「二十九歳です」

「だそうです。すみません。指田は先週入ったばかりなので」

メガネを手に、川端は恐縮したように頭を下げた。やっぱり新入社員か。そう思い、みひろも訊ねた。

「指田さんは今どちらですか？　運転中なら、私たちのことは話さずに居場所を訊いて下さい」

「いや。それが、辞めたんです。今朝メールが一本来てそれきり。ずっと電話しているんですが、繋《つな》がりません」

決まりだ。驚くのと同時に確信を得て、みひろはさらに言った。

「その電話番号を教えて下さい。あと、指田さんの住所と履歴書を——」

「指田さんのロッカーを見せて下さい」

みひろを遮り、慎が有無を言わさぬ口調で告げる。川端は再び女性を振り返って「頼む」と言い、みひろたちに向き直って「あっちです」と部屋の奥を指した。

カウンターから出て来た川端を先頭に、壁際の通路を進んだ。突き当たりのドアを開けると廊下があり、さらに進む。川端は左右に並んだドアの一つの前で立ち止まり、開いた。

川端が壁のスイッチを押すと天井の蛍光灯が点り、みひろの目に壁際にずらりと並んだ縦長のスチール製のロッカーとコミック雑誌や週刊誌の載ったテーブル、椅子が映った。ドライバーのロッカールーム兼休憩室だろう。左端のロッカーを指し、川端は振り返った。

「これです。すぐにマスターキーが来ますので……指田が腕時計を盗んだんですか？　困ったな。実は昨夜あいつが乗ったトラックのタコグラフを調べたら、遺失物センターを出てすぐに二十分以上停車していたのがわかったんです。本人に確認してから警察に連絡しようと思っていたんですが。申し訳ありません」

メガネを作業服の胸ポケットにしまい、川端は頭を下げた。タコグラフとは車の走行距離や速度、時間、運行状況を記録する計器で、運送業者のトラックには装着が義務づけられている。

蛍光灯の明かりを受けてテカる川端の頭を見下ろし、慎は返した。

「事実関係の確認は、経営者として正当な判断です。しかしなぜ、入社したばかりの新人に一人で運転させたんですか？　通常、しばらくはベテランのドライバーと同乗させるのでは？」

「それが、指田は取引先の紹介で入社したんです。その手前もあって、『一人で大丈夫。遺失物センターを担当したい』と言われて拒否できなくて」

「指田は自分で遺失物センターを担当したいと言ったんですか？　理由は？　取引先というのは？」

畳みかけるように問い、慎が川端の顔を覗き込んだ時、「お待たせしました」と声がしてドアが開いた。制服姿の女性が、マスターキーと書類を手に部屋に入って来る。川端はマスターキーを受け取り、左端のロッカーに向き直った。慎もロッカーの前に行き、みひろも倣った。

川端がカギ穴にマスターキーを差し込んで回すと、がちゃりと音がしてロッカーの扉が開いた。脇に避《よ》けた川端に代わり、慎とみひろが進み出てロッカーの中を覗く。灰色のスチール板に囲まれた細長い空間は、がらんとしていた。下の物入れは空で、上のポールにも衣類はかけられていない。が、その上の棚には何か載っている。

慎はポケットからハンカチを出し、右手に握った。右手を伸ばし、ハンカチ越しに棚の上のものを摑み出す。男物の腕時計で、全体が輝くような金色。文字盤にはダイヤモンドの粒が並んでいる。

みひろは思わず息を飲み、川端は目を見開いて何か言おうとした。慎は腕時計を摑んだ手を上げて川端を遮り、「ジップバッグ、または封筒を」と告げた。

8

遺失物センターに戻ったのは、午後五時前だった。みひろが慎に続いてセンター長室に入ると、長倉と山北、砂田が顔を揃《そろ》えていた。

「お待たせしました」

慎はそう告げて三人の向かいのソファに座った。みひろも隣のソファに腰掛ける。

「腕時計が見つかったって、本当ですか？」

身を乗り出した長倉が問い、慎は返事の代わりにポケットからスマホを出して操作し、差し出した。画面には、ジップバッグに入った金無垢の腕時計の写真が表示されている。

「現物は所轄署の刑事に渡しましたが、問題の腕時計とシリアルナンバーが一致しました。所轄署の刑事によると、指田は消費者金融などに借金があったようですね」

「腕時計を盗んで、借金の返済に充てるつもりだったんでしょうか。ところが騒ぎになり、怖くなってロッカーに置いて逃げたとか。指田はまだ行方不明なんですか？」

食い入るように写真を見て、長倉が問う。隣の山北も写真を見ているが、ばつが悪そうだ。その隣の砂田は、他人事《ひとごと》のように目を伏せている。スマホをポケットに戻し、慎は答えた。

「ええ。所轄署が追跡するそうです。腕時計は鑑識作業が終わり次第、栄都電鉄に引き渡されるでしょう。しかし、指田がどうやって袋に腕時計が入っていると知ったのかは謎です。車を停め、手当たり次第に袋を漁《あさ》り見つけたとも考えられますが、他にも不審点がいくつか」

「それは所轄署に任せましょう。とにかくよかった。阿久津さんと三雲さんのお陰です。ありがとうございました」

心底安堵したように長倉が頭を下げ、山北も不本意そうながらも会釈をした。会釈を返したみひろだったが胸にもやもやとしたものを感じ、言った。

「私たちは職務を全うしただけですし、腕時計が見つかって何よりです。でも、もっと大切なことがあるんじゃないでしょうか」

長倉、山北ともきょとんとしたので、みひろは視線を横に滑らせた。砂田は黙ったまま、キズが目立つ白いビニールタイルの床を見ている。みひろの意図を察知したらしく、長倉は言った。

「誤解があったようなので、砂田とは後で話します。遺失物第三係の他の係員にも、納得してもらいますので」

「『誤解』に『納得』って。砂田さんたちを疑っていたんですよね？　だったら」

「三雲さん」

名前を呼ばれて振り向くと、慎が静かだが強い目でこちらを見ていた。「往々《おうおう》にして言葉の選択が不適切」「無礼で傲慢」、先月町田北署で慎に言われた言葉が頭に蘇る。とっさにみひろは黙り、入れ替わりで慎が口を開いた。

「事件再発の予防策として、各交通事業者に送り返す袋を事前に開け、中身を確認してはいかがですか？」

「そうしたいのは山々なんですが手間と時間がかかり、作業工程に影響します。負担が増すので、職員たちの勤務意欲の低下も心配ですし」

「心配なのは、主に遺失物第三係の係員の勤務意欲ですね？　でしたら僕が説明して理解を得ます。長倉さんは、作業マニュアル改訂の稟議書《りんぎしょ》を本庁総務部に提出して下さい」

「しかし、他部署の方にそこまでしていただくのは」

「ご心配なく。僕の話なら、彼らは聞きます」

顎を上げ、慎はきっぱりと告げる。みひろの脳裏に今朝別館でやり取りした際、塩川や横江たちが慎に拍手喝采していた姿が蘇る。長倉が言葉に詰まり、代わりに顔を険しくした山北が口を開こうとした。が、一瞬早く慎はこう続けた。

「彼らへの認識を改めろとは言いません。しかし過去の遺失物紛失の隠蔽を含め、このまま見過ごす訳にはいかない。ならば業務のシステムを変えては、という僕なりの譲歩です」

「了解しました。直ちに作業マニュアル改訂の稟議書を作成し、本庁総務部に送ります」

そう即答したのは、長倉。背筋を伸ばして慎を見返し、よく見ればその片手は「いいから黙れ」と言うように山北の肩を摑んでいる。山北が身を引き、慎は満足げに頷いて、

「結構。では、我々はこれで」

とビジネスバッグを手に立ち上がった。みひろもバッグを抱えて立ち上がり、慎とドアに向かった。

センター長室を出て、廊下を歩き始めた。みひろは足を速め、慎の隣に行った。

「『僕なりの譲歩です』って、結局監察係仕込みの脅しですか。なんだかなあ」

バッグをスーツのジャケットの肩にかけながらボヤくと、慎は前を向いたまま言った。

「三雲さんの意図を汲《く》み、長倉に進言したつもりですが。それに認識が変わっても、システムが変わらなければ遺失物第三係の職場環境は改善されませんよ」

「それはそうだし、腕時計が見つかったのは何よりですけどね。今回も室長は冴《さ》えてましたね。遺失物センターからお忘れ物取扱所への所要時間で、指田の犯行を決定づけたあたりはさすがって感じ」

「僕は情報を整理しただけです。国光さんとの会話で三雲さんがトラックドライバーの話題を出さなければ、所要時間の問題に気づかなかったかもしれません」

「へえ」

なんか、お互いに褒め合ってる？　バカップルか。いや、私と室長でカップルはあり得ない。自分で自分に突っ込みはしたものの妙な気持ちになり、みひろも視線を前に向けた。

慎が「遺失物第三係の係員の説得は、長倉の稟議書が通ってから行う」と言うので、警視庁飯田橋庁舎を出て駐車場に向かった。セダンに歩み寄り、みひろは何気なく後ろを振り返って短く声を上げた。セダンの脇に、砂田が立っている。

「ど、どうしたんですか？　私たちの後でセンター長室を出たとか？」

ばくばくいう心臓を手のひらで押さえながら訊くと、砂田はこくりと頷いた。じゃあ、私たちの会話も聞いてたのか。そう思い、会話の内容を思い返していると慎が砂田の向かいに進み出た。

見送り、または言いたいことがあって来たのだろうと、みひろは黙った。しかし砂田は何も言わず、ぼんやり立っている。沈黙が流れ、それを破ったのは慎だった。

「疑いが晴れて何よりです。しかし三年前の懲戒処分が覆る訳ではなく、僕もあの窃盗はあなたの犯行という判断を変えるつもりはありません」

その事務的で淀みのない口調にみひろは焦りを覚え、砂田はゆっくり視線を動かして慎を見た。砂田の目を見返し、慎は続けた。

「今朝言ったように、僕は思い込みと先入観を避けるために状況と逆の仮説を立てます。それは三年前も同じで、僕はあなたが潔白だという可能性も徹底的に調査・検討しました。故に、導き出した結論に後悔や罪悪感はありません。あなたが僕にどんな意思表示をしたとしても、それは変わらない。変わらないことが、僕の警察官としての覚悟だからです」

「覚悟？」

ようやく砂田が言葉を発した。しかし心の内は読めない。頷いて、慎は答えた。

「僕は昨年、監察係から職場環境改善推進室に異動になりました。罰俸転勤ではありませんが左遷、つまりあなたと同じ立場です。しかし僕は何も後悔していません。警視庁に勤務し続けるのは、自分の覚悟と判断は正しいと証明したいからです。そのために必要なら、自分ではなく周りを変えます」

「システムが変わらなければ、職場環境は改善されない」

ぼそりと、砂田が言った。やっぱり私たちの会話を聞いてたんだ。みひろは確信し、慎は首を縦に振った。

「はい。先ほどの長倉センター長への進言も、必要なことだと判断しました」

するとまた、砂田は黙った。慎とみひろが見守る中、たっぷり二十秒ほど黙り続けた後、砂田は言った。

「……熱いんだか、冷たいんだか」

「失礼？」

怪訝そうに慎は訊き返したが、みひろは噴き出してしまう。慎のキャラクターに対する感想だろう。こちらを振り返った慎にみひろが「後で説明します」と言っている間に、砂田は身を翻して歩きだした。

「砂田さん」

思わず呼び止めたみひろに砂田は足を止め、振り返った。そしてこちらにゆっくりと一礼し、また身を翻して別館の方に歩いて行った。

二人でセダンに乗り、遺失物センターを出発した。

「ずいぶんぶっちゃけましたね。室長が『左遷』なんて言うの、初めて聞きました。私は室長はこの一年で変わったと思うな。もちろん、いい方にですよ」

セダンが外堀通りに入ってすぐ、みひろは言った。砂田と慎のやり取りを聞き、軽く興奮している。ハンドルを握りながら、慎は応えた。

「ぶっちゃけたのでも変わったのでもなく、口が滑っただけです。朝から機嫌がいいので」

「ああ。それで『特別に応えましょう』？」

今朝のやり取りを思い出して合点がいき、みひろは隣に顔を向けた。しかしみひろがなぜ機嫌がいいのかを聞き出す算段を始めると、慎は話を変えた。

「今回の事案。調査は終了ですが、やはり気になりますね」

「なにがですか？」

「今朝三雲さんが言った、『なんでこのタイミングで？』ですよ。考えてみれば、腕時計の事件の他にも、指田がひだまり運輸に入社したり、塩川たちが職場のグチや不満を言わなくなったりなどのタイミングも一致しているんですよ」

わずかに眉をひそめ、慎は答えた。みひろは身を引き、助手席のシートに背中を預けた。

「確かに。さっきの砂田さんも、他に言いたいことがあったんじゃないかなって気もするし。でもまあ、五時を過ぎたし今日のところは——あっ！　その信号、左折ですよ。昼ご飯抜きだったし、例のパン屋さんに行くんですから」

再び体を起こして騒ぐと、慎はうんざり顔で息をついた。

「大きな声を出さなくても、わかっていますよ」

「例のパン屋さんは、営業時間が『午前九時から売り切れるまで』なんです。大丈夫かな」

「閉まっていたら、別の店に行きましょう。どこにでも付き合いますよ」

そう返し、慎はハンドルを握り直した。

本当に機嫌がいいんだな。そう言えば、今朝室長が「お待たせしました」って車に乗る前、電話をしてた。あの電話で、いいニュースを聞いたとか？　でも、室長のいいニュースって……想像もつかない。

気にはなるが、今はパンだ。そう決めて、みひろはバッグから『東京のパン ベスト50』を出し、第二候補の店を探し始めた。

9

午後八時を回り、総合病院は上階の窓には明かりが点っているが、外来のある一階は真っ暗だった。正面玄関は閉じられており、その脇の前回来た時に入ったコーヒーショップも営業を終えていた。しかし隣のコンビニは営業中で、慎は店内に進んだ。レジカウンターでコーヒーを買い、横目でパンの棚を見て奥のイートインスペースに向かった。ガラス張りの壁に白いロールスクリーンが下ろされているのを確認し、カウンターテーブルにコーヒーを置いて椅子に座った。

三雲みひろは常識に欠け、勤務意欲も乏しいがパンを選ぶ目は確かだな。紙コップのコーヒーをすすりながら、そんな考えが慎の頭に浮かぶ。同時に、さっき食べたパンの味も蘇った。

遺失物センターを出た後、みひろが選んだ文京区春日のパン店で買い物をした。その後本庁の職場環境改善推進室に戻り、二人で買ったパンを食べた。みひろが言っていたチキンカツパンも、フランスパンピザチキンライスも非常に美味で、他にはツナやポテトなどの具材をマヨネーズではなく、オイルで和《あ》えたサンドイッチが気に入った。それだけに、途中で現れた豆田係長に物欲しげな目で見られ、パンの一部を分け与えなくてはならなかったのが悔やまれる。

「遅れてすみません」

後ろから声をかけられ、振り返った。ノーネクタイでスーツを着た宇佐美周平が、紙コップを片手に歩み寄って来る。イートインスペースには他に客はいないが、宇佐美は注意深く周りを見てから慎の隣に座った。

「昨日はお疲れ様でした。自宅近くで会った時は驚きましたが事情を聞き、もろもろ納得がいきました」

紙コップをカウンターに置き、慎は話し始めた。コーヒーを一口すすり、宇佐美も言う。

「一時はどうなることかと思いましたよ。阿久津さんは、安野の尾行に気づいていたんですか？　あんなに平然として、『驚きました』なのか。すごいな。そうそう、リハーサルの映像のコピーは、『GARAGE《ガレージ》』ってクラウドストレージに保存してあります。パスワードは僕の生年月日」

リハーサルを成功させて気が大きくなっているのか、高めのテンションで語る。

俺も今、こんな状態なのか。今朝三雲と本庁を出発する前、宇佐美からの電話で実験が成功したことと、安野が俺を尾行していることを報《しら》された。安野の尾行は予想通りだったので気持ちが高揚し、それを今日一日態度に表し、三雲に伝えてしまった。俺としたことが。ぬかったな。

自分を戒め、慎は背筋を伸ばして隣に向き直った。

「その後、市川から連絡は？」

「ありません。昨夜本部施設に安野を送り届けた時は、『検討します』と言われました。まだ酔っ払いみたいな状態の安野を見ても、僕が阿久津さんに尾行がバレたと伝えても市川は平然としているどころか、うっすら笑って安野に『よくやった』と言いました」

「『よくやった』？」

「ええ。でも薄笑いはクセみたいだし、嫌みかもしれませんけど」

「そうですか」

引っかかるものを感じるが、それが何かわからない。慎は向かいのロールスクリーンに目をやりながらコーヒーを口に運んだ。すると今度は、宇佐美がこちらに向き直った。

「しかし、去年の騒動で大失態をやらかしたのが安野だったとは。最初に会った時、阿久津さんに似てるなと思ったんですよ。安野もイケメンだから、騒動の前は扇田鏡子に気に入られていたらしいです。でも大失態で激怒され、あわや追放という時に市川が『私が責任を取らせる』と宣言して安野を引き取ったと聞きました。汚れ仕事をやらせるって意味ですかね。だとしても」

また高めのテンションで語りだしたので、慎は「いいですか？」と強い口調で宇佐美を遮った。

「市川は、必ずあなたの『奇跡』を受け入れます。支部長を集めての選挙は間もなく。それまで市川たちにはこちらの思惑、扇田ふみ側には『奇跡』の計画を知られないよう段取りを整える必要があります。僕がふみや支部長たちに薬物入りの斎戒の水を飲ませる手段を考えるので、あなたは水槽の水や音楽などの仕込みをして下さい」

「わかりました」

ようやく神妙な顔になり、宇佐美は頷いた。

「市川たちの薬物の入手ルートはわかりましたか？」

「不明です。本部に戻る車中で安野から聞き出そうとしましたが、ダメでした。ただ、あれだけ高純度のシロシビンを扱えるのはそれなりに大きく、資金が潤沢な組織ですよ」

「確かに。盾の家が暴力団や麻薬カルテルと繋がりがある、また儀式などで薬物を使用しているとは聞いていませんが……本部施設でそれらしい人物を見かけたことは？」

慎の問いかけに宇佐美は「う～ん」と首を捻《ひね》った。しばらく考え込んでから、「そう言えば」と呟いて答えた。

「先月初めて市川を訪ねた時、僕と入れ替わりで市川の仕事場に入っていった人がいました。男の二人組で、高そうなスーツを着て、体格も妙によかったので覚えています」

「そうですか。今度見かけたら尾行して下さい」

「尾行ですか？　やったことありませんけど、できるかな」

「エスの任務の基本でしょう。公安の捜査員に教わらなかったんですか？」

慎が呆れると宇佐美は急に不機嫌な顔になり、「そのエスっていうの、やめてもらえます？」と言い、「やってみます」と続けた。

「市川は用心深い人間です。『奇跡』だけに頼らず、自分でも何か計画しています。加えて、市川はムダなことはしない人間です。安野を引き取ったり、僕の監視をさせたりしたのには必ず目的がある。それを突き止めなくては」

最後は独り言になり、慎は視線を前に戻した。さっき感じた引っかかるものが、再び胸によぎる。

俺の計画《プラン》は、始まっている。ならばこの引っかかりを抱えたまま、走り続けるしかない。だが、俺は絶対に転んだり道を踏み外したりはしない。慎は前を向いたまま前髪を掻き上げ、中指の先でメガネのブリッジを押し上げた。

10

市川から連絡があったのは翌朝だった。宇佐美は受け持ちの授業を終えると早退し、車で盾の家の本部施設に向かった。

仕事場を訪ねた宇佐美を、市川は初めて会った時と同じように地下二階の部屋で出迎えた。奥のステンレス製の机に着き、左右には宮鍋と安野が立っている。三人とも盾の衣《ころも》姿で、市川以外は黒いマスクを装着していた。

「リハーサルのビデオを見ました」

市川が言った。机の腕で軽く手を組み、今日も薄く微笑んでいる。向かいに立つ宇佐美が「ありがとうございます」と頭を下げると、市川はこう続けた。

「結論から言います。改良点と注文はありますが、選挙の前の演説で『奇跡』を行います」

「ありがとうございます！」

胸が弾み、安堵を感じた。宇佐美は足元に置いたバッグを開け、書類を取り出した。

「リハーサルをバージョンアップさせた『奇跡』の計画書を作りました」

「用意がいいですね。ではまず、こちらを読みます」

そう告げて、市川は受け取った計画書を読み始めた。

市川と阿久津。同時期に付き合い始めたが、似通った部分があると宇佐美は感じた。何を考えているのかわからないが、単刀直入で話が早い。そして二人とも、恐ろしく頭がいい。

計画書を読み終えた市川はいくつか質問し、改良点と注文を伝えた。宇佐美は返答し、メモを取った。その後宮鍋と安野も加わり、演説当日の段取りを決めた。

打ち合わせを終え、書類や文房具をバッグにしまいながら宇佐美は訊ねた。

「『奇跡』で使う薬物ですが、実験と同じクオリティーのシロシビンを用意できますか？　それによって、斎戒の水に混ぜる量を変えなくてはなりません」

極力さりげなさを装ったつもりだが緊張し、鼓動が速まるのを感じた。市川が答える。

「問題ありません」

「実験の十倍以上の量が必要なので、少し心配です。当然外部から入手しているんですよね。可能なら、受け取る時に立ち会わせてもらえませんか？」

思い切って乞うと、市川は黙った。代わりに安野が、

「調子に乗るな。ダメに決まってるだろ」

と声を尖《とが》らせた。宮鍋も言う。

「市川さんが問題ないと言ったら、問題ない。疑うのか？」

「とんでもない。ただ、盾の家は公安にマークされています。違法薬物の売買に関与していると知られれば盾の家ごと摘発されるし、スパイしている捜査員に『薬物使用の噂《うわさ》はないか』と訊かれたこともあります。あとは、阿久津慎」

焦りを覚え、宇佐美は首を横に振りながら捲し立てた。と、市川が再び口を開いた。

「阿久津がどうかしましたか？」

「安野さんの尾行がバレていたのはお話ししましたが、他にも妙に余裕があるというか、何か企《たくら》んでいるような印象を受けました。尾行を放置しているのも、そのためかと」

身振り手振りを交え、宇佐美は続けた。昨夜別れ際、慎に「僕の名前を出して下さい。必ず市川は反応します」と命じられた。その通りになったが、緊張と焦りがさらに増す。組んでいた手を解き、市川は何か言おうとした。が、先に安野がわめいた。

「俺が覚えてないと思って、適当なこと言うんじゃねえよ。阿久津はもともと、ああいう奴なんだ」

ふう、と市川が息をついた。片手をこめかみに当て、わずかに眉をひそめている。市川がこんな風に感情を露わにするのは珍しい。すぐに宮鍋が「おい」と安野を黙らせ、安野も「申し訳ありません！」と頭を下げた。

ため息をついて片手を下ろし、市川は宇佐美を見た。

「もっともです。しかし阿久津も何か企んでいたとしても、我々の計画に影響を及ぼすことはありません」

「……わかりました。申し訳ありません」

一礼し、宇佐美はバッグを摑んでドアに向かった。

階段を上がり建物を出ると、安野が付いて来た。振り返った宇佐美に安野は、

「お前の見送りじゃない。別の客の出迎えだ」

と嚙《か》みつくように告げ、建物の前の通路を歩きだした。

時刻は午後六時を回り、陽《ひ》は傾いているが梅雨入りして湿度は高い。マスクだけでも息苦しさを覚えるのに、全身をつなぎに包みフードまでかぶっていて平気なのかと、宇佐美は前を行く安野を眺めた。

通路を進むと他のメンバーと行き会った。こちらもつなぎにマスク姿で、安野を棘《とげ》の感じられる目で見る。無言で歩き続ける安野だが、その背中は目に見えて強《こわ》ばっていた。

一昨日の夜阿久津さんは、安野は東日本大震災で仕事を失い、アルコール依存症になったところを勧誘されて盾の家のメンバーになったと言っていた。この人も訳ありなんだな。ふと思い、宇佐美は前を行く背中に声をかけた。

「安野さん。具合はどうですか？　一昨日はご協力ありがとうございました」

「何ともないし、お前に礼を言われる筋合いはない」

歩き続けながら顔をわずかにこちらに向け、安野は返した。

「あの夜ここに来てリハーサルの報告をしたら、市川さんは安野さんに『よくやった』と言っていましたよ」

「本当か？」

足を止め、安野は勢いよく振り返った。宇佐美が「ええ」と頷くと、安野は「そうか」と嬉しそうに目を細めた。

「市川さんは厳しい方ですが、熱意のある人間にはチャンスを下さいますね。盾の家の代表にふさわしいのはあの方だと、改めて思いました」

宇佐美がそう続けると、安野は首を大きく縦に振った。

「俺がこうしていられるのも、市川さんのお陰だ。俺はあの人のためなら何でもする。阿久津を尾行しろと言われればするし、殺せと言われれば殺す」

「阿久津を殺すんですか？」

驚き、声を潜めて宇佐美は問うた。しかし安野は「いいや」とあっさり答え、「だが、言われればやる。俺はあの男が許せない」と続けた。荒くなった鼻息で、メガネのレンズの下部が曇る。

安野は再び歩きだし、宇佐美も続いた。ほどなくして駐車場と、その脇の放射線汚染検査所が見えて来た。挨拶をして駐車場の敷地に進む宇佐美に、安野は告げた。

「俺も市川さんも、お前を信用していないからな」

「わかりました」

この信用しないと繰り返すのは、身近な者にも心を許さないという市川の真似《まね》か。宇佐美がそう閃いた時、安野は、

「いらしていたんですか。お待ちしていました」

と改まった声で言い、歩きだした。宇佐美の脇を抜け、小走りで駐車場に入って行く。その先の駐車スペースには黒いセダンが停まり、運転席と助手席から男が降りて来るところだった。男はどちらも体格がよく、仕立てのいいスーツを着ている。初めて市川を訪ねた時に会った二人組だ。

はっとした宇佐美だったが、表情に出さないようにして歩きだした。安野に付き添われ、こちらに来た二人組とすれ違う。軽く会釈して盗み見ると、二人とも地味な顔立ちだが目つきは鋭い。宇佐美はセダンのナンバーを記憶し、自分の軽自動車に歩み寄って乗り込んだ。フロントガラス越しに、通路を遠ざかって行く二人組と安野が見える。慎に二人組の尾行を命じられた。しかし宇佐美は彼らに顔を見られ、車を覚えられている可能性もある。日を改めるという手もあるが、そうそう仕事を早退したり休ん

だりはできない。時刻は午後六時過ぎだ。

よし。腹を決め、宇佐美は車のエンジンをかけてハンドルを握った。

11

その少し前、慎は本庁の職場環境改善推進室にいた。

「関東山井一家《かんとうやまいいっか》？　それってヤクザですよね」

豆田の話を聞き終えるなり、みひろは声を上げた。自分の机に着き、コーヒーの入ったマグカップを手にしている。

「うん。バリバリのヤクザ。いわゆる指定暴力団ってやつで、本部は池袋《いけぶくろ》」

豆田が答えた。制服の脇にファイルを挟み、手には昨日のパンの礼と思しき箱入りの最中《もなか》を持っている。慎も自分の机でマグカップのコーヒーをすすり、言った。

「正確には、西池袋《にしいけぶくろ》ですね。構成員は約百十名で、代表者は門馬芳道《もんまよしみち》、七十二歳。元は神戸《こうべ》に本部がある山井一家の配下組織でしたが内輪揉《も》めで二年ほど前に関東山井一家を名乗り、山井一家を離脱しました。以後、両組織は敵対状態にあります」

「指田光は、そんな物騒な組織と関係していたんですか」

みひろはさらに言い、マグカップを口に運んだ。豆田が返す。

「関係というか、関東山井一家のフロント企業のコウエイ信販《しんぱん》って街金《まちきん》から三百万円近いお金を借りてる。キャバクラと風俗通いにつぎ込んだらしいんだけど、あっという間に返済に行き詰まった。だから最近指田は、関東山井一家に言われるままに特殊詐欺用の受け子をやったり、スマホと銀行口座の名義貸しをしたりしていたらしいよ」

「ひだまり運輸のドライバーになったのも、関東山井一家の差し金？　社長の川端さんは『取引先の紹介』って言ってましたけど」

「フロント企業を使ったおしぼりや観葉植物のリース、お酒の卸《おろし》は昔からヤクザの稼ぎ、業界用語で言うシノギだからね。ひだまり運輸と取引があってもおかしくない」

「はあ。なんか話が物騒というか、ビデオ映画みたいになって来ましたね。いま私の頭の中では、指田の顔は波岡一喜《なみおかかずき》さん、関東山井一家の構成員は白竜《はくりゅう》さんや竹内力《たけうちりき》さんに変換されてます」

そう告げたみひろは眉間にシワを寄せて空を睨み、ヤクザ風の表情になっている。

「なに言ってんの。これは映画の話じゃないんだからね」

豆田が呆れ、慎も小さく息をついてマグカップを机に置いた。

今日は朝から遺失物第三係の事案の報告書を作成していた。すると十五分ほど前に豆田が現れ、その後の捜査状況を教えてくれた。

指田光は、元は運送会社のドライバーだった。しかし昨年末にリストラされ、荒れた生活を送っていたようだ。関東山井一家はコウエイ信販を通し、「借金を一本化してやる」とでも持ちかけて指田を利用していたのだろう。指田はまだ捕まっていないが、無事でいるかは怪しいところだ。ちなみに豆田に渡された捜査資料には指田の顔写真が掲載されていたが、波岡一喜には全く似ていない。

「しかし、わかりませんね」

慎が言うと、みひろと豆田が振り返った。

「指田をひだまり運輸に送り込んだのが関東山井一家なら、腕時計の窃盗も連中の指示ということになります。しかしヤクザのシノギとしては利益が少なすぎますし、警察の物品に手を出せば組織ごと潰されます。つまり、割に合わない」

「別の目的があるのかも。腕時計の窃盗も、その一部なんですよ」

みひろが返し、慎は頷いて落ちてきた前髪を払った。

「鋭いですね。同感です。今回の指田の犯行は別の、さらに大きな目的の一端に過ぎない」

「暴力団が警察を相手に何か企んでるってことですか？　本当なら大ごとですよ」

豆田がうろたえる。反対に慎は冷静になり、頭が冴えていくのを感じた。

「なんでこのタイミング？」案件がまた増えたな。だが本庁の上層部やマル暴ならともかく、暴力団が遺失物センターの職員をターゲットにするだろうか。したところで、得るものはないはずだ。

と、慎のジャケットのポケットでスマホが振動した。取り出して見ると、LINEにメッセージが届いていた。

「砂田です」

トーク画面にはそう表示されていた。

俺のアカウントは砂田に知らせていない。なりすましか？　慎は警戒の念を覚えた。しかし、砂田のメッセージの脇に表示されたアイコンは、昨日の事件で盗まれた腕時計の写真だ。

「話したいことがあります。今夜会って下さい」

再び、トーク画面にメッセージが表示された。慎がそれを読んでいる間に、さらにもう一件、

「昨日の事件の話です。気づいていると思いますが、裏があります」

と表示された。

「室長。どうかしましたか？」

みひろが訊ね、豆田の視線も感じる。慎は無言で俯いたまま、頭を巡らせた。そして決断し、指を素早く動かしてメッセージを返信した。

「時間と場所は？」

12

午後七時を過ぎても、二人組は出て来なかった。宇佐美は運転席のシートに寄りかかり、伸びをした。軽自動車は道路脇の雑木林の中に停まっていて、斜め前方に盾の家の本部施設が見える。本部施設の鉄板の門は見張りを始めてから二回開閉したが、どちらも出て来たのは盾の家の車だった。

昼間市川は、「阿久津も何か企んでいたとしても」と言った。昨夜阿久津さんが言ったように、「自分でも何か計画している」ってことか。安野は「殺せと言われれば殺す」なんて言っていたし、ヤバいことになるかも。

自分を介して慎と市川が計略を巡らせ、火花を散らしているような気がしている。そう思い、宇佐美は焦りつつ気持ちの高ぶりを感じた。雑木林に囲まれた本部施設は闇に包まれ、門柱の明かりが鉄板の門とコンクリートの塀を照らしている。

取りあえずLINEで慎に報告を入れようと、宇佐美はポケットのスマホに手を伸ばした。と、重たく乾いた音がして前方で門が開いた。出て来たのは黒いセダン。宇佐美は慌ててポケットから手を出し、前方を注視した。

門を出たセダンは車道を走り、軽自動車の前を通り過ぎて行った。宇佐美は軽自動車のエンジンをかけ、雑木林を出た。薄暗い車道の先にセダンが見えたので、十分な距離を取って尾行を開始した。

セダンは八王子の市街地を経由し、インターチェンジから中央自動車道に乗った。市街地で車が増えた時に近づき確認したセダンのナンバープレートは、駐車場で覚えたものと同じだった。運転席と助手席に座っているのも、二人組で間違いなさそうだ。気になるのは、後部座席にも人影があるところだ。何度か確認を試みたが、スモークフィルムを貼っていてわからない。

セダンは中央自動車道から首都高速中央環状線に入り、午後八時過ぎに新板橋《しんいたばし》出口で一般道に降りた。すぐに脇道に入り、入り組んだ一方通行を進んで行く。オフィスビルや飲食店が増え、宇佐美は軽自動車のカーナビでJR板橋駅近くの繁華街にいるとわかった。

間もなく、セダンは一棟のビルの地下駐車場に入って行った。古く大きな雑居ビルで、居酒屋やマッサージ店などが入っている。十分ほど待ち、宇佐美も地下駐車場に入った。

中央に白い矢印で順路が示された通路が延び、左右にコンクリートの太い柱が並んでいる。柱と柱の間の駐車スペースはほぼ満車だが、人影はない。ゆっくり軽自動車を進めると、黒いセダンを見つけた。

宇佐美は軽自動車を停めて降り、駐車スペースのセダンに歩み寄った。漂う排気ガスの臭いを感じつつ、運転席の窓から車内を覗いた。二人組の身元特定に役立ちそうなものは何もない。

体を起こし、宇佐美はセダンの後方の壁を見た。打ちっぱなしのコンクリートの壁の中ほどに、駐車場の契約者の名を記した白く四角いプレートが取り付けられている。歩み寄って覗いたプレートには飾り気のない黒い文字で、「コウエイ信販様」とあった。金融業者か？　でも、盾の家はメンバーの寄付と放射線遮断グッズの売り上げで資金は潤沢なはず。

疑問を覚え、宇佐美はコウエイ信販を調べるためにスマホを出した。しかし足音が聞こえたので、スマホでプレートの写真を撮り、軽自動車に戻った。駐車場から表通りに移動して停車し、慎にLINEで「詳細は会って報告します」というメッセージを添えて写真を送った。

はやる気持ちを抑え、宇佐美はスマホの画面に見入った。が、いつもならすぐに来るはずの慎からの返信メッセージは来ず、既読も付かなかった。

13

最後のフレーズを歌い終え、みひろは開いた手のひらを顎の下に当て、お尻を横に突き出すというフィニッシュポーズを取った。

「ブラボー、みひろちゃん！」

「スナック流詩哀《ルシア》のカラオケクィーン！」

Tシャツにハーフパンツ姿の吉武と、作務衣の上下を着た森尾《もりお》が騒ぐ。その両脇に座ったドレス姿のエミリとハルナも笑いながら拍手をした。

「センキュー、ベイビー」

ロック歌手っぽく巻き舌で声援に応え、みひろはマイクをスタンドに戻してステージを降りた。カウンターに歩み寄り、スツールに腰掛けてグラスのビールで喉を潤す。

「NiziUの『Make you happy』。あんたの十八番《おはこ》だけど、歌詞と振り付けを間違えてたわよ」

カウンターの向こうで煙草《タバコ》をふかしながら、摩耶ママが告げる。驚き、みひろはグラスをカウンターに置いた。

「えっ。どこ？」

「気が散ってる証拠よ。で、何があったの？　白状おし」

表情を動かさず、摩耶ママは訊き返した。今夜も厚化粧で髪を巻き、身につけているのはノースリーブワンピース。赤を基調とした派手な花模様だが、それより剝《む》き出しになった逞《たくま》しい二の腕と、年季の入った予防接種の注射痕に目が行く。

「白状も何も、覚えがありません」

そうとぼけはしたものの、みひろの頭には約六時間前の職場での記憶が蘇る。

スマホが鳴って確認してから、慎の様子が変わった。豆田が職場環境改善推進室を出て行った後は黙々と仕事をしていたが、違うことを考えているのは明らかだった。あれも昨日の、「機嫌がいい」繫がりよね。てことは、女性関係？　室長はあの後すぐに会議に行っちゃったけど、大丈夫かな。ぐるぐると考えているうちに、不安なようなじれったいような、もやもやとした気持ちになった。

「大丈夫ですか？」

後ろから問いかけられ、みひろは我に返った。急に恥ずかしくなり、笑いながら、

「もちろん。大丈夫じゃないのは、私じゃなく室長——」

と返して振り向いた先に、本橋公佳がいた。驚いて固まったみひろの耳に、摩耶ママの醒《さ》めた声が届く。

「そちらさん。さっきから声をかけてたわよ。あんたってば、アホ面で考え込んでる

から……いらっしゃい。久しぶりね」

最後のワンフレーズは本橋に向けて言い、摩耶ママは煙草を灰皿に押しつけた。本橋は「はい」と笑顔で会釈し、ウーロン茶を注文してみひろの隣に座った。摩耶ママは、カウンターの脇の厨房《ちゅうぼう》に入って行く。

「どうしたんですか？」

落ち着きを取り戻し、みひろはカウンターの上のつまみの皿や割り箸を片付けた。

「突然すみません。阿久津室長のことで話があるんですけど、ここなら三雲さんに会えるかなと思って」

だよね。室長のこと以外、本橋さんが私に話なんてあるはずない。心の中で呟き、みひろは「はあ」と返した。仕事帰りと思われるが、本橋に髪とメイクの乱れはなく、ダークグレーのパンツスーツのジャケットを、ボタンを二つとも閉めて着ている。一方みひろは髪はぐしゃぐしゃでメイクは崩れ、ジャケットはもちろん、パンプスまで脱いでエミリに借りた突っかけサンダルを履いている。

すぐに摩耶ママがウーロン茶を運んで来た。気を利かせ、みひろの分も運んでくれたので、礼を言って一口飲んだ。摩耶ママが吉武たちがいるソファ席に行くと、本橋は改めてみひろを見た。

「さっき私が声をかけた時、室長がなんとかって言ってましたよね。何かありましたか？」

「いえ。ぼんやりしてただけで――逆に、何があったんですか？」

問い返しながら、みひろは緊張を覚えた。去年の「レッドリスト計画」を巡る騒動の時も、本橋はここにみひろを訪ねて来た。

「ひと月ぐらい前なんですけど、阿久津室長がうちの柳原を訪ねて来たんです。しかも堂々と、っていうか、何かをアピールする感じで」

柳原とは、警務部人事第一課監察係首席監察官の柳原喜一。慎の元上司だが、「元気かなと思って」的なノリで訪ねて行けるような関係ではないのは、組織や人事に興味ゼロのみひろにもわかる。少し考え、みひろは返した。

「室長のことだから、目的があったんでしょうね。監察係がまた何か企んでるとか」

「それはないです」と即答した本橋だったが、わずかに間を空け、「少なくとも、去年の騒動のようなことはあり得ません。トップが変わって、監察係は体制を一新しましたから」と答え直した。みひろが「そうっすか」と返すと、本橋はさらに言った。

「でも、柳原の動きを追ったら気になる点があって。公安部公安総務課第四公安捜査係の、盾の家を担当している捜査員とコンタクトを取っていたようです」

「盾の家？　去年の騒動で、中森さんが隠れてたカルト集団ですよね。なんでまた」

「私もそう思って調べました。代表の扇田鏡子が余命わずかで、後継者を巡って内輪揉めしているようです」

「なんか、いかにもですね」

相づちを打ち、みひろはウーロン茶のグラスを口に運んだ。

みひろが去年の騒動に盾の家が関係していたと知ったのは、全てが終わった後だ。それでもマスコミの報道で黒ずくめの格好のメンバーや要塞のような本部施設などは見ていて、「突っ込みどころ満載だな」と思いつつも不気味さを感じていた。

「で、それと室長にどんな関係が？」

みひろの疑問に本橋は「わかりません」と首を横に振り、こう続けた。

「ただし、盾の家が阿久津室長を恨んでいるのは確かです。去年の騒動で利用された訳ですから。近頃、阿久津室長の態度に不審な点は？」

「あるっちゃありますけど――じゃあ、あれの原因は盾の家？　恋愛関係じゃなく？」

「恋愛関係？」

本橋に顔を覗き込まれ、みひろはいつもの頭に浮かんだことを知らないうちに口に出すクセが出ていたのに気づいた。慌てて口を押さえたが手遅れで、本橋はさらに「恋愛関係って何ですか？」と身を乗り出して来た。その勢いに圧《お》され、みひろは答えた。

「昨日室長は妙にノリがよくて、おかしいなと思っていたら『朝から機嫌がいいので』だそうです。今日の夕方もスマホにメッセージが届いたとたん、心ここにあらずみたいな感じに」

「メッセージ？　それ、三雲さんが送ったんじゃないんですか？」

「違いますよ。なんでそう思うんですか？」

みひろが訊き返すと、本橋は即答した。

「阿久津さんが機嫌がよくなったり、心ここにあらずになる原因は、三雲さん以外には考えられないから」

言葉遣いがタメロ、慎の呼び方が「阿久津さん」に変わったのに気づきつつ、みひろは返した。

「それはないですよ。不機嫌になったり、呆れて脱力するならわかりますけど」

本橋にとって慎が元上司以上の存在なのは明らかで、本人にも隠す様子はない。しかし本橋はみひろも同じ気持ちだと誤解しているようで、迷惑極まりない。

本橋がさらに何か返そうとしたので面倒臭くなり、みひろは話を元に戻した。

「室長の異変の原因が盾の家だとして、機嫌がよくなるのはおかしくないですか？　恨まれているのは、室長もわかっているでしょうし」

「だって、阿久津さんですよ？　敵が手強《てごわ》ければ手強いほど、快感に思う人なんです……ぶっちゃけ、ドS？」

最後のワンフレーズは小声の半疑問形で言う。みひろが「確かに」と頷くと、本橋は満足したように身を引いた。

やっぱり本橋さんは誤解してる。室長を一番理解してるのは、この人だわ。

そう思うとまた胸がもやもやしてきて、みひろは本橋の品よく整った横顔に見入った。と、ジャケットのポケットでスマホが鳴り、取り出して見ると知らない番号が表示されていた。

「もしもし？」

怪訝に感じながら電話に出ると、聞き覚えのあるぼそぼそとした声が返って来た。

「砂田です」

「どうも……あれ？　私の番号をどこで」

「阿久津さんを止めて下さい。大至急」

「はい？」

思わず声を大きくすると、本橋が振り返った。

「夕方メッセージを送り、阿久津さんを呼び出しました。しかし、それは罠《わな》です」

「あれは砂田さんだったんですか？　罠ってどういう」

再びさっきの慎の様子を思い出しながら、みひろは訊ねた。気配を察知し、本橋がみひろのスマホに耳を寄せる。しかし砂田は、

「自分で言っていたように、阿久津さんは変わっていませんでした。それでも私の疑いを晴らし、遺失物第三係の職場環境を変えてくれた。三年前の事件も、阿久津さんなりの覚悟で取り組んだんだと納得できた。それだけでも、私が警察に留《とど》まり続けた意味はある」

と自分語りを始めた。聞く余裕はなく、みひろは質問を続けようとした。それに気づいたのか、砂田は少し早口になって続けた。

「阿久津さんを止めて下さい。すぐに連絡して、このあと私が送る住所に向かって下さい」

そしてぷつりと、電話は切れた。焦る間もなく本橋に「阿久津さんに電話！」と促され、みひろは慎の番号を呼び出して発信ボタンをタップした。が、慎は出ない。本橋も自分のスマホで慎に電話したが、結果は同じだった。

「住所が送られて来るんですよね？　行きましょう」

本橋は言い、バッグを摑んでスツールを降りた。みひろも倣い、摩耶ママに「ごめん。急用」と告げてサンダルからパンプスに履き替えた。ドアから店を出た本橋に続こうとして、手の中のスマホにメッセージが届いたのに気づいた。

14

タクシーが目的地に到着するのと同時に、ポケットの中でスマホが鳴りだした。慎はスマホの画面に表示された「本橋公佳」の発信者名を確認し、構わず料金を支払ってタクシーを降りた。ほんの少し前に三雲みひろからも着信があったが、慎は無視した。

通りを進み、雑司ヶ谷霊園《ぞうしがやれいえん》に入った。地下鉄東池袋《ひがしいけぶくろ》駅にほど近い広い敷地には複数の出入口があり、自動車通行可の通りも走っている。時刻は午後十時を回っているが、園内は出入り自由なようだ。慎は小さな街灯が照らす通りを進みながら、タクシーや犬を散歩させる人とすれ違った。

砂田が指定したのは、新宿の喫茶店だった。しかし今日は夕方から会議があり、それが長引いた。議題はこの週末に実施される人事第一課のファイルサーバーの移行に関する注意事項だったのだが、進行役の総務部情報管理課開発企画係の富田という係長は話が長い上に手際が悪かった。会議は長引き、慎が新宿の喫茶店に着いたのは指定時間の午後七時ぎりぎりだった。しかし店内に砂田の姿はなく、その後も現れなかった。訝しく思っていると、三十分後に高田馬場《たかだのばば》の別の喫茶店に来て欲しいというメッセージが届いた。

　慎はすぐ高田馬場に向かったが、砂田は別の喫茶店にも現れず、しかもその店はスマホの電波状態が悪かった。何度か店の外に出てチェックするうちに宇佐美からメッセージが届いているのに気づいたが、その直後に砂田から今度は目白《めじろ》のホテルのロビーで待っていると連絡があった。慎は向かったもののホテルのロビーに砂田の姿はなく、続いて目白の大学のキャンパス、神社の境内と移動させられた。そして先ほど、この墓地を指定するメッセージが届いた。

　移動を繰り返させるのは、こちらに尾行などが付いていないか確認するのと、不安と苛立《いらだ》ちを煽《あお》って精神的優位に立つため。途中でそう判断し、慎は砂田の指示に従った。しかし動きを見張られている可能性があり、宇佐美のメッセージは確認せず、みひろと本橋の電話も無視した。

　警戒したり怯《おび》えていたりしたとしても、砂田はこんなに回りくどいことはしないはずだ。昨日の事件の裏には、策略や駆け引きに慣れた人間がいる。そう確信し、慎は狭い歩道を進みながら昨日の事件を振り返り、さっき豆田から得た情報を整理した。

　少し歩き、砂田のメッセージに記されていた脇道に入った。墓参り用の幅一メートルほどしかない未舗装の通路で、両側に墓石がずらりと並んでいる。街灯はなく、慎はスマホの明かりを頼りに通路を進んだ。金曜日の夜ということもあり誰かと行き会うかと思ったが人気はなく、しんと静まりかえっている。

まっすぐに延びる通路の先に、大きな木が見えた。別の通路と交わる場所で休憩スペースになっており、砂田はあの木の下で待っているという。

スマホの明かりを前に向け、目もこらしながら慎はさらに通路を進んだ。休憩スペースの木はケヤキで高さが二十メートル以上あり、幹も大人が抱えきれないほど太い。姿は見えないが人の気配を感じ、慎はケヤキの手前で足を止めて声をかけた。

「砂田さん。阿久津です」

返事はなく、物音も聞こえないが気配は続いている。慎はスマホの明かりで照らしながらケヤキに歩み寄り、幹の裏に回った。と、足が何かに躓き前のめりに倒れそうになる。慎はとっさにバッグを手放し、ケヤキの幹に手をついて踏みとどまった。

ほっとしてバッグを拾おうとして、躓いたものの中途半端な柔らかさが気になり、慎は足元にスマホの明かりを向けた。

白い光の輪に照らし出されたのは、仰向《あおむ》けでケヤキの根元に転がる男。濃紺のポロシャツに包まれた男の左胸には、刃渡り十センチほどのナイフが突き刺さっている。その周りに滲《にじ》んだシミは血液だろう。

どくんと胸が鳴り、慎は体が強ばるのを感じた。それでも、

「大丈夫ですか？」

と声をかけ、身を乗り出して明かりをさらに上に向けた。

白い顔に、横にずれた黒いプラスチックフレームのメガネ。切れ長の目はかっ、と見開かれ、やや大きめの口も半分開いている。

砂田じゃない。安野諒だ。

そう気づいた瞬間、慎の胸は再びどくんと鳴った。混乱するまいと、安野を見直そうとした矢先、

「おい。何してる！」

と鋭い声がして、背後から光を浴びせられた。はっとして振り向くと、制服姿の警察官が二人、懐中電灯を手に立っていた。

「本庁人事第一課の阿久津です。この男性は」

言いながら、慎は警察手帳を取り出そうとした。が、警察官二人は身構え、腰の拳銃に手をやった。

「やめろ！」

「動くな！」

とっさに、慎は両手を顔の脇に上げた。警察官たちは駆け寄って来て、一人が安野のもとに行き、もう一人は慎の手を摑んでスマホを奪った。

「内ポケットに警察手帳が入っています。確認して下さい」

そう告げたが警察官は慎の両腕を体の後ろに回し、自分の腰の帯革《たいかく》を探った。警察官が手錠を摑み出すのを見て、慎は冷静に告げた。

「無抵抗な司法警察職員、しかも上官に手錠ですか。逮捕・監禁罪及び懲戒処分の指針の『被疑者その他の者に対して暴行又は陵虐の行為をすること』に抵触します。後悔することになりますよ」

一瞬動きを止めた警察官だったが、すぐに手錠を手に慎を見た。まだ若く、高校生と言っても通りそうな顔は緊張と興奮で強ばっている。

「阿久津慎警部ですね。了解しています。しかし先ほど、あなたがここで男性を殺害したと一一〇番入電がありました」

「何だと？」

思わず強い口調で問うと、若い警察官はびくりと肩を揺らした。すると、遺体の脇にかがみ込んでいた上官と思しきもう一人の警察官が振り返った。

「ひるむな。被害者《マルガイ》の死亡を確認したぞ」

こちらにも強い口調で言われ、若い警察官は「はい」と返し、慎の手首を摑んだ。そして、

「殺人容疑で現行犯逮捕します」

と上ずり気味の声で告げ、慎に手錠をかけた。がちゃりという音に、慎は後頭部を

殴られたようなショックを感じた。

「署に報告して、現場確保だ」

もう一人の警察官が命じ、若い警察官は「はい」と応えた。もう一人の警察官が慎を引き取り、「行くぞ」と促して通路を戻りだす。

落ち着け。このショックには、意味がある。状況と情報を整理するんだ。痺《しび》れたようになっている頭を奮い立たせ、慎は考えた。もう一人の警察官は片手で慎の腕を捕らえ、もう片方の手に懐中電灯を持って足早に進んだ。懐中電灯の明かりが上下に揺れ、土が剝き出しになった通路を照らした。

CASE 4

サバイバルゲーム
：被疑者、阿久津慎

1

取調室を出るとすぐ、みひろはジャケットのポケットからスマホを出した。砂田圭祐に電話したが、つながらない。スマホをしまい廊下を見回すと、奥にある取調室のドアの窓に明かりが点《とも》り、その前でスーツ姿の数名の男が小声で話していた。奥のドアに駆け寄りたい衝動に駆られたが、ぐっと堪《こら》える。

「三雲さん」

呼ばれて振り向いた視線の先に、本橋公佳がいた。ヒールの音を響かせて歩み寄って来る。

「どうでしたか？」

「ここ数日の室長の様子と、砂田からの電話について訊《き》かれて答えました。さっきスナック流詩哀《ルシア》で本橋さんと話したことは、言ってません」

抑えめのトーンで、みひろは答えた。本橋は頷《うなず》き、「行きましょう」と歩きだした。みひろも続く。

今から約二時間前。みひろと本橋は砂田から届いたメッセージを確認し、タクシーに乗った。三十分ほどでメッセージに記されていた雑司ケ谷霊園に着いたが、そこには複数のパトカーと警察車両が停《と》まり、野次馬とマスコミも集まっていた。警備の警察官に警察手帳を見せて事情を訊くと、霊園内で男性の遺体が発見され、慎が被疑者として逮捕されたという。みひろがパニックを起こしかけたところに現場の所轄署の刑事が現れ、「被疑者の部下なら、聴取させて欲しい」と言われた。その後本橋も一緒にここ豊島《としま》警察署に向かい、事情聴取を受けた。

「砂田の言うとおり、これは罠《わな》ですね。聴取でも主張したんですけど、刑事は『これから捜査します』って言うだけで――こういう時、どうしたらいいんでしょう。弁護士？　だったら室長のお父さんがいい人を知ってるかも。じゃなきゃ、豆田係長に」

喋《しゃべ》りだしたら、一旦落ち着いた胸が騒ぎだした。隣を歩く本橋が言う。

「三雲さん、落ち着いて。阿久津室長のご家族と豆田係長には、私が連絡しました。豆田係長には、砂田の自宅に行ってもらいましたが不在。遺失物第三係の同僚にも確認しましたが、砂田の居所に心当たりはないそうです」

「本庁の職員が逮捕されたんだし、監察係も捜査に関わるんですよね？」

「ええ。ただ私は阿久津室長の元部下だし、遠ざけられる可能性も……発見された遺体は、盾の家メンバーの安野諒という三十六歳の男性でした。三雲さん、面識は？」

「ありません。名前を聞いたのも初めてです」

本橋の冷静で淡々とした声を聞いていたら、みひろの気持ちも鎮まってきた。「そうですか」と本橋が頷いた時、みひろたちはエレベーターホールに着いた。本橋が下りの呼びボタンを押すと、エレベーターのドアが開いた。まず本橋がカゴに乗り、みひろも続こうとしたが足を止め、奥のドアを振り向いた。

「これ以上ここにいても無意味です。週末に入ったし、遺体の検視もこれから。週明けまで大きな動きはないはずなので、明日今後のことを相談しましょう」

そう促され、みひろは「はい」と返してカゴに乗り込んだ。

この話し方。聞いてると落ち着くなと思ったら、室長に似てるんだ。そう感じ、隣に立つ本橋に目を向けるのと同時にドアが閉まり、エレベーターは下降を始めた。

2

翌朝の午前九時。本庁に出勤したみひろは、すぐに異変に気づいた。土曜日だというのに敷地内を行き来する人が多く、とくに本部庁舎から慌ただしく緊迫した空気が伝わってくる。慎の事件のせいかと思い、ならば職場環境改善推進室にも人が集まっているだろうと覚悟して別館の四階に向かった。しかし職場環境改善推進室は無人で、室内を捜索した形跡もなかった。

首を傾《かし》げ、みひろは自分の机に着いた。ノートパソコンの電源を入れようとして、昨日の帰り際、慎に「この週末に人事第一課のファイルサーバーの移行を行うので、パソコンは使用できなくなります」と言われたのを思い出した。ジャケットのポケットからスマホを出し、ネットのニュースサイトで昨夜の事件の記事をチェックする。

一一〇番通報を受けた警察官が雑司ヶ谷霊園に駆けつけたところ、左胸をナイフで刺された安野諒の遺体を発見、脇にいた慎を被疑者として逮捕した。それは昨夜聞いた通りだが、一一〇番通報は現場近くの公衆電話からで、男性の声で「警視庁の阿久津慎が雑司ヶ谷霊園で男性を刺し殺した」と告げて切れたことや、慎が取り調べに対して砂田から届いたメッセージについて話し、無実を主張していることは未発表らしく書かれていなかった。

記事は被害者の身元についても触れていて、それによると安野は八王子市にある盾の家の本部施設で生活していたらしい。テレビのニュース動画を再生すると、本部施設の前で、盾の家の広報担当者の女性が集まったマスコミに応対していた。

女性は、「昨日安野は所用があって外出したが、予定の時間を過ぎても戻らなかった。容疑者との関係は不明だが、盾の家に警察とのトラブルはない。安野は我々の友人であり家族で事件にはショックを受けている」と紙に書かれたコメントを読み上げ、記者やレポーターの問いかけには応えず、男性メンバーたちにガードされて本部施設内に戻った。

本部施設の高い塀と鉄の門は要塞のようで、広報担当の女性と男性メンバーたちは顔に黒く大きなマスクを付けて、服装も黒ずくめ。やっぱりこの人たち、不気味だわ。みひろが改めて認識していると、豆田から電話があった。都内にある慎の実家にもマスコミが集まっているようなので、代わりに慎の着替えを豊島警察署に届けたという。豆田もショックを受けている様子だが、「何かの間違いだよ。気をしっかり持って、室長の帰りを待とう」とみひろに言って、電話を切った。

スマホをしまい、外の様子を覗《のぞ》きに行こうとみひろが立ち上がった矢先、出入口のドアがノックされた。「はい」と返すとドアが開き、本橋が顔を出した。

「遅くなってすみません。バタついていて」

室内を進みながら言い、みひろの前で立ち止まる。昨夜別れ際に、「明日午前九時に職場環境改善推進室で会いましょう」と約束していた。椅子に座り直し、みひろは応えた。

「いえ。何か慌ただしいですよね。室長の事件で動きがあったとか?」

「それが違うんです。この週末、人事第一課のファイルサーバーの移行作業が行われているのは知ってますよね。昨夜遅くに作業が始まって今夜終わるはずだったんですが、外部から攻撃があり、監察係の情報システムに侵入されたそうなんです」

「えっ。それっていわゆるサイバー攻撃? 監察係のファイルなんてマル秘事項ばっかりだし、大変じゃないですか」

驚いて首を突き出したみひろに、本橋は「ええ」と頷いた。今日はチャコールグレーのパンツスーツ姿。一方みひろは休日出勤ということもあり、チュニックワンピースにカーディガン、足元はスニーカーだ。

「阿久津室長の事件で監察係の主要メンバーは出勤していたんですが、サイバー攻撃への対処に追われています。でもそのどさくさで、室長の事件の情報を得やすくなるかも」

そう続け、本橋は慎の机に歩み寄り椅子を引いて座った。その当然と言わんばかりの動きに引っかかるものを覚えつつも、みひろは「ですね」と相づちを打った。

「流れをおさらいしましょう。阿久津室長と三雲さんは遺失物第三係の砂田圭祐の事案を担当し、解決した。そして昨夜、室長は砂田に呼び出され雑司ヶ谷霊園に行ったところ盾の家のメンバーである安野諒の遺体があり、被疑者として逮捕された。その少し前に室長が安野を殺害したという匿名の一一〇番通報があり、三雲さんに砂田から自分の呼び出しは罠だという電話があった……ですよね？」

向かいの本橋はテキパキと語り、問いかけてきた。みひろが「その通りです」と首を縦に振ると、本橋はさらに語った。

「最大の疑問は、砂田と安野のつながりですね。砂田は盾の家のメンバーなんですか？」

「違うと思います。調査資料に載っていなかったし、盾の家って放射能汚染をすごく怖がるんでしょう？　だったら、どんなものが持ち込まれるかわからない遺失物センターでは働かないんじゃないかな」

「確かに。ただ盾の家には、普通の生活を送りながら活動に協力しているメンバーもいるそうです。あとは、盾の家と阿久津室長のレッドリスト計画を巡る騒動で、室長と直接やり取りしたのが安野だと聞いています」

「じゃあ、室長が逮捕されたのは盾の家の復讐《ふくしゅう》？　でも、なんで仲間の安野を。しかも、レッドリスト計画の騒動は去年ですよ。なんでこのタイミングで？」

　最後の問いかけをするなり、みひろは一昨日《おととい》の夕方、遺失物センターからパン店に向かう車中で慎が同じフレーズを口にしたのを思い出した。同時にそれがとても大事なことにも思えたが、どう大事なのかわからず視線を泳がせた。本橋が「どうかしましたか？」と訊いてきたので、「いえ。なんでもないです」と首を横に振った。本橋は続けた。

「確かに不自然ですね。でも私が一番気になるのは、室長の行動です。あれだけ用心深くて頭のいい人が、なぜ砂田の呼び出しに応じたのか。盾の家に恨まれていたのは承知していたでしょうし、深夜の霊園なんていかにもって感じなのに。三雲さん、室長は一昨日妙にノリがよくて『朝から機嫌がいいので』と言っていたと話していましたよね。それと関係があるのかも」

「だけど、昨夜も言った通り、盾の家絡みで機嫌がよくなるのはおかしいですよね。でもまあ、おかしいのはもともとって前提で考えると、上機嫌の理由になりそうなのは……何かわかったとか？　盾の家を撃退するのに使えそうな情報。そう言えば本橋さん、室長が盾の家を担当してる公安の捜査員とコンタクトを取ったって話してませんでしたっけ？」

「話しました。それですよ」

本橋は目を輝かせ、身を乗り出した。みひろも胸に高揚を覚え、大きく頷いた。

3

午後の授業を終え、宇佐美は職員室に戻った。自分の席に着くなり、パソコンの液晶ディスプレイにネットのニュースサイトを表示させた。隅々までチェックしたが、安野諒が殺された事件の新情報はなかった。続いてスマホで電話とメールを確認したが、どちらも着信はない。緊張と不安を抱えたまま、宇佐美は俯《うつむ》いて息をついた。

広い職員室にはスチール製の机がずらりと並び、そこに着いた教師たちがテストの採点をしたり、ブレザーの制服姿の生徒と話したりしている。奥の窓の外には、下校していく生徒たちの姿が見えた。

安野の事件は土曜日の朝、テレビのニュースで知った。すぐに市川と宮鍋に電話をしたが、どちらも出なかった。パニックを起こしかけながらも、「持っているとまずい」と悟り、慎に渡されたスマホの電源を切り、壊した上で自宅から離れたコンビニのゴミ箱に棄《す》てた。そして週が明けた今日、出勤して何とか授業をこなし、休み時間には市川たちに電話をかけ、ニュースをチェックした。

阿久津さんとの連絡用に作ったＬＩＮＥのアカウントも消去したし、送ったメッセージも、俺の身元が割れるような内容じゃない。

心の中で言って騒ぐ胸を落ち着かせ、宇佐美は帰り支度を始めた。

高校を出て駅まで歩き、電車で池袋に向かった。目的地である東口の書店に着いたのは、午後四時過ぎだった。九階建てのビル一棟が全て書店で、フロアには背の高い書棚が等間隔で並んでいる。書棚の脇と奥の壁際には木製の椅子やベンチが置かれ、若者やビジネスマンなどで賑《にぎ》わっていたが、六階の医学書コーナーはがらんとしていた。

宇佐美は書棚から適当な医学書を一冊抜き取り、壁際のベンチに座った。腕時計で待ち合わせの時間まで十分ほどあると確認した時、ジャケットのポケットでスマホが鳴った。

「もしもし」

「市川です」

やや高めの細い声が告げた。小声の早口で、宇佐美は返した。

「何度も電話したんですよ。安野さんの事件をニュースで見ました。どうなってるんですか？　阿久津慎が捕まったそうですけど、本当に——」

「嘆かわしい出来事で本部も混乱していますが、事実です。真相究明については、警察に任せるしかありません。ところで、本部及び公安から連絡はありましたか？」

「ええ。昨日、情報部の我妻部長と公安の捜査員から電話がありました。先日、私と安野さんが本部施設を歩いているのを見たメンバーがいたらしく、我妻部長に事情を訊かれました。正直に『次期代表には市川本部長がふさわしいと考えていて、選挙の打ち合わせに行った』と答えたら、不本意そうでしたが納得していました」

「公安の捜査員は？」

声のトーンを変えず、淡々と質問を重ねる。強い眼差《まなざ》しと、薄く微笑《ほほえ》んだ顔が目に浮かぶようだ。腰を浮かせて周囲を確認し、宇佐美は答えた。

「『会って話そう』と言われ、いま待ち合わせをしているところです」

「では手短に話します。公安の捜査員には、安野と阿久津には去年の騒動を巡って遺恨があったようだと伝えて下さい。偽りのない事実ですから」

「わかりました。次期代表の選挙はどうなるんですか？」

「予定通りに行われます。無論、『奇跡』の計画も続行です。ただし、公安は事件の混乱に乗じて盾の家を潰そうと考えるはずです。動向を探って下さい」

「はい。結果は報告します」

宇佐美は返し、通話を終えた。

阿久津さんが逮捕されて、計画を続ける意味はあるのか？　そもそも、俺一人でやり遂げる自信なんかない。だが、いま逃げ出すと市川を裏切ることになる。そんなことをしたら……。

そう考え、宇佐美がこれまでにない恐怖を覚えた時、人の気配を感じた。いつの間に来たのか、テーブルの脇に男が立っていた。公安の捜査員の国枝忠利《くにえだただとし》で、小柄だが厚みのある筋肉質な体をダークスーツに包んでいる。訊いたことはないが、歳《とし》は宇佐美と同じぐらいだろう。宇佐美は急いでスマホをポケットに戻し、国枝に向き直った。

二十分ほど話し、国枝は立ち去った。阿久津と安野との関係を問われたので市川に言われた通りに答えた。盾の家内部の現況も訊かれたので、「混乱している」と答えた。宇佐美は一瞬、国枝に全てを打ち明けて助けを求めたくなった。だが、そうすれば慎に協力していたことがバレ、制裁を下されるのは間違いない。

逃げ道なしか。自分の置かれた状況を悟り、宇佐美は恐怖を通り越して絶望を感じた。


十分ほど間を空け、宇佐美も医学書のフロアを離れて下りのエスカレーターに乗った。五階に降り、四階に向かうエスカレーターのステップに乗って間もなく、

「宇佐美周平さんですね」

と、後ろで声がした。宇佐美が振り向くより早く、一段後ろのステップに立った女が宇佐美の右の肩越しに、にゅっと顔を突き出してきた。

「警視庁の三雲です。阿久津慎警部の件で、お話があります。四階で降りて下さい」

と囁《ささや》く声が続き、宇佐美は動揺して振り返ろうとした。が、それより早く女は言った。

「三年前、あなたはいわゆる淫行で逮捕されていますね。でも、その事実は勤め先や家族には伏せられたまま。それが公安部の捜査協力者になったきっかけでしょう」

この件を持ち出されては、黙るしかない。宇佐美は四階でエスカレーターを降り、女も続いた。後ろから指示されるまま、フロアの奥にある男性用トイレの脇まで歩いた。がらんとして、人気《ひとけ》はない。「止まって下さい」と言われたので宇佐美が足を止

めると、後ろの女も立ち止まって言った。

「突然すみません。あ〜、緊張した」

その砕けて力の抜けた声に、宇佐美は振り向いた。女は小柄で、ライトグレーのスカートスーツを身につけ、肩に黒革のバッグをかけている。

まだ若い、と言うより子どもみたいだな。驚いて白く小さな顔を見下ろしていると、女は宇佐美に向き直った。

「警視庁人事第一課職場環境改善推進室の三雲といいます。阿久津の部下です」

言いながら、女はジャケットのポケットから警察手帳を出して掲げた。

4

みひろは宇佐美を促し、書店の四階のカフェに入った。コーヒーを注文し、二人で壁際のカウンター席に座ると、みひろは話を始めた。

まず、自分は慎の無実を信じていて、慎の元部下と安野の事件を調べていること、事件前の慎には盾の家を調べていた形跡があり、公安部で盾の家を担当している捜査員を追い始めたこと、すると捜査員はこの書店で宇佐美と会ったので、写真を撮って慎の元部下に送り、警視庁のデータベースで身元照会をしてもらったことを説明した。

宇佐美は落ち着いて話を聞いていたが、その顔には不安と警戒の色が浮かんでいた。みひろは問うた。

「宇佐美さんは、公安のために盾の家を調べているんでしょう？　阿久津室長とも面識があるんじゃないですか？」

宇佐美は無言。返事を拒否するように、前を向いたままコーヒーカップを口に運んだ。みひろもコーヒーを飲み、一拍置いてから改めて言った。

「単純に考えれば、去年の騒動の報復で、盾の家が室長に殺人の罪を被《かぶ》せたってことでしょう。でも、私はそれだけじゃない気がします。宇佐美さん。砂田圭祐という男を知りませんか？」

またもや宇佐美は無言。小さな目は、向かいの白い壁を見たまま動かない。めげずに、みひろはさらに問うた。

「じゃあ、関東山井一家は？　暴力団ですけど、カタギの会社を経営しています。産廃業者のライト総業とか警備会社のみどりセキュリティ、あとコウエイ信販っていう街金《まちきん》も」

「コウエイ信販？」

首を回し、宇佐美がみひろを見た。その目は大きく見開かれている。

「ええ。板橋にあります。ご存じですか？」

返事はなかったが、宇佐美はこちらを見続けている。手応えを覚え、みひろは先を続けた。

「私と室長は警視庁職員のトラブル処理的な仕事をしていて、最近関わったのが砂田圭祐です。砂田のトラブルにはコウエイ信販から送り込まれた男が絡んでいて、その男はいま行方不明です。室長を安野諒の遺体の発見現場に呼び出したのが砂田で、彼も行方不明になっています。つまり安野の事件には、砂田とコウエイ信販が関係しているんです」

身を乗り出して捲《まく》し立てると、宇佐美は「ちょっと待って下さい」と片手を上げた。

「砂田って男は、警察官なんですよね？　じゃあ、事件には警視庁と暴力団、盾の家が関係してるってことですか？」

「ええ。ただの報復じゃなく、もっと悪質で危険な企《たくら》みがあるはずです。早く何とかしないと、大変なことになります」

根拠はないが、確信はある。そう感じ、みひろは宇佐美を見つめた。目を伏せて考え込んだ後、宇佐美はみひろを見返して言った。

「盾の家が後継者争いをしているのは知っていますか？　阿久津さんはそれを利用して盾の家を壊滅させるために計画を立て、僕も手伝っていました。後継者候補の一人に近づき、後継者を決める選挙の日に計画を実行する予定です」

「どんな計画ですか？　もしかして安野の事件は」

　そう言いかけたみひろを、宇佐美が再び片手を上げて遮る。背後を確認し、抑えた声できっぱりと告げた。

「悪いけど、話せないし協力もできません。阿久津さんとは、計画を成功させたら僕を公安からも盾の家からも自由にしてもらう約束でした。でも阿久津さんが捕まって、それもどうなるか。ただし、計画は実行します。そうしないと、僕の身が危なくなるんです」

　到底納得できなかったが、宇佐美は本当に切羽詰まっている様子だ。みひろは「わかりました」と応え、続けた。

「でももし、安野の事件で何かわかったら知らせてくれませんか？　室長の無実を証明するには、裏にある企みを明らかにする必要があります。力を貸して下さい。お願いします」

　みひろは頭を下げたが、宇佐美は黙ったままだ。顔を上げ、みひろはさらに言った。

「室長との約束は、私が果たします。警察官の端くれだし、あの阿久津慎の部下です。去年の騒動も二人で解決しました。信じて下さい」

「あの阿久津慎」と言った時、宇佐美の目がかすかに揺れた気がした。みひろは手応えを覚えたが、宇佐美は「そう言われても」と呟《つぶや》き、空いた席に置いていたバッグを摑《つか》んで立ち上がった。

「私の連絡先です」

手の中にねじ込むようにして、みひろは名刺を渡した。宇佐美は眉をしかめつつも名刺をジャケットのポケットに入れ、足早にカフェを出て行った。

5

しんとした取調室に、ボールペンが紙の上を滑るかすかな音が流れていた。

慎が口を開くと、机の向かい側に着いた若い刑事は手を止めて顔を上げた。

「誤字です」

「『遺体の胸に刺さったナイフの周辺にシミ』とありますが、正しくは『周囲』。加えて、これまでの記述を含め漢字の書き順に著しい誤りがみられますが、供述調書の内容には無関係なので指摘は控えます」

メガネのレンズ越しの視線を、若い刑事が机上のメモに書き連ねた文字に向けて告げる。たちまち若い刑事は短く薄い眉をつり上げ、何か言おうとした。その肩を机の脇に立ったもう一人の刑事がなだめるように叩《たた》き、若い刑事は口をつぐんだ。

「さすがに目敏《めざと》いな。じゃあ遺体を発見した時、すぐに安野諒だと気づいたんだな。

だが現場は暗く、足場も不安定だった。おかしくないか？」

もう一人の刑事が問いかけてきた。こちらは年配で、定年間近か。口調は穏やかだが眼差しは鋭く、まっすぐ慎に向けられている。

「スマホのライトを使い、ケヤキの幹に左手をついて体を支えていました」

慎は年配の刑事を見返し、「左手」をとくに明確に言って答えた。

金曜日の夜に逮捕され、指紋の採取や写真撮影、住所・氏名・職業などの身上調査が行われた。土曜日の朝には検察庁に送致され、日直の検察官の取り調べを受けた。検察官は慎を勾留《こうりゅう》すべきと判断し、裁判所の勾留許可も下りたため、慎はここ、豊島警察署に送り戻された。すぐに取り調べが始まり、今日は月曜日だ。

慎が犯行を否認したため、取り調べでは金曜日の夜の行動と砂田圭祐との関係について繰り返し聞かれた。投げかけられる質問の趣旨は毎回同じなのだが、言葉の選び方を微妙に変えてくる。それに惑わされ、たとえばケヤキの幹についた手を「右手」などと答えれば、刑事たちは一気に攻め込んでくる。事件の捜査本部が設置されたらしく、若い刑事は豊島警察署、年配の方の刑事は本庁捜査第一課の所属だ。腕時計は没収され、取調室に時計はないので時刻はわからないが、背後の窓の明るさからして午後五時ぐらいか。

今度は若い刑事が訊《たず》ねた。

「おかしな点は他にもある。お前は遺体が安野だと気づいた理由として、職務で面識があったと答えているが、一年近く前の話だよな？」

「僕は、一度会った人間の顔は忘れません」

きっぱり返したが、質問の答えははぐらかしている。慎が自分の「引っかけ」に気づいていると察知したのか、若い刑事は軽く慎を睨《にら》んでから隣を見上げた。年配の刑事が頷くのを確認し、若い刑事は改めて慎に向き直った。

「聞き込みの結果、事件の二日前の夜に、お前が自宅近くの路上で安野と言い争っていたという証言を得た。お前が安野を挑発するような様子だったと話す人もいたぞ」

「そうですか」

言い争いの件は突き止められると予想していたが、形勢はさらに不利になった。砂田からの呼び出しメッセージを根拠に無実を主張しているものの、砂田が行方不明のままでは埒《らち》があかない。

恐らくあの言い争いも、仕組まれたものだろう。証拠は、俺に尾行がバレたと知ったとき市川が安野に言った、「よくやった」。砂田の呼び出しに応じたことも含め、迂《う》闊《かつ》だった。しかし、市川と砂田はどう繋《つな》がる？　それが見えない限り、安野の事件と盾の家の繋がりを訴えてもムダだな。だが、言い争いの場には宇佐美もいたと気づかれていない様子なのはチャンスだ。

頭を切り替え、慎は表情を変えずに言った。

「しかし、被疑者が犯行を否認している状態で、そのような証拠を提示するのはいかがなものでしょう。後から、誘導尋問だったと訴えられる可能性がありますよ」

捜査技法の基本を突き付けられ、若い刑事は「お前、自分の立場がわかってるのか？」と声を荒らげ、年配の刑事は顎を上げて笑った。肩をすくめ、慎は前髪を掻《か》き上げた。髪はセットされておらずヒゲも伸びているが、身につけている下着とスウェットの上下は新品だ。差し入れをしてくれた豆田に、感謝しなくてはならない。ちなみに留置場では自殺の恐れがあるため、紐《ひも》やボタンの付いた衣服の差し入れは禁止されている。

ふいに、慎の頭に三雲みひろの白く小さな顔が浮かんだ。今回の事態を受け、職場環境改善推進室がどうなっているかは不明だが、みひろの反応は想像が付く。事実、今朝接見した弁護士から「三雲さんから連絡があり、『室長の無実を証明する。何をしたらいいか指示して欲しい』と言われた」と聞かされた。

三雲の行動力は認めているし、現状を打破するには彼女の力を借りるしかない。だが、それは三雲を危険にさらすことになる。しかも闘うべき敵の全貌を把握できていない。

ノックの音がして、ドアが小さく開いた。年配の刑事がドアに向かい、廊下に立つ誰かと潜めた声で話す。と、年配の刑事は戻って来て若い刑事に何か囁いた。若い刑事は席を立ち、年配の刑事と取調室を出て行った。入れ替わりで入室したのは、ダークスーツをまとった四角い顔の男。本庁人事第一課監察係首席監察官の柳原喜一だ。

意外な人物の登場に慎が驚く中、柳原は机に歩み寄って来た。

「安野の件は、どうでもいい。今回のシステム侵入に、お前は関わっているのか？」

椅子に座るなり固い声で問いかけ、柳原は慎を見た。

「システム侵入？　監察係の、という意味ですか？」

「ああ」

苛立《いらだ》ったように、柳原が頷く。その顔が青白く、目の下に隈《くま》が出来ているのを確認して慎は返した。

「僕が関わっているという根拠は？」

「質問しているのは俺だ！」

そう怒鳴りつけ、柳原は拳で机をどん、と叩いた。慎は動じず、口をつぐむ。沈黙と張り詰めた空気が流れ、柳原は気まずそうに目をそらした。

「根拠は……システム侵入で抜き取られたのが、赤文字リストだからだ」

「赤文字リスト？　侵入は内部からですか？」

「いや、外部だ。ファイルサーバーの交換作業で、セキュリティが脆弱《ぜいじゃく》になった隙を突かれた。複数の海外サーバーを経由しているから、侵入経路を辿《たど》るのは困難だ」

「しかし、なぜ？　警視庁幹部の身上調査票や人事記録など、価値の高いデータは他に山ほどあるはずだ」

腑《ふ》に落ちず胸騒ぎも覚え、自問自答のようになってしまう。こくこくと頷き、柳原は答えた。

「だから、お前が関わっているんじゃないかと思ったんだ。去年レッドリスト計画の騒動が片付いた後も、お前は監察係に戻らなかった。お前の中ではまだ騒動は終わっておらず、赤文字リストにこだわりがあるからだろう」

話し終えると柳原は視線を滑らせ、窺《うかが》うように慎を見た。

この一年、柳原は俺を警戒し、怯《おび》えていたのだろう。騒動を理由にしているが、自信のなさ故だ。与えられたポストと能力の差異を最も理解しているのは、彼自身ということか。

頭に浮かんだことを表には出さず、慎は、

「ノーコメント。ただし、僕は無実です。ファイルサーバーの交換作業が行われたのは、先週の金曜日の深夜でしょう。その時、僕は既に逮捕されていました。共犯者の存在を疑うなら、パソコンやスマホを調べて下さい」

と告げた。すると柳原は息をつき、がっくりとうなだれた。

「だよな……一体、どこのどいつが。処分を受けながらも警視庁に居座り続けてる、はみ出し者のリストだぞ。そんなものを手に入れて、何の得があるんだ」

「確かに」

同意しかけて、ふいに頭の中で複数の記憶がフラッシュバックした。

綾瀬中央署に異動後も退職しなかった川浪樹里を心配するみひろの顔と、「なんで川浪さんだけ退職しなかったんでしょうね」という声。続いて「ああいう立場の人間の寄せ集めなので」「でもこのところ急に勤務態度が改善されて、苦情もぱたっと言わなくなりました」と、眉根を寄せて遺失物第三係の係員について語る長倉センター長と、飯田橋庁舎の駐車場まで付いて来て、何か言いたげに自分を見る砂田圭祐の目……。

胸が騒ぎ立ち上がろうとした慎だったが、椅子に繫がれた腰縄に阻まれる。驚いて柳原が身構える中、慎は「失敬」と告げて椅子に腰を戻した。

「柳原さん。赤文字リストの流出は、外部には漏れていませんね？」

「ああ。知っているのは監察係のメンバーと、本庁の上層部だけだ」

戸惑い気味の柳原の答えを聞き、慎は大きく頷いた。そしてはやる気持ちを抑え、猛スピードで思考を働かせた。

6

「赤文字リストが盗まれた⁉」

　思わず声を上げ、みひろは振り返った。その勢いで摑んでいたカップからコーヒーがこぼれ、床を濡《ぬ》らした。コーヒーは手にもかかり、みひろは「熱っ！」と騒ぐ。すると本橋が慎の席から立ち上がり、「落ち着いて下さい。あと、声が大きいです」と告げて机上のボックスからティッシュを数枚抜き取って近づいて来た。

「くれぐれも内密に。豆田係長にも言わないで下さいね」

　そう指示しながら、本橋はティッシュを一枚みひろに渡し、残りで床のコーヒーを拭った。みひろは「わかりました。すみません」と返し、カップを後ろの棚に置いて手を拭いた。来客用のカップを出し、棚の上のコーヒーサーバーからガラスのポットを取ってコーヒーをカップに注いだ。

「でも本橋さん、金曜日に『去年の騒動のようなことはあり得ません』って言ってましたよね」

「ええ。今回は警視庁内部ではなく、外部からのサーバー攻撃が原因です。今のところ、ロシアのハッカー集団が関わっていると考えられていますが、国内の誰かが依頼したんでしょう」

「誰かって？　赤文字リストをどうするつもりなんですかね。警察の不祥事を暴きたいのかもしれないけど、主立った事案はマスコミに報道されてるし。幹部でもない警察官の不倫やら借金やらの情報が、何の役に立つのか」

首を傾げ、みひろはコーヒーを注いだカップを本橋に差し出した。「ありがとうございます」と言ってカップを受け取り、本橋は席に戻った。みひろもカップを手に自分の席に向かう。

宇佐美と別れ、本庁の職場環境改善推進室に戻った。連絡すると本橋がやって来たので、宇佐美とのやり取りを報告した。時刻は、間もなく午後七時。今朝はみひろが出勤すると慎の机に捜索の痕があり、パソコンがなくなっていた。現れた豆田は、「取りあえず待機してて。お互い、気をしっかり持とう」とみひろに告げ、激励のつもりか、どら焼きを二個手渡した。

湯気の立つコーヒーを一口飲み、本橋は話を続けた。

「監察係も同意見です。なので、さっき柳原首席監察官が阿久津室長に話を聞きに行きました。去年の騒動の件もあるし、何か知っているかもしれないので」

「で？」

どら焼きの包装フィルムを剝がす手を止め、みひろは向かいに首を突き出した。さっき本橋にもどら焼きを勧めたが、「事件が気になって食欲がない」と断られた。確かに本橋はブルーグレーのパンツスーツをきりりと着こなしているが顔色はいまいちで、ヘアメイクも適当だ。

「室長は柳原に、『犯人を突き止め赤文字リストを奪取したければ、僕の指示を三雲みひろ巡査長に伝え、彼女をバックアップして下さい』と言ったそうです。柳原は『犯人に心当たりがあるなら教えろ』と迫ったそうですが、突っぱねられたとか」

「なんだ。室長は元気そうじゃないですか。心配して損した。突っぱねられたっていうのも、お約束のあれでしょう。『僕は、予想や——』」

「『予想や憶測でものを言わない主義なんです』ですね。私もよく言われました」

目を輝かせ、本橋が言う。「やっぱり？」と返したみひろだったが、なぜかイラッとする。しかし気を引き締め、訊ねた。

「室長の指示って？」

「『川浪樹里と遺失物第三係の係員の身辺を洗う』だそうです。もう一つ、『関東山井一家の動向を探る』もありますが、これは危険なので柳原に頼むとか」

「川浪さんを？　なんで？　遺失物第三係も、砂田さん以外の人を調べてどうするんですか？」

訳がわからず問うたが、本橋も首を傾げた。

「さあ。ただ、室長が安野の殺害と赤文字リストの流出が関係してると考えているのは間違いないですね」

「それと、さっきの宇佐美の話。計画って、何をするつもりなんでしょう。室長に聞くのが手っ取り早いけど、すっとぼけられるだろうな」

「計画の内容によっては、さらに立場が悪くなる恐れがありますからね」

本橋が頷き、みひろの頭に慎のしれっとした顔が浮かぶ。またイラッとしかけて、閃《ひらめ》きを覚えた。

「ひょっとして、室長の妙なノリと上機嫌の原因はその計画かも。いま思い出したんですけど、室長が上機嫌になったのは、金曜日の朝に誰かと電話をしてからなんですよ。電話の相手は宇佐美さんで、計画が順調に進んでるとか、すごい情報を得たとか聞いたのかも」

「あり得ますね。でも、それなら急がないと。盾の家の後継者を決める選挙は、明後日《あさって》行われるそうです」

「明後日!? 早く言って下さいよ」

どら焼きを放り出し、みひろは立ち上がった。が、とっくに勤務時間は終わっていると気づき、椅子に座り直した。

時間がない。でも室長なら、「こういう時こそ、落ち着くべきです」って言うはずだわ。そう考えて気持ちを落ち着かせ、みひろは包装フィルムからどら焼きを摑み出し、かぶりついた。

7

翌朝。みひろは一度出勤し、豆田に「歯医者の予約がある」と告げて本庁を出た。綾瀬中央署に着くと、最初に二階の会計課を訪ねた。「職場環境改善推進室の業務で、扱った事案の追跡調査をしている」という口実で川浪の上司と同僚から話を聞いた。結果、川浪の勤務態度は良好で、「訳ありの異動で心配していたが、明るく気さくで安心した」「会計課はもちろん、他の課の職員とも積極的にコミュニケーションを取り、飲み会などにも参加している」そうだ。

その後倉庫に移動し、川浪に会った。川浪は慎の逮捕を知っていて、驚いてはいたものの元気そうで不審な様子もなかった。みひろはさらに話を聞き出そうとしたが、川浪に「三雲さんは今、それどころじゃないでしょう」と疑いの目を向けられてしまった。仕方なく、みひろは川浪と別れて次の目的地に向かった。

警視庁遺失物センターに着いたのは、正午前だった。別館を訪ねると、作業服姿の遺失物第三係の係員たちが忙しそうに働いていた。棚の一つの前に横江すずほの背中を見つけ、声をかけた。

「あら。びっくりした」

振り向くなり、横江はメガネの奥の目を見張った。みひろが挨拶をしている間に塩川晶代と、顔見知りになった数名の係員が集まって来た。

「大騒ぎになっちゃったわね。昨日刑事課の人が来て、阿久津さんと砂田さんのことを訊かれたわよ」

塩川が捲し立て、他の係員たちも「心配してたんだよ」「あんたは大丈夫？」と言った。ここに来るのは四日ぶりだが、既に懐かしく感じられる。みひろは笑顔で頷いて答えた。

「何とかやってます。待機を命じられてるんですけど、じっとしていられなくて来ちゃいました。砂田さんから連絡はありませんか？」

「全然。私たちもメールや電話をしたけど、応答なしよ」

「砂田さんから、行き付けのお店の名前や旅行の思い出を聞いたことはありませんか？　奥さんとお子さんは、今どこにいるんでしたっけ？」

「さあ。無口な人だから」

みひろがさらに問うと、塩川のテンションが下がった。目を伏せ、作業服の襟の乱れを直す。顔見知りになった係員たちは、「仕事に戻らないと」と告げてそそくさと立ち去った。戸惑い、みひろは横江を見た。

「私も知らないわ。それより三雲さんに言われた通りにしたら、トイレが詰まらなくなったの。助かったわ。ありがとう」

塩川とは逆に、横江は饒舌《じょうぜつ》になった。笑顔なのに、頬の辺りが引きつっている。さらに戸惑い、みひろは「よかったです。ところで」と話を戻そうとした。すると今度は塩川が言った。

「天井の蛍光灯も、二本に戻してもらえたのよ。ほら、明るいでしょ？　やっぱりこうでなきゃ」

天井を指して訴え、みひろの背中をばしばしと叩く。

みんな、変。みひろの戸惑いが疑惑に変わった。「安心しました」と調子を合わせてから横江たちを昼食に誘ってみたが、「仕事が残ってる」「お弁当を持って来てるから」と断られた。

これ以上は逆効果と判断し、みひろは挨拶をしてその場を離れた。帰りに遺失物センター長の長倉康之を訪ね、横江たちについて聞いてみた。返事は「砂田さんが行方不明になってからも、騒いだり取り乱したりせずいつも通り」だったが、みひろにはそれが逆に怪しく思えた。

横江さんたちには、何かある。川浪さんにはごまかされたのかも。室長は私に、「何か」を突き止めさせたいんだわ。そう判断し、みひろは飯田橋駅に向かった。

砂田の自宅は、文京区湯島《ゆしま》の古いマンションだった。一階に大家が住んでいたので警察手帳を見せ話を聞いたところ、砂田は家賃の滞納や騒音などのトラブルは皆無で、静かに暮らしていたという。部屋を訪ねる人はなく、旅行などに出かけた様子もなかったそうだ。ここにも刑事が来たらしく、「部屋を調べるんでしょ？」とカギを差し出されたので、つい受け取ってしまった。

階段で二階に上がり、廊下の中ほどにある砂田の部屋のドアを開けた。四畳半ほどのキッチンの奥に八畳の和室という造りで、キッチンの脇のドアはトイレとバスルームだ。

室内の家具や食器などは必要最低限度という感じでテレビもないのに、押し入れには段ボール箱がいっぱい。異動が多いので、いつでも引っ越せるようにしていたのだろう。整理整頓は行き届いていたが、掃き出し窓の外のベランダには洗濯物が干されたまま。先週の金曜日も、砂田はここに帰って来るつもりで出勤したということか。

刑事が来たなら、手がかりになりそうなものは持って行かれちゃってるな。そう思いながら、みひろは和室に立って周囲を見た。ベランダの向こうはすぐ隣のマンションで、ラジオと思《おぼ》しきくぐもった女の声が聞こえてくる。

みひろの目が、掃き出し窓の脇で止まった。壁際に白いカラーボックスが置かれ、本が何冊かと救急箱、卓上掃除機などが収められている。その中の黒いレターケースが気になり、歩み寄ってプラスチック製の引き出しを開けた。

引き出しは三段あり、上段には文房具、中段には商店のメンバーズカードと病院の診察券、健康保険証が入っていた。下段を開けると銀行の預金通帳が見つかり、みひろは取り出して開いた。預金額は七十万円ほどで、公共料金の引き落としなどに使っていたようだ。

ちなみに警視庁の職員は入庁と同時に警視庁職員信用組合に口座を作らされ、給与や諸手当はすべてそこに振り込まれる。警視庁職員信用組合の口座も公共料金やクレジットカード等の支払いに使えるが、職場に経済活動を把握されるのを嫌がり、民間銀行を利用する職員も少なくない。

ページを捲《めく》り確認したが、とくに不審な点はなかった。しかし通帳を閉じようとした矢先、ある文字が目に入った。

印字された取引内容の中に、「振込　コウエイシンパン」とある。振り込まれた金額は二十五万円で、日付は二週間ほど前だ。前のページを見直してみたが、コウエイ信販からの振り込みはなかった。

街金って、振り込みでもお金を借りられるのよね。じゃあ、砂田さんはコウエイ信販に借金してたの？　でもお金に困ってた様子はないし、借金するにしろ、警視庁職員信用組合の方がずっと金利が安いのに。何より、なんでコウエイ信販？　偶然にしちゃ出来すぎ、っていうか、怪しすぎ。

考えを巡らせるにつれ鼓動が速まり、緊張と興奮を覚えた。頭に慎の顔も浮かび、みひろは通帳を閉じ、肩にかけたバッグにしまった。

8

水槽、テーブル、炭酸水。宇佐美は軽自動車のトランクから出した品を確認し、大型の台車に載せた。最後に載せた品を毛布で覆い、台車を押して歩きだした。

本部施設の広い駐車場は八割方埋まり、地方ナンバーの車も目立つ。次期代表を決める選挙は明日だが、安野の事件についての会議が開かれることになり、盾の家の各支部長は前倒しで招集された。

宇佐美は台車を押し、通路を進んだ。行き交う黒ずくめの人たちはいつもより多いが、みんな落ち着いた様子だ。昨日本部から、扇田鏡子名義のメッセージが発表されたからだろう。内容は、安野の事件は国家権力による迫害で到底許されない、この試練に屈せず、新たなるリーダーに従うように、というものだ。扇田鏡子が危篤状態なのは周知の事実で、メッセージも団体幹部の代筆なのは明らかなのだが、ここで暮らす人々は神妙に聞き入り、感極まって泣く人もいたという。

それらしいことを言ってもらえれば、誰でもいいのか。阿久津さんは「カリスマ性」「威光」と言っていたが、ここの連中が求めているのは、何も考えずにいられることなのかもしれない。

ふと思い、宇佐美は虚《むな》しさともどかしさを覚えた。しばらく通路を歩き続け、ある場所を通りかかった。

四日前。ここで俺が市川が「よくやった」と言ってたと伝えたら、安野は嬉《うれ》しそうにしていたな。市川に阿久津さんを殺せと言われれば、殺すとも言っていた。その何時間か後に自分が殺されるなんて、思ってもみなかっただろう。安野は、他の連中とは違う。自分の意志で市川のために何でもすると決めていた。そう思い、宇佐美の頭に四日前の夜の記憶が蘇《よみがえ》った。

本部施設から出て来たセダンの運転席と助手席にはコウエイ信販の社員と思しき男たち、そして後部座席にはもう一人誰かが乗っていた。考えないようにして三雲さんにも黙っていたけど、あれは安野だ。

巻き込まれたくないと感じ、慎に代わって自分が約束を果たすというみひろの申し出も信じられない。それでも渡された名刺を置いてこなかったのは、警察の人間が自分に対して必ず使った「エス」という名称を、みひろは一度も使わなかったからだ。

「遅かったな」

声をかけられ顔を上げると、通路の先に宮鍋が立っていた。斜め後方には、市川の仕事場の平屋が見える。

「すみません。門の前にマスコミが集まっていて」

宇佐美は頭を下げ、台車に載せた品に注意しながら宮鍋に駆け寄った。

宮鍋の後に付いて平屋に入った。一階の隅に台車を止め、毛布を取った。宮鍋はリハーサルで使ったものより二回りほど大きい水槽と大量の炭酸水のボトルを眺め、

「他のものは？」と振り向いた。宇佐美が肩にかけたバッグを開け、中のうがい薬とハイポのボトルなどを見せると、宮鍋は満足したように体を起こした。壁際に積み上げられた段ボール箱の一つを持って来て、封を開ける。中には、二リットルのペットボトル入りの斎戒《さいかい》の水が詰まっている。明日は市川の演説の前に「身を清めて欲しい」と言い、場内のメンバーたちに幻覚剤入りの斎戒の水を飲ませる段取りだ。

「いいですね。では、これから薬物を仕込みます」

そう言って眼差しで促すと、宮鍋は「待ってろ」と告げて階段を降りて行った。

十分ほどして階段を上がって来たのは、宮鍋ではなく市川だった。ペットボトルの

キャップを開ける手を止め、立ち上がって頭を下げる宇佐美に市川は、

「続けて下さい」

と告げた。黒いつなぎ姿でノーマスク、いつも通り薄く微笑んでいる。宇佐美は言った。

「公安の捜査員と会いました。市川さんがおっしゃったとおり、連中は安野さんの事件を機に盾の家を攻撃しようと考えていますが、阿久津の件があるので動けないようです」

「わかりました。阿久津は犯行を否認しているそうですが、動機は十分です。私は数カ月前から、安野に阿久津を監視させていました。しかし安野は阿久津に強い恨みを抱いていて、監視時に撮影した写真を無断で阿久津に送ったのです」

「無断で？　本当ですか？」

思わず問うと、市川は「ええ。なぜですか？」と問い返した。

恨みがあったとしても、安野が市川を裏切るだろうか。強い違和感を覚えた宇佐美だったが、「いいえ。とんでもない話ですね」と答えた。頷き、市川は言った。

「そのうえ四日前に本部施設を抜け出し、阿久津と会った。決着を付けようとして、返り討ちに遭ったのでしょう。リハーサルの夜、安野くんは監視中に阿久津と口論になった。目撃者がいて警察に証言したそうなので、阿久津も言い逃れできませんね」

嬉しそうに語り、最後にふふふと笑った。宇佐美は背筋がぞっとして、鳥肌が立つのを感じた。すると市川はつなぎのポケットに手を入れ、ジップバッグを取り出した。中身は大量の白い錠剤だ。

「前置きが長くなりました。ご所望の薬物です」

「ありがとうございます」

一礼し、宇佐美はジップバッグを受け取った。「準備が終わったら連絡します」と告げ、作業を再開する。身を翻し、市川はその場を離れた。

この幻覚剤を用意したのは、コウエイ信販の男たちなのか？　だとしたら、背後には関東山井一家がいる。暴力団なんかと組んで、何をするつもりだ？

胸の中で問いかけた宇佐美の耳に、階段を降りて行く市川の足音が聞こえた。

準備を終えたのは、午後十時過ぎだった。市川、宮鍋に確認してもらい、明日の段取りを話し合って平屋を出た。通路を歩き、敷地の中央にある洋館風の大きな建物に入った。

本部棟で、ここがゴルフ場だった頃はクラブハウスだったという。地下一階に盾の家の本部、一階と二階に会議室と講堂、食堂などが入っている。宿泊施設もあり、市川の取り計らいで、今夜宇佐美はそこに泊まる。

受付でカギをもらい、二階の部屋に向かった。ベッドに荷物を置き、窓から外を窺った。

外灯に照らされた通路と、大小の建物のシルエットが見えた。早寝早起きが推奨されているため、明かりが点っている窓はわずかだ。通路に人影はなく、宿泊施設もしんとしている。

ドアを開け、宇佐美は部屋を出た。前後を気にしながら足音を忍ばせ、両側にドアが並んだ廊下を進んだ。しばらくして、前方に両開きの木製のドアが見えた。ドアの脇の壁には「講堂」と書かれたプレートが取り付けられ、扇田鏡子の大きな写真が飾られている。

ドアに歩み寄ってバーを摑むと、施錠されていなかった。周囲を見回したが、静まりかえって人気もない。

講堂は広く、奥に置かれた演台の上の照明だけが点されていた。演台の向かいには、会議用の椅子が百脚ほど並べられている。

宇佐美は隅の通路を進み、演台の脇に行った。薄暗いなか目をこらし、スマホのライトも使って明日テーブルと水槽を置く場所や電源、演台と椅子の距離などをチェックした。

満足してドアに向かおうとした時、外の廊下を誰かが近づいて来る気配があった。

勝手に体が動き、宇佐美は演台の裏側に隠れた。

木の板に囲まれた狭く暗いスペースで息を潜めていると、誰かが講堂に入って来た。話し声からして二人、どちらも男のようだ。隠れず、適当な言い訳でごまかせばよかったと宇佐美が後悔しているうちに話し声は接近し、それが市川と宮鍋のものだと気づいた。

なんだ。市川たちも下見に来たのか。ほっとして、宇佐美は演台の裏側から出ようとした。その矢先、

「——金なら心配ないと、彼らに伝えなさい。選挙で勝てば、金庫を開けられる」

という市川の声が耳に入り、動きを止めた。

「わかりました。しかし、明日の取引に市川さん自ら出向くというのは。連中は主導権を握ろうとしていますよ」

今度は宮鍋が言う。

金と取引という言葉が気になり、宇佐美は背中を丸め膝を抱えるという格好のまま耳を澄ませた。市川と宮鍋は演台の前に立ち、室内を見回しながら話しているようだ。

「組長の門馬も来ると言っているし、ここで顔を合わせておくのもいいでしょう。彼らが安野というオプションを引き受けてくれたお陰で、阿久津を始末できたのですから」

市川がさらに言う。それを聞いて宇佐美の鼓動は速まり、全身が緊張した。

組長って、関東山井一家のか？　オプションってなんだ？　まさか、市川が安野を――。パニック寸前の宇佐美の耳に続いて、

「確かに。我々がリストを使えば、阿久津は必ず嗅ぎつけて阻止しようとしたでしょう」

という宮鍋の声も届いたが、意味を推測する余裕はない。

「リストを入手したら、すぐにターゲットを選んで接近します」

「承知しました。宇佐美を使い、公安経由でターゲットの情報を得る方法もありますね」

「まずは、明日の選挙です。そろそろ戻って休みましょう」

市川が会話を締め、二人は歩きだした。

二人の気配が完全に消えるのを待って、宇佐美は演台の裏側から出た。もつれる足で通路を戻り廊下に出た。頭は混乱したままだが、気持ちは焦る。部屋まで戻る余裕はなく、廊下の奥まった場所まで行ってポケットを探り、スマホとシワの寄った名刺を取り出した。

9

みひろは身を乗り出し、長机の向かいを見つめた。そこには柳原がいて、手にした通帳に目を落としている。ページを遡り内容を見直してから、柳原は顔を上げて言った。

「確かに砂田は、コウエイ信販から金を借りたようだな。だが、逃走のための資金だろう」

「そんな。私と室長が担当した事案に、砂田さんとコウエイ信販から送り込まれた男が関係してたって聞いてますよね？」

問いかけながら、みひろは柳原の隣に座った本橋に目を向けた。本橋が「ちゃんと伝えた」と意思表示するように頷いたので、みひろはさらに言った。

「これ、絶対偶然じゃありませんよ。逃走資金に、二十五万円なんて半端な額を借りるのも変だし。それに砂田さんは私に室長を呼び出したのは自分で罠だ、ってはっきり言ったんですよ。あとは宇佐美周平さん。昨日私がコウエイ信販の名前を出した時、黙ってたけど何か知ってる様子でした。公安の協力者なんですよね。だったら」

「おい！」

尖《とが》った声と眼差しで、柳原が話を遮った。本橋も「声が大きいって、いつも言ってますよね」とみひろをたしなめ、ドアを振り返った。

砂田のマンションから本庁に戻ったみひろは、本橋に聞き込みの結果を報告した。本橋は「上司に報告する」と砂田の預金通帳を渡すように求めたが、みひろは「自分で報告する」と拒否した。去年の騒動もあって、監察係は信用できない。

本橋は監察係に戻り、しばらくすると「柳原が会うそうです。でも、何時になるかわかりませんよ」と連絡があった。やる気満々で「待ちます」と応えたみひろだったが、その後延々待たされた。さっきようやく本橋から電話があり、本部庁舎十一階の監察係に行くとこの会議室に通された。現れた柳原に通帳を渡して聞き込みの結果を話し、時刻は既に午後十一時近い。

「すみません」

頭を下げ、みひろは声のトーンを落として話を続けた。

「室長は宇佐美さんと、盾の家を壊滅させる計画を進めていました。盾の家は明日、次期代表を決める選挙を行うんですよね？　室長の計画と同じように、安野の事件も、その選挙に繋がる気がします。今日も室長に会いに行ったんでしょう？　計画の内容は聞きましたか？」

柳原は無言。横を向き、指先で机上の通帳を弄んでいる。構わず、みひろはさらに訊ねた。

「関東山井一家の動きはどうですか？　組織犯罪対策部《ソタイ》に協力をあおいだと聞きました」

しかし、柳原の返事はない。腹が立ち、みひろは舌打ちの代わりに鼻から息を吐いた。

窓際部署の巡査長風情《ふぜい》に話せるか、ってこと？　室長に、私をバックアップするように言われてるはずなのに。こういう隠蔽《いんぺい》体質こそが、二度も赤文字リストを盗まれるなんて間抜けな事態の元凶なんじゃないの？

「なんだと？」

ぎょっとして顔を上げると、柳原がみひろを睨んでいた。まずい。自分のやったことを悟り、みひろは立ち上がって頭を下げた。

「申し訳ありません！　説明させて下さい。私には、頭に浮かんだことを知らないうちに口に出すクセがあるんです。室長にも常々直すように言われていて」

必死に訴えつつも、「ひょっとして、逆効果？」と胸によぎる。柳原はみひろを睨み続け、本橋は慌てた様子で柳原とみひろの顔を交互に見ている。

と、ジャケットのポケットの中でスマホが振動した。とっさに取り出して確認した画面には、知らない電話番号が表示されていた。

「すみません。緊急かもしれないので、出ます」

そう断り、助かったと思いながら通話ボタンをタップしてスマホを耳に当てた。

「三雲です」

「宇佐美です。いま本部にいるんですけど、ヤバい話を聞いちゃって。全部昨日三雲さんと話した通りでした」

切羽詰まった声で、宇佐美は捲し立て始めた。

「宇佐美さん、落ち着いて。本部って、盾の家の本部施設ですか？」

みひろが問い、それに反応して柳原と本橋が立ち上がって近づいて来る。頷く気配があり、宇佐美は答えた。

「そうです。安野を殺したのは、市川です。直接手を下したのは、コウエイ信販の二人ですけど。僕、金曜の夜に見たんです」

「わかりました。では、市川というのは誰でしょう？　金曜の夜に何を見たんですか？」

一旦相手の話を受け止め、整理しつつ質問する。警視庁に入庁する前、通販会社のカスタマーセンターのオペレーターをしていた頃に学んだ方法だ。みひろの横では、柳原と本橋が耳をそばだてている。少し声のトーンを落ち着かせ、宇佐美は言った。

「市川は盾の家の幹部で、後継者候補です。市川はコウエイ信販の社員と付き合いがあって、安野が社員の車に乗ってここを出るのを見ました……いや、違う。安野が乗ってるところは見てないか」

大筋は摑んだけど、細部は曖昧ってことか。素早く判断し、みひろは話を続けた。

「了解です。昨日私と話した通りというのは？」

「市川は明日、選挙の後、関東山井一家と取引をします。砂田って警察官も、その取引に嚙《か》んでるのかも」

「何を取引するのか聞きましたか？」

「聞いたはずですけど、慌てちゃって。リストがどうのって言ってたような」

「リスト⁉」

みひろと本橋が同時に声を上げ、柳原は「落ち着け」と言うように手のひらを上下させた。目が合うと柳原は顎を動かし、話の先を促してきた。頷き、みひろはスマホを構え直した。

「リストの名前は？　赤文字リストと言っていませんでしたか？」

「わかりません」

宇佐美はきっぱりと答えた。柳原が小さく息をつき、みひろは次の質問に移ろうとした。すると宇佐美は、「ああでも」と呟いた。

「リストを利用とか、ターゲットに接近とか話してたのは覚えてます。それと」

ふいに声が途切れ、激しくせわしない衣擦《きぬず》れのような音が聞こえた。驚き、みひろは問いかけた。

「宇佐美さん⁉　どうしました？」

返事はなく、電話はぶつりと切れた。

10

呼び出し音が鳴り始めてすぐ、電話は留守番メッセージに切り替わった。本橋はスマホを下ろし、通話終了ボタンをタップした。

「三雲みひろか？」

隣に立つ柳原が訊ねた。本橋はスマホをジャケットのポケットにしまい、答えた。

「はい。朝からかけ続けてメッセージも送っていますが、応答なしです」

「放っておけ。口は達者だが、何もできやしない」

不愉快そうに、柳原は言い放った。昨夜のみひろの「クセ」を根に持っているのだろう。ここは豊島警察署の四階の廊下で、時刻は午前八時過ぎだ。

「わかりました」

そう返した本橋だったが、正反対のことを考えていた。

柳原さんは、三雲さんをわかってない。去年の騒動の中心人物は阿久津室長だけど、主導権を握っていたのは三雲さんだわ。阿久津室長ひとりなら、あんな幕切れにはならなかったはずだもの。

みひろと知り合って、一年とちょっと。会って話したり、遠くから観察したりしてきたが、基本的にやる気がなく、向上心も低い。一方正義感は強く、出世欲がないから言いたいことを言える。本橋の周りにはいないタイプで、慎もそのあたりを呆《あき》れつつも新鮮に感じているのではと推測するが、納得はできない。

と、廊下の向かい側のドアが開いた。出て来たのは、本庁捜査第一課と豊島署刑事課の刑事だ。

「お待たせしました」

豊島署の刑事がこちらに頭を下げる。本橋と柳原が会釈を返すと、本庁の刑事が言った。

「連日お疲れ様ですけど、何か摑んだらこっちにも教えて下さいよ。動機と目撃証言はあるが、凶器のナイフから阿久津の指紋は検出されなかった。状況は阿久津には不利だが、見通しだし、のらりくらりとかわされてるうちに十日間の勾留期間が終わりそうだ」

眉間にシワを寄せ、苦笑している。再度会釈した柳原だったが、無言だ。のらりくらりとかわされるどころか、慎の指示に従い捜査をしているなどとは答えられない。

このところまともに寝ていないのか、柳原の四角い顔は青ざめていた。

二人の刑事が歩き去り、柳原はドアを指して言った。

「本橋。お前が行け」

驚き、隣を見上げた本橋に柳原はこう続けた。

「阿久津の計画が何なのか、聞き出すんだ」

色仕掛けをしろってこと？　三雲さんだけじゃなく、直属の部下だった阿久津さんのことまでわかっていないの？

腹立たしく呆れもしたが、チャンスだ。本橋は「はい」と頷き、ドアに歩み寄った。

「急げよ」という柳原の声を聞きながらドアを開け、取調室に入った。

「おはようございます」

室内を進みながら挨拶すると、机に着いた慎が本橋を見た。

「あなたでしたか。おはようございます」

そう返し、口の端を上げて微笑む姿に、本橋の胸は高鳴る。しかし、凛々《りり》しくダークスーツを着こなしていた慎がスウェットの上下を身につけ、腰縄で椅子に繋がれているのはショックだった。それでもポーカーフェイスを貫き、本橋は床にバッグを下ろして慎の向かいに座った。

「まずこれを。三雲さんから阿久津室長への差し入れだそうです」

本橋は告げ、バッグから出した本を慎の前に置いた。タイトルは『東京のパン　ベスト50』。本を手に取り、慎は「ありがとう」と言った。

「三雲さんと話したいですよね。でも、許可が下りなくて。すみません」

「謝罪には及びません。それに、部下としてはあなたの方がはるかに優秀です」

顔を上げ、慎はまた微笑んだ。本橋も笑顔になって「光栄です」と返した。

本当は、体調や睡眠は取れているかなどを訊きたい。しかし慎は、監察官として来た自分にそんなものは求めていないだろう。そう判断し、本橋はみひろの聞き込みの結果を伝え、コウエイ信販から砂田に金が振り込まれていたことと、宇佐美から電話があったことも話した。

「電話は途中で切れ、三雲さんがかけ直しても通じませんでした。スマホの電源を切ったらしく、位置情報も取得できません。三雲さんは宇佐美の捜索を求めましたが、柳原首席監察官は却下しました。現時点では事件性は薄く、盾の家を刺激すると、安野の事件の捜査に支障を来す恐れがあるからです」

本橋が話を終えると、慎は言った。

「正しい判断です。で、三雲はどうしました?」

「不本意そうでしたが、帰宅しました。今朝は出勤せず、連絡もつきません」

「でしょうね」

ため息とともに返し、慎は前髪を掻き上げた。心の底から呆れ、うんざりもしているようだが、その反応に本橋は軽い嫉妬を覚えた。

咳払《せきばら》いをして気持ちを切り替え、本橋は本題を切り出した。

「室長。宇佐美と進めていた計画を教えて下さい。時間がありません」

「と言うと？」

予想通りの切り返しだったので、本橋は説明を始めた。

「電話が切れる前、宇佐美は安野を殺害したのはコウエイ信販の社員で、指示を出したのは盾の家幹部の市川だと言いました。そして今日、後継者選びの選挙の後、市川は関東山井一家と取引をするそうです」

「取引の材料は？」

「『リスト』と聞こえたそうですが、赤文字リストかどうかは不明です。他にも『リストを利用』『ターゲットに接近』などの言葉を聞いたとか」

本橋が話し終えると、慎は横を向いた。切れ長の目は輝き、猛スピードで頭を回転させているのがわかる。慎のこの表情を見るのは久しぶりで、本橋は見入った。

「なんでこのタイミング？」

ぼそりと、慎が言った。本橋が「はい？」と訊き返すと、慎はにやりと笑った。ほんの一瞬だったが、その笑顔の冷たさに本橋はたじろぐ。と、真顔に戻った慎は言った。

「公安部の国枝忠利警部補を呼んで下さい」

「国枝さん？　盾の家の担当捜査員ですよね。なんで」

「国枝には、僕が盾の家を壊滅させる方法を教えると言っていると伝えて下さい。ただし僕を現場、つまり盾の家の本部施設に連れて行くのが条件です」

「無理です。室長は殺人容疑で逮捕されたんですよ？」

信じられない気持ちで問いかけたが、慎は顎を上げ、右手の中指でメガネのブリッジを押し上げて返した。

「外で待っている柳原さんにも、『赤文字リストを取り返したくありませんか？』と伝えて下さい。『ご自身のポストに説得力を持たせる、最初で最後のチャンスですよ』とも」

11

同じ頃、宇佐美は暗闇の中にいた。手首と足首を粘着テープでぐるぐる巻きにされ、横たわっている。固く冷たいコンクリートの床の感触で、市川の仕事場にいると推測できた。

腹の減り具合からして、朝になっているはずだ。そう思い、宇佐美は首を持ち上げて周囲に目をこらした。しかし真っ暗で、出入口がどちらかもわからない。

昨夜はみひろと電話中、いきなり後ろから首を絞められ気を失った。目が覚めるとここにいて、粘着テープを剝がそうとしたり、助けを呼んだりしたが無駄だった。

三雲さんは、俺が襲われたとわかったはずだ。ならなんで、助けが来ない？　宇佐美の頭に疑問が湧き、慎の「彼らにとってエスは捨て駒ですから」という言葉と、みひろの「室長との約束は、私が果たします」という言葉が蘇った。動揺し、宇佐美はじっとしていられなくなる。と、がちゃがちゃと音がして背後でドアが開いた。はっとして振り向いたが、点された部屋の明かりが眩《まぶ》しく、目を閉じてしまう。

「お目覚めですか」

声がして、複数の足音が近づいて来た。眩しさを堪え、宇佐美は顔を上げた。

自分を取り囲むようにして、市川と宮鍋、数名の部下が立っている。室内はがらんとして、男たちの脚の向こうに灰色の壁が見えた。

「あなたには期待していただけに、残念です。生前、安野はあなたを『信用できない』『何か企んでいるのでは』と言い続けていましたが、異物同士鼻が利いたのでしょうか」

宇佐美を見下ろし、市川が言った。薄く微笑み、口調は穏やかだ。一方宮鍋と部下たちは、怒りに満ちた目でこちらを見ている。宇佐美は口を開こうとしたが、市川はさらに言った。

「昨夜の電話の相手は、三雲みひろでしょう。警視庁の職員で、阿久津の部下です」

「違います。公安の捜査員に、ニセの情報を」

と、宮鍋がこちらに手を突き出した。指先に、みひろの名刺をつまんでいる。

「上着のポケットに入っていたぞ。お前が阿久津のイヌだったとはな。市川さんに近づいたのは、阿久津の命令だろう？　奴が逮捕されて、三雲が引き継いだ」

「誤解です！　三雲とは会いましたが、逆に利用してやろうと思ったんです。ちゃんと話すつもりでした」

「黙れ！　この裏切り者」

部下の一人が怒鳴り、宇佐美に摑みかかろうとした。市川が片手を上げ、それを止める。

「彼には、まだやってもらわなくてはならないことがあります」

だが宇佐美は、緊張と混乱で言葉の意味を理解できない。すると市川はふう、と息をついて片手をこめかみに当てた。五日前、安野に対して取ったのと同じポーズだ。

「『奇跡』です。不本意ながら、あれはあなたにしかできない。やり遂げてもらいますよ」

宇佐美の目を覗き、強い口調で告げる。宮鍋が言った。

「しかし、あれは阿久津の罠ですよ。演説では別の手を」

「そんな時間はないし、私は必ず選挙に勝たなくてはならない。それに、罠なら罠で構いません。どんな事態になるにせよ、全て阿久津の謀略です。我々は被害者だと主張すればいいし、警視庁の宗教的迫害を糾弾するチャンスです」

淡々としながらも自信に満ちた口調で、市川は語った。すると宮鍋は、

「なるほど。安野の事件も謀略の一部だと主張できますね」

と同調し、他の部下たちも感心したように頷いた。

「問題は宇佐美さんですが、無事に取引を終えたらコウエイ信販に引き渡しましょう。オプションを一つ付けるのも二つ付けるのも、大差はありませんから」

そう語り、市川は話を締めた。疑問や異議を唱える者はいない。強い恐怖を感じ、宇佐美の全身が強《こわ》ばった。それに気づいたのか、市川は宇佐美に視線を戻した。

「『奇跡』の発案者は阿久津でしょう？　考えてみれば、あなたの能力には見合わないプランだ。阿久津に称賛を伝えたいところですが、残念ながらその機会はなさそうです」

市川は最後にふふふ、と笑った。目を細め口元もほころばせたが、黒々とした瞳は作り物のようで、何の感情も伝わってこない。

市川は、本物の悪人だ。宇佐美は悟り、強ばった体に鳥肌が立った。

12

通りの先に、テレビのニュースで見たコンクリートの塀が見えてきた。みひろは少し手前でタクシーを降り、歩いて盾の家の本部施設に向かった。

正面に門があり、灰色の鉄板の引き戸が閉ざされていた。その両脇にはニュースで見た時より数は減っているが、記者やカメラマンの姿があった。みひろが門の前を通ると、何人かの記者たちが振り返った。林の中だが最寄り駅からタクシーで十分ほどで、近くには公園やキャンプ場もあるので野次馬と思われたのだろう。

そのまま塀沿いに歩道を進んだ。元ゴルフ場と聞いてはいたものの本部施設の敷地は想像以上に広く、すぐに顔と首筋に汗が滲《にじ》んだ。梅雨まっただ中で、曇天で気温は低いのに湿度が高い。

昨夜は宇佐美の捜索を求めたが、柳原に却下された。一夜明けても宇佐美と連絡は取れず、心配で豆田に「休みます」とだけメッセージを送ってここに来た。

宇佐美さんは、後継者を決める選挙の日に計画を実行するって話してた。もしそれが盾の家にバレたなら選挙は中止になるはずだけど、本部施設の門からは誰も出て来ない。選挙は予定通り行われて、計画は続行。宇佐美さんも無事ってこと？

祈るような気持ちで、みひろは足を止めて傍らにそびえる塀を見上げた。高さは二メートル以上あり、その奥には葉を茂らせた木立が見える。腕時計を見ると午前九時過ぎ、選挙は始まっているはずだ。塀から離れて木立に目をこらし、耳も澄ませてみたが中の様子はわからなかった。

その後も三十分ほど歩き、敷地内に入れる隙間や穴などを捜したが見つからない。暑さもあって諦め、みひろは通りの向こう側に渡った。雑木林が広がっていて、中は日陰でひんやりしていた。

バッグからペットボトルのミネラルウォーターを出して飲んだら落ち着いてきた。みひろはスマホを確認した。豆田と本橋から着信があり、メッセージも届いていたが無視してニュースとSNSをチェックした。安野の事件にも盾の家にも、動きはないようだ。次の手を探り、みひろは昨夜の電話、一昨日書店のカフェで交わした会話と宇佐美の記憶を遡った。

宇佐美さんは、絶対コウエイ信販を知ってる。

一番気になる点が頭に浮上した。すると「砂田って警察官も、その取引に嚙んでるのかも」という宇佐美の電話の声も蘇った。

砂田さんは室長を罠にかけておきながら、それを私に報《しら》せてきた。自分の行いを後悔してるのかも。だったら、今もこっちの様子を気にしてるはずだわ。

閃くなり胸がはやり、みひろはスマホを持ち上げた。ショートメッセージのアプリを立ち上げ、砂田の電話番号を呼び出した。それからメッセージを入力する枠に、逮捕後の慎の状況、湯島のマンションで見つけた通帳、慎と宇佐美、盾の家の関係、そして後継者選びの選挙について書き込み、最後に自分の気持ちと「いま私は、八王子にある盾の家の本部施設前にいます」と付け加えて砂田に送った。

文字制限があるので何度も送ることになったが、しばらく見守っていてもメッセージに既読マークは付かず、返信もなかった。居場所がバレるので、砂田は当然スマホの電源を切っているだろうし、既にスマホを棄ててしまっている可能性も高い。それでもみひろは自分の閃きを信じ、スマホの画面を見つめ続けた。

13

車の列は、雑木林の中で停まった。先頭は白いセダンで、慎はその後部座席に乗っていた。

「着いたぞ」

隣に座った男が告げた。本庁公安部公安総務課第四公安捜査係の国枝忠利警部補だ。

「ええ」

フロントガラスの向こうに目をやり、慎は応えた。何度か来ているので、ここが盾の家本部施設の五百メートルほど手前だとわかる。

「さっさと計画とやらを話せ。時間稼ぎのでっち上げだったら、タダじゃおかないからな」

車内と後ろの車に視線を走らせながら言い、国枝は慎を睨んだ。セダンの運転席には本橋、助手席には柳原が座り、後ろの車には公安部の捜査員と監察係の監察官が分乗している。その全員がスーツを着ている中、慎だけがスウェットの上下にスニーカー、手首には手錠という格好だ。

豊島署の取調室で慎が言ったことを、本橋は柳原に伝えた。柳原は「知っていることを今ここで話せ」と迫ったが、慎は拒否。切羽詰まった柳原は国枝に連絡し、安野殺害事件の捜査本部の責任者にも会い、事情を説明した。そして「全責任は自分が取る」と宣言して慎を外に連れ出す許可を得て、公安部の捜査員、自分の部下とともに八王子に急行した。

「どのみち国枝さんたちは、ここに来る予定だったでしょう。今日の選挙は知っていたはずですから」

慎にしれっと切り返され、国枝の顔がさらに険しくなる。本橋がルームミラー越しに落ち着かない様子で慎たちを窺い、柳原は振り返って言い含めるように告げた。

「出された条件は呑《の》んだ。次はお前の番だぞ」

「確かに」と頷き、慎は話を始めた。

「選挙は午前九時より本部施設内の講堂で行われ、候補者二名とその関係者、各支部長、本部役員、手伝いのメンバーなど約百名が出席します。扇田ふみの挨拶に始まり、事務長、選挙管理委員長による選挙の趣旨と投票方法の説明、その後候補者の演説となっており——恐らく今は、扇田ふみが演説しているでしょう」

「そんなことは知っている。お前の計画を説明しろ」

国枝が噛みつくように慎を遮り、柳原は「赤文字リストを取り返す方法もだ」と付け加えた。二人が苛立って余裕を失うほどに、慎は落ち着き、頭も冴《さ》えていく。「失礼しました」と返し、慎は改めて口を開いた。

「市川秀人は、演説時に『自分には霊力が備わっている。その証拠に奇跡を起こす』と言い、水槽の汚水を透明にします。還元反応《かんげんはんのう》を利用した化学トリックなのですが、支部長やふみたちは事前に薬物入りの斎戒の水を飲まされるので、本物の奇跡だと思い込むはずです。結果、支部長たちは市川に投票するという算段で、市川たちはこれを『奇跡』と称しています」

「薬物って何だ?」

国枝が訊ね、慎は即答した。

「シロシビン系の幻覚剤。市川がコウエイ信販の社員経由で、関東山井一家から入手したものです」

一瞬黙り込んでから、国枝はさらに訊ねた。

「じゃあ今、シロシビン入りの水が講堂にあると言うのか？　証拠は？」

「宇佐美周平が、GARAGEというクラウドストレージに『奇跡』のリハーサルの動画を保存しています。パスワードは彼の生年月日です」

「……待ってろ」

そう返し、国枝はセダンを降りた。小走りで後ろの車に駆け寄って行く。部下に命じてクラウドストレージの映像を確認するのだろう。すると、柳原が言った。

「監察係のサーバーを攻撃し、赤文字リストを抜き取ったのも市川たちなのか？」

「その質問への返答は、保留させて下さい。心中お察ししますが、僕は予想や憶測でものを言わない主義なので」

「おい！　人をバカにするのもいい加減にしろよ」

柳原はキレ、助手席から身を乗り出して摑みかかってきた。慎は身をよじってそれを避け、本橋は「柳原さん、落ち着いて」と止めに入った。しかし柳原の怒りは収まらず、車内のどたばたは、しばらく続いた。すると本橋は、

「室長！」

と大きな声で慎を呼んだ。驚いて柳原が動きを止め、本橋は言った。

「市川の『奇跡』が、室長の計画ですか？　シロシビンが違法薬物だと知った上で、市川たちに使わせるように仕向けたんですか？　だとしたら」

最後のワンフレーズで急にトーンダウンし、本橋は口をつぐんだ。大きな目は不審と不安に揺れている。

鋭いな。俺が育てた部下だけある。心の中で呟き、慎は本橋を見て返した。

「僕は、市川秀人がこれから行おうとしていることを説明しただけです」

質問の答えにはなっていないが、事実だ。本橋は呆気《あっけ》に取られたように黙り、代わりに柳原が何か言おうとした。ちょうどその時、国枝がセダンに戻って来た。

「映像を確認したぞ」

「結構。では、直ちに行動して下さい」

「本部施設を強制捜査しろというのか？　だが、あれだけで」

「映像には、市川の側近の宮鍋安弘と安野諒が映っていたでしょう？　加えて、講堂では今まさに違法薬物が使用されようとしているんですよ。緊急性は十分で、令状なしの捜査が認められる事案です」

確信とともに断言し、慎は手錠で繋がれた手を上げて前髪を掻き上げた。それでも

国枝は固まったままなので、

「行け！　みすみす見逃すつもりか」

と警部として命じた。国枝は弾《はじ》かれたようにセダンを飛び出し、後ろの車に駆けて行った。

14

扇田ふみが話を終えると、場内から大きな拍手が湧いた。一礼し、ふみは自信に満ちた顔で演台を離れた。歳は四十代前半で、母親とは違い小太りで顔立ちも平凡だ。

拍手が止《や》むのを待ち、年配の男が演台に立った。司会者で盾の家の事務長・山屋《やまや》だ。

「扇田ふみ候補でした。続きまして、市川秀人候補。演説をお願いします」

厳粛な表情で言い、演台の傍らの椅子を指す。手前の一脚から市川が立ち上がり、奥の一脚にふみが座った。それを向かいに並んだ椅子に着いたメンバーたちが見守る。

盾の家の各支部長と幹部たちで、性別も年齢もまちまちだ。全員黒いつなぎまたはワンピース姿だが、本部棟の中は放射能が遮断されている体裁なのでフードはかぶらず、マスクも装着していない。椅子の周りの通路には、選挙管理委員会のメンバーたちの姿もあった。

市川が演台に着くと、宮鍋が大きく手を叩いた。並んだ椅子の脇の通路に、他の市川の部下たちと立っている。部下たちも手を叩き、一緒にいる宇佐美も倣った。椅子に着いたメンバーからも拍手は起きたが、さっきふみが演台に着いた時より明らかに少なかった。

宇佐美の前に市川たちが現れたのが、一時間ほど前。あの後市川たちは宇佐美の拘束を解いて黒いつなぎに着替えさせ、「『奇跡』の準備をしろ。妙なことをしたら殺すぞ」と命じた。宇佐美は部下たちに見張られながら仕込み済みの斎戒の水や水槽などを台車に載せ、この講堂に運んだ。

一礼し、市川は演台の上のマイクに向かって話しだした。

「こんにちは、市川です。最初にお願いがあります。みなさんはここに入る前に、放射線汚染検査を受けています。しかし今一度、斎戒の水を飲んで身を清めて下さい。と言うのも、私は言葉ではなく行動で次期代表にふさわしいのは自分だと証明したいのです。修行で会得した、触れたものを浄化する霊力を使い、これからみなさんに奇跡をお見せします」

笑みをたたえながら厳かに語り、最後に後ろに置かれたテーブルを指した。つられて椅子に着いたメンバーたちの視線が動き、ざわめきが起きた。テーブルの上には、宇佐美が作った「汚染された水」で満たされた水槽と、ハイポ入りのボウルが置かれ、上に厚手の白い布が被せられている。

ざわめきを受け、ふみとは反対側の演台の脇に座った山屋と選挙管理委員長の浜中《はまなか》が顔を見合わせた。その傍らには、白木の投票箱が載った台が置かれている。

誰か異議を申し立ててくれ。救いを求め、宇佐美は祈った。しかし、市川の部下たちは動きだした。部下の一人が最前列の端の椅子に座った若い女のメンバーに歩み寄り、紙コップを差し出す。若い女のメンバーが反射的に紙コップを受け取ると、ペットボトルを抱えた別の部下が歩み寄り、紙コップに幻覚剤入りの斎戒の水を注いだ。同じことを、向かい側の通路に移動した部下たちも始める。全て計画通りだ。宇佐美が落胆していると、

「おい」

と低い声がした。隣に宮鍋がいて、紙コップの束を渡される。宮鍋が「お前も行け」と言うように顎を動かしたので、宇佐美も仕方なく列の中ほどの椅子に歩み寄った。ペットボトルを抱えた宮鍋も、付いて来る。宇佐美が端の椅子に座った中年男のメンバーに紙コップを渡し、宮鍋が斎戒の水を注いでいると市川もやって来た。

「斎戒の水は、合図するまで飲まないで下さい」

大きな声で告げ、メンバーたちに微笑みかける。端に座ったメンバーが、斎戒の水入りの紙コップを受け取って隣に渡すというリレー方式で、紙コップはどんどんメン

バーたちに行き渡っていった。

「あら。確かあなたは、我妻さんのところの」

端から三番目の椅子に座った年配の女のメンバーが言った。その目は、怪訝《けげん》そうに宇佐美を見ている。

どこかの支部長だ。前に会ったことがある。

そう閃き、宇佐美の胸に希望が湧いた。何をどう訴えたらいいのかわからないまま口を開こうとした矢先、

「ええ。しかし、問題を起こして情報部を更迭《こうてつ》されました」

と市川が隣に来て応えた。反対側の隣の宮鍋も、「現在は市川本部長の下で修行しています」と告げる。二人に挟まれた格好で、宇佐美は口をつぐむしかない。「そうだったんですか」と年配の女のメンバーは返し、市川はさらに言った。

「我妻部長は彼を破門すべきだとおっしゃったのですが、『私が責任を取らせる』と言って引き取りました」

「まあ。さすがは市川さんだわ」

感服したように言い、年配の女のメンバーは回ってきた紙コップを隣に渡した。

「はい」と宮鍋が満足げに返し、市川も微笑んで会釈をする。しかし、宇佐美の胸は荒れていた。

「私が責任を取らせる」だと？　安野を引き取った時と同じ台詞《せりふ》じゃないか。お前にとって安野は、始めから虫けら同然だった。だから阿久津を陥れるために利用し、殺したんだ。

そう確信するなり、激しい怒りが湧いた。隣から宮鍋に、「手が止まってるぞ」と咎《とが》められても、怒りは治まらなかった。

「お手数をかけてすみません。斎戒の水は行き渡りましたね」

いつの間にか演台に戻ったらしく、マイクを通した市川の声がした。振り向いた宇佐美の目に、扇田ふみの姿が映る。渡された紙コップを納得がいかない顔で見ているが、さっき自分も演説で「母が夢で教えてくれた」という除染の呪文をメンバーたちに唱えさせたので、何も言えないようだ。

どいつもこいつも、ふざけやがって。宇佐美の胸はさらに荒れ、目に入るもの全てに怒りを覚えた。すると「彼らにとってエスは捨て駒ですから」と、慎に言われた台詞が蘇り、胸の中の怒りが爆発した。

バカにするな。俺はお前らの駒じゃない。

頭に血が上り、全身に力がみなぎった。それを何かにぶつけたいという衝動にかられた刹那、

「では、斎戒の水を飲んで下さい」

という市川の声が耳に届いた。紙コップの束を放り出し、宇佐美は叫んだ。

「やめろ！」

その声に、紙コップを口に運びかけていたメンバーたちが振り返った。宇佐美はさらに叫んだ。

「飲んじゃダメだ！　その水には、薬物が入ってる」

一瞬の沈黙の後、場内にざわめきが起きた。「黙れ！」と怒鳴り、宮鍋が宇佐美を押しのけた。

「違います！　薬物など入っていません」

宮鍋は訴えたが、ざわめきはさらに大きくなった。紙コップを床に置いたり、立ち上がって市川の部下に何か言うメンバーもいる。

「落ち着いて下さい。後で報告するつもりでしたが、その男は警察のスパイです。我々を操ろうとしています。信じてはいけません！」

市川の強い声がして、メンバーたちの目が再び宇佐美に向いた。宮鍋も迫って来て焦りを覚え、宇佐美は後ずさった。

「やめろ！」

くぐもった怒鳴り声と、複数の足音がして宇佐美は後ろを振り返った。と、勢いよくドアが開き、ダークスーツの男たちが場内になだれ込んで来た。

「動くな！　警察だ」

先頭に立った男が叫ぶ。公安の捜査員の国枝だ。

宇佐美が驚いている間に、国枝とその部下と思しき捜査員たちは「水は飲まないで！」「ペットボトルを寄こせ！」と口々に告げながら場内を走った。その後を、盾の家の警備と広報担当のメンバーが「出て行け！」「令状を見せて下さい！」等々抗議の声を上げつつ追いかけて行く。メンバーたちは一斉に席を立ち、悲鳴と怒声、紙コップが床に落ちる音が重なり合って響いた。

気は焦りながらも体が動かず、宇佐美は傍らでペットボトルを奪おうとする捜査員と、背中を丸めてそれに抗《あらが》う市川の部下の姿を眺めた。

「宇佐美！」

呼びかけられて振り向くと、通路を国枝が駆け寄って来た。宇佐美が応えるより早く、国枝は言った。

「無事か？　市川は？」

はっとして、宇佐美は演台を見た。そこに市川の姿はなく、目の前にいたはずの宮鍋も姿を消していた。

15

無線が入ったらしく、本橋は耳に挿したイヤフォンに手をやった。隣の柳原も深刻な顔で無線に聞き入っている。慎は二人の姿を視界の端で確認しながら、フロントガラスの向こうを眺めた。通りの先に盾の家の本部施設があり、門の前に複数の警察車両が横付けされている。車内は無人で、その周りをカメラやマイクを手にした報道陣が慌ただしく行き交っていた。

強制捜査が決定し、公安部の捜査員たちは本部施設に向かった。一緒に慎と監察係のメンバーたちも移動し、目立たない場所に車を停めて待機した。国枝たちが盾の家のメンバーに門を開けさせ、本部施設内に入って間もなく三十分。手順通りに進んでいれば斎戒の水を押収し、薬物検査キットを使っての判定を終えているはずだ。

「違法薬物の所持は確認できたが、市川の身柄は拘束できずといったところでしょうか」

柳原たちの表情を読み、慎は言った。振り返った柳原が険しい顔で何か言おうとしたので、慎はこう続けた。

「伝えるのを忘れていましたが、本部施設には緊急用の脱出口があります。敷地のちょうど反対側で、看板の下にドアが」

「早く言え！　国枝に連絡——いや、俺たちが行った方が早い」

柳原は言い、グローブボックスの無線機に手を伸ばした。すかさず、慎は告げた。

「ちなみに、脱出口はもう一つ。すぐそこの雑木林の中で、どうやら盾の家のメンバーたちは地下トンネルを掘ったらしく」

傍らの雑木林を指して説明すると、柳原は唸るような声で「いい加減にしろ」と応えた。

「それで全部だろうな？」

慎を睨み付けて確認し、無線で部下に敷地の反対側に向かうよう指示した。そして「雑木林を見てくる。お前はここで待機だ」と本橋に告げて車を降りた。柳原の背中が木々の間に消えるのを待ち、慎は運転席に告げた。

「では、行きましょう。本当の脱出口は向こうです」

「はい!?　じゃあ、いま言った二ヵ所は——」

「車を出しなさい。命令です」

強い口調で命じると、本橋は「はい！」と背筋を伸ばして発車させた。

後部座席から本橋に指示し、盾の家の塀沿いに車を進めさせた。と、三分ほどで前方の歩道に人影を見つけた。若い女で、中腰になって塀にへばりつくようにして歩道の先を窺っている。

「停めて下さい」

慎は告げ、本橋は車を端に寄せて停めた。後部座席を横にずれて窓を開け、慎は女に呼びかけた。

「三雲さん」

振り向いた女は訝《いぶか》しげにこちらを見てから、かけていたサングラスを外した。

「室長⁉」

「えっ⁉　三雲さん？」

運転席で本橋も声を上げる。みひろは黒い長袖のTシャツに黒いジーンズという格好だが、首に犬の首輪を模していると思しき黒革のチョーカー、腰には四角い飾り鋲《びょう》がぎっしり並んだ太いベルトを巻いている。加えてサングラスは溶接作業用のような丸い跳ね上げ式のもの、靴は底の厚さが五センチ以上ありそうな白黒コンビの紐靴だ。

みひろは目を見張り、訊き返した。

「本橋さんも？　何してるんですか？」

「それはこっちの台詞です。まあ、想像は付きますが」

そう返し、慎は歩道の先の、みひろが見ていた方に目を向けた。

塀がそびえ、中に木々が並んでいる。その中に一際立派なクスノキがあり、枝葉ががさがさと揺れていた。

「敷地の中から声と音が聞こえてきて、何かあったのかなと思ってたらあの木が揺れだしたんです」

クスノキを指し、潜めた声でみひろが説明する。慎は後部座席の横にずれて告げた。

「三雲さん、乗って下さい」

「でも」

「いいから。急いで」

戸惑うみひろを急《せ》かし、車に乗せる。と、前方で新たな動きがあった。クスノキの枝の間から、髪を五分刈りにした中年男が顔を出した。男が左右を見回すのと、慎が「伏せて！」と言って車内の三人が頭を低くするのが同時だった。しばらくそのままでいると、さらにがさがさという音がして、話し声も聞こえた。慎は、注意深く頭を上げて前方を確認した。

塀の上の笠木《かさぎ》に、男が二人立っている。二人を見据え、慎は告げた。

「背が高い方が市川秀人、五分刈りは市川の側近の宮鍋安弘。あのクスノキこそが、彼らの脱出口です」

みひろと本橋は驚きの声を漏らし、塀に目をこらす。その間に市川と宮鍋は笠木の縁を摑んで塀の外側にぶら下がり、歩道に降りた。周囲を窺いつつ、通りを横切って雑木林に入って行く。

「柳原に報せます」

体を起こし、本橋は無線のマイクを摑んだ。慎は「まだ早い」とそれを制し、「三雲さん。ドアを開けて下さい」と命じた。みひろが従うと動きで車を降りるように促し、自分も続いた。

「どうするつもりですか」

うろたえつつ、本橋も車から降りる。何も答えず、慎は人と車がいないのを確認してから手錠がはまった両手を胸の前に上げ、通りの向かい側に走った。

16

みひろは何が何だかわからなかったが、本橋が「止まって下さい！」と言いつつ慎の後を追ったので、一緒に通りを横断した。

雑木林に入ると、前方に市川と宮鍋の黒いつなぎの背中が見えた。注意深く周囲を見て、前進して行く。慎は木の幹や茂みの陰に身を隠しながら、二人を追い始めた。みひろと本橋も、付いて行くしかない。

行き先が決まっているのか、市川たちは立ち止まったり迷ったりする様子もなく歩き続けた。みひろたちは市川たちと十分な距離を取り、足音や葉ずれの音に注意しながら後を追った。両手を拘束されている慎は、木の根やくぼみに足を取られては転びそうになり、その都度みひろと本橋が支えた。尾行を続けながら本橋は、「まずいですよ」「柳原さんに報せましょう」と囁きかけたが、慎は「まだ早い」と返し、本橋とみひろにスマホの電源を切るように命じた。

雑木林の中はひんやりしているものの、まとわりつくような湿気があり、三十分ほど歩くと顔と体に汗が滲んだ。息も上がってきて、みひろがそろそろ限界かもと思っていると、前方に青いネットが現れた。

フェンスの代わりなのか、大人の腰ほどの高さのネットが木々の間に張られている。近づくにつれ、ネットはカラスよけのゴミネットなどに使われるポリエチレン製だとわかった。方向転換するかと思いきや、三十メートルほど先を行く市川たちは、ネットを跨《また》ぎ、さらに前進を続けた。遅れてネットの前に着いたみひろは、この奥に何があるのか慎に訊ねようとした。が、隣でネットを跨ごうとした慎がバランスを崩し、頭から地面に倒れそうになったので、急いで手を伸ばして支えた。

ネットを越えて急な斜面を降りると、平地に出た。草木が刈られ、地面にはすのことベニヤ板をつなげて作った塀のようなものが立てられていた。塀のようなものは高さも幅も様々で、複数を組み合わせて囲いや通路が作られている場所もあった。その脇には古いドラム缶とタイヤ、ビールケースが置かれている。市川たちは、その平地の端を歩いて行く。慎が尾行を再開し、みひろと本橋も付いて行った。

　平地は続き、その所々に塀のようなものが立てられていた。塀の中には黒く塗られたり、真ん中が窓状にくり抜かれているものもあった。また、塹壕《ざんごう》のように掘られ、両脇に土嚢《どのう》が積まれている場所もある。

「サバイバルゲーム用の施設です」

　この辺りの地図は頭に入っているらしく、前を行く慎が振り返って告げた。

「なるほど」

　言われてみれば、塀のようなものやドラム缶には丸く小さなへこみが複数あり、地面には直径五ミリほどの白や黒、灰色の丸い粒が落ちていた。エアガンの弾《たま》だろう。塀のようなものは使い込まれ、地面と斜面には複数の足跡もあったが休業日なのか、しんとして人の姿もない。

　少し歩くと、広い場所に出た。遠距離での撃ち合いをする場所らしく、塀のようなものの他に、ドアとタイヤを取り外したボロボロの車や、骨組みだけの屋根に迷彩柄のネットを被せた小屋などが、間隔を空けて並んでいる。奥には明らかにハリボテだが、教会のような塔のある大きな建物もあった。市川たちはその中の赤いセダンに歩み寄り、運転席と助手席に乗り込んだ。みひろたちは広場の入口に置かれたドラム缶の陰でしばらく見守ったが、市川たちがセダンから出て来る気配はなかった。

「ここが取引場所ですね。夜まで動きはないでしょう」

慎は言い、体を起こして左右を見た。斜め後ろを指して「あそこへ」と告げ、歩きだす。そこには鉄パイプとベニヤ板で作られた高さ二メートルほどの櫓《やぐら》のような台があり、端にベニヤ板と角材でできた階段が取り付けられていた。

慎を先頭に階段を上がった。台は四方をベニヤ板で囲まれていて、一枚には窓状の四角い穴が開いていた。

ここなら身を隠して広場を見張れるな。そう思うのと同時に疑問が押し寄せ、みひろは慎を振り返った。

「まさか、夜まで待つつもりですか？　柳原さんに連絡しないで？」

「ええ」

当たり前のように頷き、慎はベニヤ板の床に置かれたビールケースに歩み寄って腰掛けた。床には他に脚立とタイヤ、土嚢なども置かれている。

「無茶です。取引の現場を押さえるにしろ、捜査員を配備して」

本橋も言い、スーツのジャケットのポケットからスマホを出そうとした。それを見て、慎は返した。

「現場を押さえる数の捜査員が動けば、気づかれます。取引は中止になるでしょう」

「だからって……このままだと、室長は逃亡したと思われますよ」

「はい。しかし結果を出せば帳消しにできる。僕はまだ、警察官ですから」

そう言い放った慎に、本橋は黙る。みひろは質問を再開した。

「市川たちの取引相手って、関東山井一家ですよね？　宇佐美さんが言ってました。でも、何を取引するんですか？」

「三雲さん。五日会わないうちに忘れましたか？　僕は予想や憶測では——」

「ものを言わない主義なんです」と慎と声を合わせて言ってから、みひろはうんざりして息をついた。

「五十年会わなくても忘れませんよ。要するに室長は、自分で証拠を摑んで無実を証明したいんですね。で、私と本橋さんにも付き合えと」

「その通りですが、強要罪に問われたくないので、付き合う付き合わないは任意で。ただし、僕以上に慎重かつ的確にこの事件に対処できる捜査員はいないはずです」

「はあ……この状況で、よくもまあ。説得力ゼロだっつうの」

横を向き、みひろが顔をしかめると、すかさず慎は言った。

「三雲さん。例のクセ、相変わらず出てますよ」

「クセじゃありません。聞こえるように言ったんです。これぐらい、言う権利あると思いますけど。一歩間違えれば、犯人蔵匿《ぞうとく》でこっちも犯罪者ですよ」

嚙み付くように言い返し、みひろは慎の向かい側に置かれたタイヤに腰を下ろした。腹は立つが、付き合うという意思表示のつもりだ。それが伝わったらしく、慎は本橋に目を向けた。はっとして体を揺らし、本橋は、

「私も付き合います。でも、これ以上は無理と判断したら柳原に連絡します」

と早口で返し、土嚢を一袋引きずって来て慎の隣に置き、座った。

それから三人で待ち続けた。時々台の外を覗《うかが》ったが、市川たちはセダンから出て来ず、広場に近づいて来る人もいなかった。少しすると喉の渇きと空腹を覚えたので、みひろはバッグに入れていたペットボトルのミネラルウォーターとクッキータイプの栄養補助食品を出し、慎と本橋にも分けた。

みひろは慎に、安野の事件が起きた夜のことを訊こうとした。しかし、「全容を明らかにするまで黙秘」と返された。今更かと腹が立ったが、気を取り直して話を続けた。

「でも、室長の異変の理由はわかりましたよ」

「異変とは？」

台の向かい側から、慎が訊ねてきた。ビールケースに腰掛け、両手を脚の上に置いている。

「このところ、明らかに変だったじゃないですか。『特別に応えましょう』とか言って私の憶測に賛同したり、砂田さんに口を滑らせたり。あと町田北署の案件の時、妙にカリカリしてたのも。全部宇佐美さんとの計画が原因なんでしょう？」

そう問いかけると、慎は眉をひそめて何か返そうとした。みひろはさらに言った。

「気にしてないから、大丈夫です。逆に、室長にも人間らしいところがあるんだなあって安心しました」

すると慎は横を向いてため息をつき、改めてみひろを見た。

「そう言う三雲さんは、いついかなる時も不変ですね。無礼で傲慢、『上から目線』。念のために言いますが、これは嫌みです」

「わかってますよ！　なにそれ。私がどれだけ心配したと思ってるんですか」

「その点は非を認めます。しかし、今朝の差し入れはいかがなものでしょう。『東京のパン ベスト50』を愛用しているとは話しましたが、僕は勾留中ですよ？　パンの味を想像し、地獄の苦しみです」

クールに、しかし恨みがましく訴えられ、みひろはさらに腹が立つ。立ち上がって応戦しようとすると、本橋に、「市川たちに気づかれます」と止められた。みひろは黙り、本橋は取りなすように話を変えた。

「さっきから気になってたんですけど、三雲さんってバンギャ？　それともパンクス？」

　目の動きで、本橋はみひろの服装について訊ねているのだとわかった。答えようとした矢先、慎の「バンギャ？」という呟きが耳に入る。バンギャとは「バンドギャル」の略で、Ｖ系ことヴィジュアル系バンドの熱心なファンを指す言葉だが、慎は知らないのだろう。「絶対教えてやらない」と心の中で言って横目で慎を睨み、みひろは首を横に振った。

「いいえ。これはおしゃれです」

　事実を伝えたつもりだったが、本橋はぽかんとし、慎は「答えになっていない」と呟いた。カチンと来て、みひろは慎を見た。

「そう言う自分は上下スウェットで、手錠まではめられてるクセに」

「三雲さん！」

　ぎょっとして、本橋が立ち上がる。構わず、みひろは続けた。

「でも、そのスウェット似合ってますよ。室長って『寝る時もスーツ着てるんじゃないの？』って感じだったから、親しみを覚えるっていうか。手錠含め、私は好きです」

　言いながら、本当に似合っているしいい感じだと思った。だが、身を乗り出した本橋に、

「なに言ってるんですか。スウェットはともかく、手錠は」

と咎められたので、また首を横に振って返した。

「もともと手錠に悪いイメージを持っていないから。モチーフとしてカッコいいじゃないですか。手錠型のイヤリングとかブレスレットとか、持ってますよ。使いこなすのが難しいのが欠点だけど、その点、室長は完璧」

服やアクセサリーは好きなので、語るうちにテンションが上がった。みひろは慎に親指を立てた拳を見せ、話を締めくくった。慎は呆気に取られた後、「主旨はともかく、褒める角度の斬新さは認めます」と真顔でコメントし、動かしにくそうな手で前髪を掻き上げた。

室長のこの仕草を見るのも、五日ぶりだな。そう思い、みひろは少し嬉しくなった。その後も、三人でぽつぽつと話をした。結果、みひろは本橋は神奈川県横浜市出身で年子の妹がいて、慎の実家では、「凜《りん》」という名前のミニチュアダックスフントを飼っているというどうでもいい情報を得た。

17

曇りのせいか、午後六時になるとあたりは真っ暗になり、肌寒さを覚えたみひろは台に何か羽織るものはないか探した。と、平地の手前の方で明かりが揺れるのが見え、話し声と足音も聞こえた。慎が立ち上がってベニヤ板の穴の前に行き、みひろと本橋は階段の脇に向かい、ベニヤ板の壁に隠れて平地を窺った。

近づいて来るにつれ、明かりと話し声、足音の主は三、四人の男だとわかった。男たちは台の脇を抜け、広場に進んだ。気配が消えるのを待ち、みひろたちは台を出て広場に入った。暗闇に目をこらし、昼間の記憶を頼りにドラム缶や車の陰に隠れながら前進する。間もなく、広場の中ほどに明かりと人影が見えた。ぼそぼそという話し声も聞こえる。

「接近します。注意して」

隣で囁き声がして、慎が動いた。隠れていた車の陰から出て、斜め前方の、すのことベニヤ板で作られた逆L字形の囲いに移動する。頭を低くして足音を忍ばせ、みひろと本橋も続いた。

囲いに入り、側面に立てられたベニヤ板の穴から前方を窺った。慎と本橋は正面に立てられたすのこの脇から、前方を覗いている。

明かりと人影は、五メートルほど先にあった。赤いセダンの屋根にランタン型の懐中電灯を置き、照明代わりにしているようだ。その明かりに照らし出されているのは、市川と宮鍋。向かいにはさっきの男たちがいて、全員スーツ姿のようだが背中を向けているので顔はよくわからない。

「市川の向かいの男が、関東山井一家組長の門馬芳道。隣は若頭の寺戸勇《てらどいさお》。後ろにいる二人は不明ですが、組の関係者でしょう」

首を後ろに回し、慎が潜めた声で解説してくれた。「はい」とみひろが小声で返すと、慎はさらに言った。

「取引を録画して下さい。絶対に気づかれないように」

「了解」

短く応え、みひろはバッグからスマホを出して電源を入れた。カメラアプリを立ち上げ、穴から腕を突き出してスマホのレンズを前方に向けた。同時に耳を澄ませ、男たちの声に意識を集中させた。

「――金はないだと？　ふざけるな」

怒気をはらんだ声が暗闇に響いた。同時に、寺戸が肩を怒らせたのがわかった。

「だから説明しただろう。公安の強制捜査で、次期代表の選挙が中止になったんだ」

そう返したのは、宮鍋。だが寺戸の怒りは治まらない。

「知ったことか。話が違うじゃねえか」

「あんたらの仕事が甘いから、こんなことになったんじゃないのか？　安野を片付けた晩、奴を本部施設から連れ出すところを阿久津のイヌに見られていたぞ。阿久津を墓地に呼び出した警察官だって、居場所を突き止められないままだろう」

「見られていた⁉　本当か？」

「聞いていないぞ」

驚き、身を乗り出したのは寺戸たちの後ろの二人組。だがみひろに、彼らが何者か推測する余裕はない。

室長を呼び出した警察官って、砂田さん？　なんでここで出て来るの？

混乱しながら、みひろは男たちとスマホの画面を交互に見て、ちゃんと録画されているかを確認した。慎に目を向けると、すのこの縁から顔を出し、前のめりで男たちのやり取りを聞いている。その横顔を、隣の本橋が不安げに見ていた。

「ともあれ、このような事態になってお詫《わ》びします。全ては阿久津慎の陰謀です。選挙は改めて行われますし、次期代表に選ばれる自信もあります。ご迷惑をおかけした分、取引の金額を上乗せしていただいて構いません」

穏やかにそう語ったのは、市川だ。みひろがスマホのレンズをズームさせると、薄く微笑む顔がアップになった。と、鼻を鳴らして嗤《わら》う気配があり、門馬が口を開いた。

「市川さん。わかってるのか？　ここは取引の場だ。俺はここに物《もの》と金を交換しに来たんで、言い訳を聞きに来たんじゃない」

こちらも穏やかで落ち着いてはいるが、そこはかとない圧を漂わせている。微笑みを崩さず、市川は返した。

「わかっています。しかし私は、肝心の物を見せてもらっていない。ハッキングに成功したと聞いただけです」

「おい。調子に乗るなよ」

寺戸がすごみ、市川に摑み掛かろうとした。それを門馬が「待て」と止め、寺戸に手を差し出した。寺戸は黙り、スーツのジャケットのポケットから何かを出して門馬に渡した。みひろはスマホの画面に門馬を大写しにした。

「赤文字リストと、それを印刷したものだ」

そう言いながら、門馬は両手を上げた。片手に黒いUSBメモリ、もう片方の手にはA4サイズのコピー用紙の束を持っている。コピー用紙には、表らしきものが印刷されていた。

赤文字リストが取引の材料なの⁉ なんで？

混乱を通り越し、みひろの頭はパニックを起こしそうになる。動悸《どうき》もして慎を振り向こうとすると、

「よし！」

と小さいながらも力のこもった声がして、慎が隣に来た。

「今のやり取りを録画しましたね？」

興奮気味に問われ、みひろは「はい」と返した。慎はもう一度「よし」と言い、本橋に「柳原さんに連絡を」と指示した。ほっとして頷き、本橋はスマホを出した。その姿にみひろも安堵《あんど》した瞬間、穴の外に突き出したままのスマホから、電話の着信音が流れだした。

みひろは慌てて腕を引っ込め、スリープボタンを押して着信音を止めた。しかし前方の男たちは一斉に振り向き、

「誰だ！」

「おい！」

とこちらに向かいだした。

「逃げろ！」

慎は言い、身を翻して走りだした。みひろもスマホを握って元来た道を戻り、本橋も走りだす。

「逃げたぞ！」

「捕まえろ！」

鋭く叫ぶ声と足音を後ろに聞きながら、みひろは必死に走った。

取りあえずどこかに隠れて、通報。すぐに助けが来るはず。

焦りを覚えながら頭を巡らせ、腕を振って脚も動かした。その直後、前方でどすん

と重たい音がした。みひろははっとして目を向けた。後ろの明かりが、地面にうつ伏せで倒れた慎を照らす。

「室長！」

みひろは慎に駆け寄り、本橋も続いた。

「止まるな！　行け」

顔を上げ、慎は叫んだ。が、みひろたちはあっという間に男たちに取り囲まれた。

「動くと殺すぞ」

尖った声で告げ、寺戸がスーツの胸元から拳銃を出してみひろ、本橋の順に銃口を
向けた。みひろは動けなくなり、本橋は両手を顔の脇に上げた。

「これはこれは」

笑いを含んだ声とともに、暗闇から市川が現れた。宮鍋も一緒だ。慎の脇に立ち、
見下ろして言った。

「こんなところでお目にかかれるとは……阿久津慎警部ですよ。こちらの女性は、そ
の部下の三雲みひろ巡査長。お隣も警視庁の方でしょう」

前半は慎、後半は寺戸たちに言い、市川はにっこりと笑った。

それから、みひろたちは寺戸と二人組の男にせき立てられ、広場の奥に向かった。

みひろと本橋のスマホは奪われ、録画していたのもバレてしまった。

「止まるなと言ったのに」

隣を歩く慎が、ため息交じりに呟いた。転倒の衝撃で髪が乱れ、スウェットも汚れている。反射的に振り向き、みひろは言い返した。

「だって、コケるから。どこが『慎重かつ的確』なんですか」

「うるせえぞ」

後ろから寺戸に銃口を向けられ、みひろたちは口をつぐんだ。

元いた場所に戻り、男たちは足を止めた。慎、みひろ、本橋はセダンの前に並ばされ、それを男たちが取り囲んだ。

「改めまして、警視庁の阿久津です。こんな格好で失礼します」

最初に口を開いたのは、慎だった。冷静かつキザないつもの口調と表情で、乱れた髪を整えながら男たちを見回している。

先手必勝のつもりかもしれないけど、この状況でその態度？　隣に立つみひろは、思わず心の中で突っ込んでしまう。その隣の本橋は、無言で顔を強ばらせている。

「いえいえ。手錠で繋がれた阿久津慎。それこそが我々が望み、見たかった姿です。お礼を申し上げたいぐらいですよ」

慎の向かいに立つ市川が応える。笑みを浮かべ、いかにも楽しそうに慎の全身に視線を走らせている。隣の宮鍋は怒りを露《あら》わにした顔で、慎を睨んでいる。慎も薄く笑い、返した。

「『我々』ですか……先ほどのやり取りを聞いて、自分の推測に確信を得ました。カルト団体と暴力団。関わりのなさそうな両者だが、意外な共通点がある。警察です。どちらにとっても最大の敵であり脅威だ。しかし警察にもはみ出し者はいて、彼らが追いやられる部署もある。それは暴力団も把握していたが、意外な利用価値に気づいた。はみ出し者の職員に近づき、金銭と引き換えに警察内部の情報を流出させたり、自分たちの計画に協力させたりするのです」

「えっ⁉ それって、砂田さんのこと？ この人たちに言われて、室長を墓地に呼び出したの？」

閃いたままを言葉にして、みひろは慎を見上げた。「この人たち」と言う時には門馬たちを顎で指したので、寺戸に睨まれた。懐中電灯の明かりの下で見ると、寺戸は五十代半ばで三分刈りの強面《こわもて》、門馬は白髪のオールバックに顎ヒゲと、ちょいワルオヤジ風とわかった。本橋も驚いた顔で目を向ける中、慎は「ええ」と頷いて続けた。

「砂田だけではなく、遺失物第三係の他の職員も彼らから金銭を受け取っているはずです。加えて、吉祥寺署の案件の川浪樹里も。根拠は彼女の『捨てる神あれば拾う神あり』『新しい目的が見つかった』という発言です」

「確かに。そう考えれば、納得がいく」

興奮して状況を忘れ、みひろは大きく頷いてしまう。頭に昨日綾瀬中央署と、遺失物第三係を訪ねた時の記憶が蘇った。

「言うなれば砂田たちは、関東山井一家のエス。自分たちがやられていることをやり返したという発想の転換で、一瞬ではありますが『その手があったか』と感心しました」

　そう言いながらも慎は、門馬たちに冷ややかな視線を向けた。たちまち、寺戸が顔を険しくして口を開きかけたが、門馬に目配せされてやめた。慎の話は続く。

「恐らく、最初に引き込んだエスから満足のいく成果が得られたのでしょう。あなた方はさらに多くのエスを得ようと考えた。そして赤文字リストの存在を知り、ハッカーを雇い、監察係のサーバー移行を利用してリストを抜き取ろうと企てたのです。企てに際しては、リストを商売、つまりシノギにできないかとも考えた。そこで取引相手となったのが、盾の家だ……異論があればどうぞ」

　最後は挑むような口調になり、慎は市川に目を向けた。それを見返し、市川は応えた。

「話はまだ終わっていないのでしょう？　でしたらどうぞ」

「どうも」と会釈し、慎は話を再開した。

「しかし、あなた方には問題があった。僕です。赤文字リストを入手し、活用しようとすれば必ず気づき、阻止されますから。そこで安野を殺害し、その罪を僕に被せることにした。考えたのは市川さん、あなたでしょう。安野に死をもって去年の失態の責任を取らせ、宿敵である僕に復讐する絶好のチャンスだ。まあ、結果的にこうして突き止められた訳ですが」

市川は無言。しかし、その目は笑っていない。

「先ほども言ったように、あなた方には感心しました。とくに市川さんの思考と行動原理には、大いに共感を覚えます。ではなぜ失敗したかと言えば、あなた方は重大かつ致命的な見逃しをしたからです」

「見逃しとは？」

すかさず、市川は問うた。待ち構えていたように、慎が答える。

「僕の部下です。勤務意欲と向上心に欠け、無礼で傲慢。しかし正直で鉄の意志を持ち、必ず結果を出します。今回の事件も、僕を支え、救い、真相に辿り着く手助けをしてくれました」

本橋に振り向かれ、みひろは慎が自分のことを言ったのだと悟った。しかしその言葉を嚙みしめる前に、男たちに一斉に目を向けられ、焦りを覚えた。

慎は口に手を当て、小さく咳払いをした。それで話は終わったと解釈したのか、今度は市川はこう言った。

「非常に楽しく聞かせてもらいました。私の方こそ、阿久津さんには驚きと共感を覚えています。恐るべき洞察力と思考力です。今の話も、証拠さえあればあなたが警察官として完璧だという裏付けになったでしょう」

「証拠なら」

そう言い返しかけたみひろだったが、二人組の男が自分と本橋のスマホを持っているのに気づき、口をつぐんだ。満足げに頷き、市川はさらに言った。

「証拠にもあなた方にも、消えてもらいます……門馬さん。取引のオプションを追加してもいいですか？」

話を振られ、門馬は頷いた。鋭い目が慎、みひろ、本橋を見る。

「ここの経営者は古い知り合いだ。敷地の中に生ゴミの二つや三つ埋めても、文句は言わない」

「生ゴミ」に反応し、寺戸と二人の男が低い声で笑う。市川は笑みを崩さず、宮鍋は慎を睨み続けている。みひろの胸の鼓動が急に速まり、かつてない恐怖も感じた。

門馬の目配せを受け、寺戸がこちらに歩み寄って来た。慎の正面に立ち、腕を上げて銃口を慎の額の真ん中に向ける。

「室長！」

みひろは叫び、本橋も声を上げた。

「やめて！　私たちを殺しても、誰かが罪を暴くわよ」

「お嬢ちゃん。証拠さえなきゃ、どうとでもなるんだよ」

口を歪《ゆが》めて笑い、寺戸は拳銃の撃鉄を起こした。

何とかしなきゃ。そう思い、強い衝動にもかられるのだが体が動かない。みひろは食い入るように慎の横顔を見つめた。

「残念です。あなたとは、話したいことがたくさんあった」

いつも通りの口調で、慎が言った。その視線は、寺戸の肩越しに市川に向けられている。慎を見返し、市川も言った。

「同感です。出会いが違っていれば、いい関係が築けたでしょう」

「お礼も言わなくてはならないのを、思い出しました。宇佐美周平から聞いたあなたのひと言がきっかけで、ある事件を解決したのです」

あろうことか嬉しそうに微笑み、慎は告げた。市川も白い歯を覗かせて応えた。

「そうですか。ぜひ詳細を伺いたかったけれど、時間切れのようです」

その言葉を合図に、寺戸は拳銃の引き金に指を掛けた。

「やめて！」

鼓動と恐怖で、みひろの胸は破裂しそうだ。なのに、慎の名を呼ぶことしかできない。微笑んで市川を見たまま、慎は言った。

「そうでもないようですよ」

とたんに、

「動くな！」

と男の声がして、向かい側で複数の明かりが点った。男たちがはっと振り向き、みひろも身構える。いつの間に来たのか、男たちの後ろに十人ほどの人影があった。揃《そろ》ってスーツに防弾ベスト姿。拳銃を握った手を前に突き出し、その脇に懐中電灯を握ったもう片方の手を添えている。海外の警察ドラマでよく見るポーズだ。

「警察だ。銃を捨てろ！」

拳銃を構えたまま、刑事らしき中年男が進み出た。一瞬、拳銃の引き金を引きかけた寺戸だったが、周りの刑事たちが一斉に自分に銃口を向けるのを見て、引き金から指を離して両手を上げた。中年の刑事が寺戸の拳銃を奪い、他の刑事たちも門馬と市川、宮鍋、二人組の男に歩み寄って肩や腕を摑んだ。

「無事か？」

問いかけながら、柳原が駆け寄って来た。みひろと慎は「はい」と返し、本橋は
「申し訳ありません」と頭を下げた。

「私のスマホで、ここがわかったんですか？」

みひろは問うた。恐怖は消えたが、動悸はまだ続き興奮状態だ。

「ああ。短い間だが、電源が入ったからな。きみら三人は一緒にいるはずと考えて、所轄署にも協力を要請して急行した」

後半は慎に向かい、柳原は説明した。慎が背筋を伸ばして「ありがとうございました」と一礼した時、スーツ姿の若い男が駆け寄って来た。柳原の部下の監察官らしく、本橋とみひろに広場から出るように促した。

18

監察官に促されるまま、暗い平地を歩いた。少しすると、駐車場らしき場所に出た。スタンド式のライトが点され、たくさんの警察車両が停められている。

状況を飲み込めず、みひろは立ち止まって車の周りを慌ただしく歩き回る刑事と制服姿の警察官を眺めた。と、一台のセダンの前にある男の顔を見つけた。

「砂田さん！」

声を上げて駆け寄ると、砂田はぺこりと頭を下げた。ジャンパーにスラックス姿だ。

「メッセージを読みました。三雲さんの想像通り、自分がしたことを後悔して、阿久津さんを心配していました。でも、出て行ったら寺戸たちに殺されると思って」

俯き加減に語り、目を伏せた。ライトに照らされた顔は、先日遺失物第三係で会った時より明らかにやつれている。

「わかってます。寺戸たちに、お金を払うから警察の情報を流して協力するように誘われたんでしょう？」

「はい。寺戸たちに言われ、阿久津さんが遺失物センターに来るように仕向けました。指田をひだまり運輸に送り込み、奴にロレックスの腕時計が入った袋を渡すように僕に指示したのも寺戸たちです」

「そうか。それで、『なんでこのタイミングで？』なんだ」

キーワードを思い出し、みひろは振り返って慎を捜したが姿はない。後ろでみひろたちのやり取りを聞いていた本橋も、つられて周りを見る。砂田はさらに言った。

「寺戸たちの目的は腕時計を捜す過程で、阿久津さんと僕に関係を築かせることでした。そうすれば、用心深い阿久津さんを罠にはめられると考えたんでしょう。事実、阿久津さんは呼び出しに応じてくれました」

「でも、土壇場になって私に報せてくれた」

みひろが返すと、砂田は「ええ」と頷いた。

「寺戸たちは僕や横江、塩川たちに『あんたたちを厄介者扱いし、嫌がらせをする警察に仕返しをするべきだ』と誘った。その通りだと思い協力してしまったが、阿久津さんはシステムが変わらなければ、職場環境は改善されないと言い、実際にやり遂げた。目を覚まされたような気がして、阿久津さんを止めようとしたが間に合わなかった。今日も三雲さんのメッセージを読んで八王子に来たのはいいけど、公安の捜査員に声をかけるまでに時間がかかってしまいました」

最後に「本当に申し訳ありません」と言って、砂田は深々と頭を下げた。首を横に振り、みひろは返した。

「砂田さんが私も八王子にいると捜査員に報せてくれたから、こうして助かったんです。命の恩人だし、これで室長の件もチャラですよ。あとは、これからの捜査や裁判で証言してもらえれば」

隠れていた場所から出て来たのはもちろん、無口な砂田がここまで語るには、相当な覚悟と勇気が必要だったろう。今はそれだけで十分ありがたい。

「もちろんです」と応えて頭を上げた砂田は、みひろの肩越しに何かを見て動きを止めた。つられて振り向くと、手錠をかけられた二人組の男が駐車場に入って来るところだった。刑事たちに連れられ、車に乗り込む。二人組を見たまま、砂田は言った。

「あいつらは、コウエイ信販の社員です。寺戸と一緒に僕のところに来て、『阿久津を呼び出したら五十万円。前金として二十五万円支払う』と言いました」

「じゃあ、あの二人が安野さんを」

そう呟いたみひろの目が、本橋と合う。本橋は、

「捜査員に報告します」

と告げ、元来た道を戻っていった。二人組の男に続き、寺戸と門馬、宮鍋と市川も連行され、車に乗せられた。と、少し遅れて慎と柳原が駐車場に入って来た。柳原が通りかかった捜査員に何か言うと、捜査員はスーツのジャケットのポケットからカギを出し、慎の手錠を外した。柳原は短く何か言って駐車場を進み、慎はその場に立ち止まった。そして拘束を解かれた自分の手を見下ろし、迷うことなく片手で髪の乱れを整え、もう片方の手でメガネのブリッジを押し上げた。その仕草を見たとたん、みひろの胸はいっぱいになり、涙が溢《あふ》れそうになる。

気配に気づき、慎がこちらを見た。まず砂田を見てはっとし、彼が申し訳なさそうに頭を下げると、「わかっています」と言うように片手を上げた。続いて、メガネの奥の目がみひろを見る。

「室長！」

目が合うより早く、みひろは慎に向かって駆けだした。涙と一緒に、堪えていた熱いものが胸に広がっていった。

19

エレベーターを降り、慎は警視庁本部庁舎十五階の廊下を進んだ。しばらく行くと、前方で誰かがため息をつく音が聞こえた。慎は数歩進み、傍らの休憩スペースに入った。壁際に飲み物やスナック菓子の自販機が並び、その前にベンチソファが置かれている。慎が、

「休憩ですか？」

と声をかけると、ベンチソファに座った宇佐美周平が振り向いた。淡い青の半袖のワイシャツに黒いスラックスという格好で、手に缶コーヒーを持っている。

「阿久津さん。どうしたんですか？」

「あなたが公安の聴取を受けていると聞いて、様子を見に来ました。お疲れですね。大丈夫ですか？」

語りかけながら、慎もベンチソファに座った。時刻は午後三時を過ぎたところで、廊下を行き来する人は多いが、休憩スペースにいるのは慎たちだけだ。

「ええまあ。でも、じきに終わりそうだし、聴取は慣れてますから」

頭を搔いて苦笑しながら、宇佐美は答えた。慎は廊下に目をやり、声のトーンを落

として言った。

「聴取に対しあなたは、『奇跡は、自分の発案だ』と話したそうですね。市川秀人が『阿久津の企てだ』と主張しているのを否定し、斎戒の水への薬物混入も『阿久津さんは反対したが、独断でやった』と言ったとか。なぜですか？」

「さすがに耳が早いな……別に阿久津さんをかばった訳じゃないですよ。市川たちは許せないし、盾の家は壊滅するべきだと思うから」

後半は厳しい顔になって語り、宇佐美はコーヒーを一口飲んだ。

八王子での騒動から、二週間が過ぎた。あの晩、市川と門馬たちはそれぞれの罪で逮捕され、所轄署である八王子署に連行された。その直後にコウエイ信販の二人が安野の殺害を認め、指示したのは市川で、慎に罪を被せるのが目的だったとも明かした。結果、慎の容疑は正式に晴れ、自由の身となった。

砂田の証言と、騒動の夜にみひろが録画した映像を元に赤文字リスト抜き取り事件の捜査も進められ、砂田以外の遺失物第三係の係員と川浪樹里は、関東山井一家の協力者であったことを認めた。また扇田ふみら幹部は「市川たちが勝手にやったこと」と主張しているが、盾の家内部にも公安の大々的な捜査が入る予定だ。暴力団、カルト団体、警視庁が関係し、殺人まで起きた事件だけにマスコミはこぞって報道し、世間はちょっとした騒ぎになっている。

慎が黙っていると、宇佐美はこう付け加えた。

「それに十年とか二十年とか経《た》ってほとぼりが冷めた頃、『盾の家ってあっただろ？あそこをぶっ潰すきっかけを考えたのは俺なんだぞ』って自慢できるじゃないですか。モテそうだし、結構楽しみにしてるんですよ」

そして慎を振り向き、あははと笑う。

ほとぼりが冷める冷めない以前に、この男がそんな大それたことをやったと信じる人がどれだけいるか。それでも慎には、宇佐美が出会った頃とは別人のように明るく、何かが吹っ切れたように感じられた。

慎は立ち上がり、宇佐美に告げた。

「わかりました。ご協力いただき、ありがとうございました。どうぞ、お元気で」

「阿久津さんも……薬物混入の件で罪に問われないように根回ししてくれたのは、あなたですよね？ それと、僕がエスから解放されるようにしてくれたのも」

宇佐美は顔を上げ、慎の目の奥を覗くようにして訊ねた。慎は「さあ」とスーツの肩をすくめ、こう続けた。

「僕が何かするしないにかかわらず、あなたは自由そのものに見えますよ。そうでしょう？」

「はい！」

宇佐美が顔を輝かせるのを確認し、慎は「では」と一礼して休憩スペースを後にした。

20

同じ頃、みひろは本部庁舎別館四階の職場環境改善推進室にいた。ライトグレーのスカートスーツ姿で自分の席に着き、脇には本橋が立っている。

「じゃあ、室長にそそのかされて市川たちを追いかけた件は、お咎めなし？　よかったですねえ」

団扇《うちわ》で顔をあおぎながらみひろが言うと、本橋は呆れ顔になった。

「『そそのかされて』って。それに『よかったですねえ』じゃなく、三雲さんも当事者ですよ。三人で取引の証拠を摑んで、死にかけたでしょう。まさか、忘れたんですか？」

「覚えてますよ。ていうか、怖すぎて一生忘れられないと思う。お咎めなしは、室長の根回し？」

「いえ。それが、うちの柳原が動いてくれたらしいんですよ」

「へえ。本橋さんはわかるけど、私も？　事件を捜査してる時は、窓際部署の巡査長風情を相手にしてられるかって感じだったのに」

みひろは驚き、本橋は「でしょ？」と身を乗り出した。

七月に入り、夏日が続いている。エアコンの効きが悪いこの部屋は、扇風機を回して団扇であおいでも蒸し暑い。しかし本橋は平然として、黒いパンツスーツのジャケットも脱がない。

「聞いた話ですけど、騒動の夜に阿久津室長に言われたことが効いたみたいです」

「言われたことって？」

「私たちが助け出された後、室長は柳原に『僕の暴走を許してまで、本橋巡査部長は赤文字リストを取り戻したかったということです。優秀な部下を持つことは、トップをトップたらしめる要素の一つですよ』って言ったとかなんとか。それだけじゃなく、私は警部補の昇任試験に合格したんですけど、柳原さんは監察係のみんなに『本橋はじきに研修に入るから、フォローしてやれ』って声をかけてくれてるみたいです」

「結局、室長の言うがままじゃないですか。この調子じゃ、また赤文字リストが狙われる気が——でも、警部補ってすごいですね。おめでとうございます」

そう告げて、みひろは腰を浮かせて会釈をした。「どうも」と返礼した後、本橋は背筋を伸ばしてジャケットの襟を直した。

「仕事に専念しようって決めたんです。今回の事件で、阿久津さんと三雲さんに割って入るのは無理ってわかったから」

「またそんな。割って入らなくても、私と室長の間には深くて暗くて、越えられない溝が」

　困惑するみひろを、本橋は「まだそんなこと言ってるんですか？」と呆れ顔で見た。

「騒動の夜、室長は拳銃を向けられながら三雲さんを、『僕の部下』って絶賛してたじゃないですか。あれ、実質プロポーズですよ」

「どこが？　時間稼ぎのために言ったんでしょう。それに『勤務意欲と向上心に欠け、無礼で傲慢』ですよ？　褒めてるんだか、けなしてるんだか」

「でも『無礼で傲慢』、それに『上から目線』って、阿久津さんそのものですよね。深くて暗くて越えられない溝があっても、三雲さんたちは似てる。同じものを持って、同じ方向を見てるんですよ」

　きっぱり言い切られ、みひろが困惑していると、本橋は急に横を向いて声のトーンを落とした。

「それに、阿久津さんに付いて行くのはリスクが高すぎるってわかったから。三雲さん、例の『奇跡』に違法薬物が使われた件が、『宇佐美周平の独断』で処理されたって知ってますか？」

「知ってますけど、問題があるんですか？」

みひろの返答に、本橋は「……知らないんだ」と呟いた。しかし「えっ?」と返すと、本橋は「いえ。何でもないです」と首を横に振り、話を続けた。

「私には、やりたいことがあるんです。そのためには上に行かなきゃならないけど、阿久津さんと一緒じゃ危なっかしくて。だから付いて行くんじゃなく、隣に並ぶのを目指します。並んだ時、同じ目線で私を評価してもらうんです。多分、そんなに時間はかからないと思いますよ」

最後のワンフレーズは挑発のニュアンスで言われ、みひろは「はあ」と返すしかない。それでも、こちらに向けられた本橋の大きな目は輝き、警察官としてのこれからの自分に期待と希望、自信も持っているように見えた。みひろはつい「羨ましいな」と思い、そんな自分に驚いているうちに本橋は「じゃあ、そういうことで」と言って職場環境改善推進室を出て行った。

三分後、慎が戻って来た。みひろは机上のノートパソコンから顔を上げ、「お帰りなさい」と言い、慎は「遅くなりました」と向かいの席に着いた。

「いま、階段で本橋とすれ違いました。何かありましたか?」

ノートパソコンを開きながら慎が問い、みひろは答えた。

「捜査状況の報告です。後はいろいろ」

すかさず慎が、「いろいろとは？」と訊いてきたので、

「室長はどこで何をしてたんですか？」

と問い返した。すると慎も「いろいろです」と返した。会話が途切れて沈黙が流れ、みひろはさっき本橋に言われたことを思い出した。と、ドキドキするのと同時に疑問や不安も湧き、落ち着かなくなった。片手で団扇を激しく動かし、もう片方の手で机上のマウスをぐるぐると回していると、慎が顔を上げ、怪訝そうにこちらを見た。目が合うなりドキドキが増し、みひろは言った。

「さっき豆田係長が来たんですよ。前に係長が、今年これまでに懲戒処分になった職員十二人のうち、三人が依願退職しないで勤務し続けてるって話してたでしょう？三人のうち一人は川浪さんでしたけど、他の二人も関東山井一家のエスだったとわかったんですって」

「そうだろうと思っていました」

「幸い、重大な情報流出はなかったみたいですけど、砂田さんたちを含め、罪に問われた上で懲戒免職ですね。自業自得と言えばそれまでだけど、赤文字リストがなければあんなに大きな事件にならなかったんだろうなと思うと、複雑です」

話しているうちに落ち着いてきた。みひろはマウスを回すのをやめつつ団扇を動かすのはやめず、息をついた。メガネのレンズ越しの視線をパソコンに戻し、慎は返し

た。

「いいえ。赤文字リストの存在があったからこそ、門馬や市川たちの企みを明らかにできたのです。正確には赤文字リストと僕の存在があったからこそ、ですが」

「はいはい、おっしゃる通りです。でも意外な利用価値があるってわかったし、また赤文字リストを狙う輩《やから》が現れますよ。そうしたら、室長はまた阻止するんでしょう？」

「当然です。今や本庁内で、赤文字リストと言えば僕。それがいいか悪いかはさておき、外部の輩にリストの利用価値があるのなら、内部の僕にとってもまた然《しか》りということです」

「えっ。どういう意味ですか？」

「深い意味はありません。ただし、赤文字リストとは長い付き合いになりそうです」

そう言うと慎は手を止め、口の端を上げて笑った。

出た、この笑い方。明らかに意味も含みも、ついでに黒い思惑もたっぷりありそうなんだけど。

不吉な予感を覚えつつ、みひろは慎を見返した。真顔に戻り、慎はさらに言った。

「それから、『室長はまた阻止』ではなく、『室長と私は』ですよ。我々はチームですから」

当然のような口調にうんざりする一方、「チーム」という言葉にはテンションが上がる。首を突き出し、みひろは言った。

「豆田係長は、『阿久津さんの潔白が証明されて職場環境改善推進室は元通りになったことだし、お祝いをしよう』とも言ってました。室長の出所祝いですね」

「『出所』は間違いです。僕が勾留されたのは留置場で、刑務所ではありません」

「あっそう。じゃあ、出場祝い？　スポーツ選手みたい……それはいいとして、せっかくだしやりましょうよ。このところ、捜査でろくなものを食べてなかったし」

みひろが訴えると、慎は顔を上げずに応えた。

「どうしてもと言うのなら。ただし会場はパンの名店、しかも『東京のパン　ベスト50』に載っていない店に限ります」

なにそれ。事件の時、私がした差し入れへの仕返し？　まだ根に持ってたの？　性格悪い。やっぱり、彼女いない歴＝年齢かも。

みひろが鼻白んだとたん、慎は手を止め、ため息交じりに顔を上げた。慌てて手のひらで口を押さえ、みひろは言った。

「またクセが出てました？　すみませ～ん。『東京のパン　ベスト50』に載ってないパンの名店ですね。もちろん知ってますとも」

テンポよく捲し立てて考え始めたものの、めぼしい店は全部『東京のパン　ベスト50』に載っている。それでも必死に考えると、ある店が浮かんだ。顔を上げ、みひろは告げた。

「最高なお店を知ってます。パン店じゃないけど、ガーリックトースト、ナンドッグ、ピザトーストにホットサンドと、どれも最高。その名も『流詩哀』」

「ラインナップには非常に惹《ひ》かれますが、『流詩哀』？　パン店というより、むしろ――」

「それは後のお楽しみってことで。豆田係長は『いつでもいいよ』って言ってたし、さっそく今夜行きましょう。さあ、終業まであと約一時間半。がんばって働くぞ」

さらにテンポアップして捲し立て、みひろはノートパソコンに向き直ってキーボードを叩き始めた。その発言、とくに「がんばって働くぞ」を不審に感じたらしく、向かいから慎の視線を感じた。それでも構わずキーボードを叩いていると、慎も仕事を再開した。

勢いと苦し紛れの提案だったが、だんだん楽しみになってきた。頭にスナック流詩哀の店内と摩耶ママ、エミリ、他の女の子、吉武、森尾など常連客たちの顔が浮かび、そこに慎と豆田が加わると思うと、どうなるのか想像もつかない。

そうだ。私はあの店では区役所職員になってるってこと、室長たちにも言って調子を合わせてもらわなきゃ。どんな部署で、何の仕事をしてることにしようかな。

さらに楽しみになってテンションも上がり、みひろのキーボードを叩くスピードもアップした。すると向かいから聞こえてくるキーボードを叩く音も、スピードアップした。

勝負する気？　上等。実は私、デスクワークだって得意なんだから。

心の中で慎に宣戦布告し、みひろはずい、と身を乗り出した。慎も前のめりになる気配があり、雑然とした部屋にカチャカチャという音が重なり合い、何かのメロディーを奏でるように響いた。

――本書のプロフィール――

本書は、「小説丸」で、二〇二一年六月から七月まで連載した同名の作品に書き下ろしを加えたものです。

小学館文庫

警視庁《けいしちょう》レッドリスト2

著者　加藤実秋《かとうみあき》

二〇二一年八月十一日　初版第一刷発行

発行人　飯田昌宏
発行所　株式会社　小学館
〒一〇一-八〇〇一
東京都千代田区一ツ橋二-三-一
電話　編集〇三-三二三〇-五九五九
　　　販売〇三-五二八一-三五五五
印刷所――大日本印刷株式会社

ISBN978-4-09-407041-5